KB070453

운명의 덫

나남
nanam

나남창작선 146

운명의 덫

2018년 8월 1일 발행
2018년 8월 1일 1쇄

지은이   이병주
발행자   趙相浩
발행처   (주) 나남
주소   10881 경기도 파주시 회동길 193
전화   (031) 955-4601(代)
FAX   (031) 955-4555
등록   제 1-71호 (1979.5.12)
홈페이지   http://www.nanam.net
전자우편   post@nanam.net

ISBN 978-89-300-0646-0
ISBN 978-89-300-0572-2(세트)

나남창작선
146

운명의 덫

이병주
장편소설

나남
nanam

작가의 말

어디에 함정이 있는지 모르는 것이 인생이다. 이렇게 말하면 운명론자가 될 수밖에 없는 사정의 설명이 되겠지만 일제의 탄압, 해방 후의 혼란, 그리고 4·19, 5·16, 10·26, 6·29를 겪는 동안에 우리는 많은 운명적 사건을 목격하고 자칫 만사를 운명적, 숙명적으로 보아 넘기고 싶은 심성의 위험에 놓였다.

사실 얼마나 많은 사람이 스스로는 책임질 아무 짓도 하지 않았으면서도 운명의 작희作戲라고밖엔 할 수 없는 함정에 빠져들어 유위有爲한 장래를 망치고 심지어는 비명非命에 쓰러졌던가.

나는 이러한 사람 가운데 하나를 골라 그 억울한 운명에 함께 눈물을 흘리며 그 재생再生의 기록을 이 소설에서 시도해 보았다. 모델이 없지는 않은 원래의 주인공은 정치와 관련이 있었던 인물인데, 나는 뜻한 바 있어 그 정치성을 완전히 배제하는 바람에 90%의 픽션fiction, 虛構이 되었다.

함정에 빠진 것도 운명이려니와 재생의 계기를 잡는 것도 운명이라고 하면 이 소설은 한갓 흥미 본위의 '로망'일 뿐이지만, 자세히 읽어 보면 그러한 운명을 이겨 내려는 의지력이 얼마나 중요한가도 기록되었기에 만만한 '로망'으로 끝나지는 않았다는 자부심도 든다.

나는 또 이 작품에서 절망의 낭떠러지에 굴러떨어진 주인공을 살리기 위한 힘으로서 어머니의 절대적인 도움을 그렸는데, 여기엔 다분히 상징적인 의미가 포함됐다. 대체로 인간의 재생은 정신적이건 물질적이건 모성애를 바탕으로 이루어진다.

아무튼 이 작품의 주제는 운명과 결투하는 인간의 의지이며 그 의지의 승리가 있기 위해서는 어머니의 사랑을 비롯한 주위의 사랑이 결정적인 도움이 된다는, 그 언저리에 있다.

읽어 한 가닥 다소곳한 즐거움과 위안이 되리라고 나는 믿는다.

이 병 주

운명의 덫

차 례

나그네

3월의 그 무렵이 되면 무딘 동통疼痛이 가슴 일부분에 되살아나곤 한다. 올해도 예외가 아니다. 나는 드디어 S읍을 찾아갈 결심을 했다. S읍을 찾아간들 무슨 소용이 있을 것도 아니고, 거기 가서 어떻게 하겠다는 구체적인 계획도 없다. 인생을 다시 시작하려면 그저 막연히 그런 절차가 필요하다는 생각이 치솟은 것이다.

나의 회상 속에 있는 S읍은 소백산맥 줄기가 병풍처럼 둘러싼 아담한 분지에 자리 잡은 인구 7~8천의 산간 소읍이다. 봄, 여름, 가을, 겨울 없이 언제나 졸고 있는 듯한 고장. 주민들은 느릿느릿 걷고 희로애락의 감정을 별반 얼굴에 나타내지 않는다.

소엽산은 단풍이 아름답다 해서 단풍산이라 불린다. 마을 동편으로 흐르는 낙동강 상류의 강기슭엔 포플러 숲이 흰 모래밭과 더불어 경관을 이룬다. 들은 비옥한 편이어서 그 생산력에 알맞게 S읍이 생겼으리라. 산간 분지에 그런 인구가 모여 살게 된 데는 그만한 까닭이 있는 것이다.

나는 3월 말 S읍으로 가는 고속버스를 탔다. 옛날엔 고속버스란 것이 없었다. 서울에서 S읍으로 가려면 중앙선 기차를 타고 6시간 걸려 A시로 가서 S읍까지 40킬로미터를 털털이 버스를 타야만 했다. 고속버스 속에서 나는 아득히 사라져 간 20년 세월의 의미를 되새겼다.

'S읍에 가면 이 남상두南相斗를 알아볼 사람이 있을까? 살인자가 돌아왔다고 해서 모두들 길을 피할까?'

약간의 불안이 있었으나 나의 운명을 극악極惡의 방향으로 바꾼 S읍에 대해 저주하는 뜻은 물론이고 불쾌감마저 없는 스스로에게 놀랐다. 기껏 탕아蕩兒가 귀향하는 심정을 닮았다고나 할까.

나는 어느덧 아득히 23년 전 그날 처음으로 S읍을 찾아갈 때를 회상했다. 중앙선 기차의 쇠바퀴가 무겁게 구르는 음향이 되살아났다. 찻간엔 암연한 전등이 켜졌고 그 밤 차창엔 23세의 내 얼굴이 비쳤다.

청년 남상두는 S읍에 신설된 여고 국어교사로 부임하는 중이었다. 그때 남상두는 밤 기차의 차창에 비치는 자기 얼굴을 들여다보며 무엇을 생각했을까.

'바로 그 남상두가 지금의 나일까? 남상두란 이름만 같을 뿐, 전혀 다른 사람이 아닐까?'

그때 뭘 생각했는지 지금 알 길이 없다. 교사로서 인생을 출발하는 포부, 이에 따른 흥분 같은 게 있었으리라. 착한 교사가 되자, 누구보다도 부지런하고, 인정 많고, 땀을 많이 흘리는 교육자가 되자고 다짐했을 터이다.

그런데 지금 반추해 보니 그 길은 어둡고 음흉한 지옥으로 나를 빠뜨린 운명의 길이었다. 그 모습은 운명의 재소자在所者가 될 사내의 몰골이었을 뿐이다. 향초薈草를 찾아 나선 사슴이 덫에 걸릴 줄이야.

돌연 어제 일처럼 선명하게 펼쳐지는 기억 속 한 장면이 있었다. 서울을 떠난 열차가 두어 시간쯤 달려 어느 터널을 지난 직후의 일이다. 기차가 쟁그랑거리는 금속성 마찰음을 내며 급정거했다. 무슨 일일까 하고 찻간이 술렁거렸다. 동작이 빠른 몇 사람이 뛰어나갔다가 돌아오더니 한마디씩 했다.

"사람이 치여 죽었다!"

"요 근방 광산 일꾼인 모양이야."

"술에 취해 철길 따라 걷다가 당한 사고인 것 같아."

"자살일지도 모르지."

내 가슴은 무거웠다. 죽은 사람에 대한 동정이라기보다는 청명한 나의 앞길, 이를테면 백지와 같은 미래에 먹물을 붓는 기분이었다. 새 부임지로 가는 도중에 시체 하나를 넘어서야 한다는 사실이 유쾌할 수 없었다.

이윽고 기차는 다시 움직였는데 내 앞자리에 앉은 노인이 지나가는 판매원을 불러 세워 소주 한 병과 종이컵 두 개를 샀다.

"이렇게도 죽고, 저렇게도 죽지."

노인은 중얼중얼하며 종이컵에 술을 따라 내게 내밀었다. 나는 어리둥절 컵을 받아 쥐며 노인의 행색을 살폈다. 차림은 초라했으나 유순한 인품임이 얼굴에 나타나 있었다. 나는 조심스럽게, 어른 앞에서 술을 마실 때 하는 예의로 고개를 돌려 잔을 비우곤 잔을 돌렸다. 노인은 한 잔 더 하라면서 다시 술을 따르며 물었다.

"젊은이는 어디 가우?"

나는 내 행선지만 짤막하게 밝혔다.

"거겐 뭣 하러 가우?"

역시 짧게 사유를 말했다.

"교육자가 되시려는 참이군."

노인은 눈을 껌벅이며 덧붙였다.

"교육이란 어려운 일이오. 젊은이는 힘든 사업을 시작하는군."

말이 오가는 동안 나는 노인이 전직 교육자임을 알았다.

"40년 교사 생활에 남은 것은 후회뿐이오."

한숨을 쉬더니 노인은 물었다.

"그곳이 고향이우?"

"아닙니다."

"고향도 아닌데?"

"사범대학 은사님이 그곳 출신입니다. 신설 고등학교에서 은사님께 교사를 추천하라 요청한 모양입니다. 그래서 저를⋯."

"고향의 신설 학교에 추천한 걸 보면 그 교수님이 젊은이를 썩 잘 본 모양이군."

"그렇지도 않습니다."

"좌우간 포부가 있는 사람이라면 시골을 경계해야 하오. 더욱이 우리나라 시골엔 사람을 무기력하게 만드는 독소가 있는 것 같소. 진취성이 없어진단 말이오. 게다가 시골엔 말이 많고. 선생은 선생답게 행동해야 한다는 무슨 테두리 같은 게 있어서 그 테두리가 사람을 썩힌다오."

"그런 점은 걱정하지 않습니다. 저는 그곳에 꼭 3년만 있을 작정입니다. 그 후엔 서울로 돌아가 대학원에 들어가려 합니다."

이것은 사실이었다. 나는 굳이 시골까지 가서 취직해야 할 정도로 궁색하지 않았다. 서울 한복판에 약간의 토지와 가옥을 가지고 있기도 해서 우리 집은 넉넉한 형편이었다.

"그 결심에 변동이 없도록 하슈!"

노인은 교육에 관한 몇 마디 충고를 했다.

첫째는 정치적 의견을 너무 강하게 내세우지 말라는 것이었다. 그 이유로 일제 때의 예를 들었다. 조선총독부 시키는 대로 충실히 했더라면 자기는 해방 후에 교단에 설 수 없었을 것이란다.

둘째 충고는 교칙의 범위를 너그럽게 잡고 가능한 한 학생들을 관대하게 대하라는 것이었다.

"학생이 결정적으로 나쁜 짓을 하는 현장을 보아도 본척만척해야 하우."

나는 둘째 충고를 가장 좋은 교훈으로 받아들였다. 학생이 결정적으로 나쁜 짓을 하는 현장을 보아 버리면 응분의 조치를 취해야 하는데 그러면 사제師弟 사이가 단절된다는 그의 설명에 감복했기 때문이다.

"섣불리 나쁜 버릇을 고치려다간 교육의 기회를 잃을 위험이 있다오. 좋은 학생을 만드는 게 목적이 아니라 훌륭한 인간으로 키우는 데 목적이 있지 않겠소?"

나는 그 노인을 만난 것을 다행이라고 여겼다. 지금도 그 노인의 의견을 존중하는 신념에는 변함이 없다. 그런데 운명은 참으로 이상한 작용을 한다. S읍이 나를 파멸시킨 동기에 그 노인의 말이 있었던 것이다. 그 노인이야말로 나를 운명의 덫에 걸리게 한, 내겐 운명적 존재였다.

고속도로를 벗어나고도 버스로 한 시간을 달려야만 S읍에 도착하는데 길이 아스팔트로 깨끗하게 포장돼 있다. 자동차가 한 대 지나가기만 하면 몽몽한 흙먼지가 일어나 가로수 잎과 길가 집들이 엉망이었던 과거 풍경이 거짓말처럼 느껴졌다. 내가 20년 동안 높은 담장 안에서 징역살이를 할 때 이런 변화가 있었다 생각하니 잃은 것이 너무나 엄청나 분통이 터졌다.

S읍의 변모도 나를 놀라게 했다. 서울의 변화에 이미 익숙해진 눈인데도 그것은 대단했다. 거의 절반 이상이었던 초가집이 사라지고 기와, 양옥으로 변했다. 20년 전에는 두세 채밖에 없었던 이층집이 무려 수십 채가 시야에 들어왔다.

S읍 한복판으로 고속버스가 들어설 때 옆자리 승객에게 물었다.

"지금 여기 인구가 얼마나 됩니까?"

"약 2만 7천 … 거의 3만에 가까울 겁니다."

'20년 동안에 4배로 늘어난 셈이군. 아아! 나는 그동안 감방에서 썩었다!'

버스 터미널에서 사방으로 통하는 아스팔트 도로와 시골티가 나긴 하나 제법 그럴듯한 간판을 걸고 있는 상가를 둘러보았다.

나는 걷기 시작했는데 그 방향이 옛날 하숙집 쪽이었다. 그 하숙집은 당시 부읍장 자택이었다. 사건이 났을 때 나의 무죄를 주장해 준 사람 가운데 하나가 그 부읍장이었다. 그러나 나는 하숙집을 찾아갈 마음은 없었다.

나는 천천히 걸음을 옮기며 행인들이 나를 알아보는지 살폈다. 내가 알 만한 사람도 없고 나를 아는 척하는 사람도 없었다. 거리의 규모는 옛날 그대로인데 가게의 배치는 많이 달랐다. 옛날엔 상점이 띄엄띄엄 있었고, 그 사이를 여염집이 메우고 있었는데 지금의 거리엔 상점들이 쭉 늘어서 있다.

그 가운데 눈에 익은 시계점이 있었다. 규모는 그대로였으나 내부 진열은 훨씬 화려해졌다. 큼직한 벽시계를 뒤로하고 카운터에 앉은 사내는 마흔 살 가까워 보였다. 얼핏 보고 놀랐다. 20년 전에도 꼭 그 또래의 같은 얼굴이 앉아 있었던 기억이 난 것이다. 부전자전父傳子傳하는 시계점임에 틀림없었다.

'그렇다면 저 사람은 그 사건을 기억하고 있겠지?'

나는 그 사내 앞에 불쑥 나서서 반응을 보고 싶기도 하고 한편으론 그의 시선을 피하고 싶기도 했다. 용기를 내 시계점으로 들어갔다. 그는 시계를 고치던 손을 멈추고 나를 바라봤다. 나는 에니카 손목시계를 가리키며 가격을 물었다.

"2만 5천 원입니다."

시계점 주인은 눈에 붙인 편안경片眼鏡을 떼곤 나를 말끄러미 쳐다보았다.

'어디선가, 언젠가 본 듯한데 기억이 안 나는군.'

그런 눈치였다.

"그런데 … 이 집 먼저 주인은 잘 계십니까?"

나는 이렇게 말을 던졌다.

"먼저 주인은 제 아버지인데요, 10년 전에 돌아가셨습니다. 제 아버지를 잘 아십니까?"

"잘 안다기보다 … 그저 알지요."

"여기에 사시는 분은 아닌 것 같은데 … ."

"옛날에 이곳에 살았죠."

"음, 그래서 안면이 있다 싶었네요."

나는 움칠했다. 화제를 돌려 물었다.

"윤학로 부읍장, 아직도 잘 계신가요?"

"읍장이 되셨지요. 그분도 5년 전에 돌아가셨답니다."

"친척 되십니까?"

"아, 아닙니다."

윤학로 부읍장이 작고했다니 충격이다. 그분을 찾아갈까 망설였는데 이제 소용없다. S읍에서 나를 반겨 줄 몇 안 되는 분인데 … .

나는 터덜터덜 걸었다. 해는 소엽산 저편으로 기울고 있었다. 으스스한 바람이 일었다. 3월 무렵이면 이 분지盆地에서 부는 특유의 바람이다. 나의 피부가 바람을 기억하고 있다. 20년 전 그날 저녁에도 그런 바람이 일었었다. 그래서 털목도리를 하고 자전거를 타고 나섰던 것이다.

나는 그때 근무한 학교로 가 볼 계획을 포기하고 여관을 찾았다.
우체국 맞은편 건물에 '신흥여관'이란 붉은 페인트 간판이 보였다.
그 유리문을 열고 들어섰다. 카운터에 앉은 뚱뚱한 중년 여성이 얼
굴을 들었다.

"어서 오이소!"

그녀의 입에는 금니 몇 개가 번뜩였다.

"방 있습니까? 따뜻하고 조용한 방이면 좋겠는데요."

여주인은 시선이 마주치자 돌연 큰 소리로 누굴 불렀다.

"중남아!"

그녀는 눈을 데굴데굴 굴리며 나를 살피는 듯했다. 곧 청년 하나
가 나타나 따라오라며 앞장을 선다. 그는 구석진 방으로 나를 안내
했다. 어둠침침했으나 방 안엔 훈기가 있었다. 그 방을 쓰기로 하
고 외투를 벗어 벽에 걸었다. 그리고는 이불을 깔고 비스듬히 누웠
다. 피로가 엄습해 잠시 눈을 붙이려 하는데 청년이 장부를 들고 나
타났다.

"숙박부, 써 주이소. 성함과 주소⋯."

"꼭 써야 하오?"

"그렇심더. 안 그라모 우리가 처벌 받심더."

나는 잠시 망설이다 볼펜으로 또박또박 써내려갔다.

남상두, 본적 서울, 전 숙박지 서울, 다음 행선지 서울,
성별 남, 나이 46세, 직업 무無.

"식사는 어떻게 하오?"

"아침은 여관에서 차려 드립더. 점심, 저녁은 바깥에서 … ."

"요 근처 어느 식당이 좋소?"

"김천관이란 식당이 좋심더."

시장기가 느껴져 시계를 봤더니 오후 5시다.

김천관에 가서 홀 한구석에 자리 잡고 앉아 벽 이곳저곳에 붙여 놓은 메뉴를 보았다. 설렁탕, 대구탕, 삼계탕, 비빔밥, 냉면, 두부찌개, 생선찌개 등 온갖 음식이 있었다. 그걸 보니 오히려 식욕이 떨어져 제육볶음 안주에 맥주 두 병을 마시고 빈 배를 채웠다.

여관으로 돌아와 옷을 벗고 샤워를 할까 하는데 여관 청년 중남이가 얼굴을 들이밀었다.

"옛날 여고 남상두 선생님인지 물어 오라 하던데예."

나는 아찔했다. 술이 한꺼번에 깼다. 차분히 물었다.

"누가 묻는 말이오?"

"우리 집 안주인이 그러던데예."

"맞다고 하시오. 바로 그 남상두라고 … ."

나는 옷을 벗다 말고 도사리고 앉아 담배를 피워 물었다. 아까 내가 여관에 들어왔을 때 가느다란 눈초리로 내 얼굴을 뜯어보던 카운터 여성이 떠올랐다. 중남이가 다시 나타났다.

"안주인과 안주인 친구들이 손님을 만나러 와도 좋은지 물어 오라 카데요."

"좋아!"

나를 알아보는 사람을 만날 경우가 있을 것이란 예측 없이 S읍을 찾은 것은 아니었다. 다만 그 기회가 너무 일찍 찾아와 뜻밖이었다. 나는 신경을 곤두세우고 닥쳐올 순간을 기다렸다. 복도에서 우당탕 소리가 들렸다.

미닫이가 열렸다. 나타난 것은 큼직한 요리상이었다. 갈비찜, 닭찜, 생선회, 떡, 수정과 등 온갖 산해진미山海珍味가 그득했다. 소읍에서 짧은 시간에 이런 호화 요리상을 어떻게 차렸을까. 너무나 풍성한 요리에 구토증에 가까운 포만증마저 느꼈다. 거창한 요리상에 방을 뺏기고 한구석에 밀려나 앉은 꼴이 되었다.

요리상만 그렇게 날라 놓고 아무런 소식이 없었다. 해괴한 상념이 떠올랐다. 옛날 사형수에게 사형 집행 직전 푸짐한 요리상을 차려 먹인다는 얘기가 되살아나기도 했다.

발소리가 나더니 중남이가 술 주전자를 들고 나타났다.

"이걸 어쩌란 말이냐?"

나는 날카롭게 물었다.

"모두들 곧 오실 겁니더. 여기서 음식을 만들고 딴 집에서 가지고 오기도 해 상 차리느라고 바빴습니더. 옷 갈아입고 화장하느라고 늦어지는 것 같습니더."

나는 복잡한 심정으로 담배를 다시 피워 물었다. 20년 전 법정에서 판결을 기다리던 순간을 막연히 회상했다.

제1심 재판은 T지방법원 A지원의 법정에서 있었다. 입추의 여지 없이 방청객이 들어차 있음은 뒤돌아보지 않아도 느낄 수 있었다.

나의 무죄를 끝까지 믿어 준 윤학로 부읍장을 비롯한 소수 인사를 제외하곤 명색이 교육자가 제자와 간통하고 아이까지 배게 한 후 그

것이 탄로 날까 봐 끔찍한 살인을 한 것이라 믿고 인면수심人面獸心의
사나이라고 저주했을 것이었다. 법정을 메우고도 넘친 군중이 한길
까지 가득 메운 것은 괴물을 구경하기 위한 호기심 때문이었으리라.

"나는 살인자가 아니다!"

이렇게 외치고 싶은 충동이 목구멍까지 밀고 올라와 발광 직전의
상태가 되기도 했다. 미치지 않고 용케 견뎠다는 감회가 괸다. 나의
신경은 무딘 강철인가. 그런 무딘 신경을 가졌기에 이렇게 S읍을 다
시 찾아와 여관방에 웅크리고 앉은 것 아닌가.

"내게 유죄 판결만 내려 봐라. 죽어 도깨비가 되어서라도 네놈들
을 자자손손 저주할 것이다!"

나는 최후 진술을 이렇게 준비해 놓았다. 그러나 막상 그 순간이
되자 그 말을 할 수 없었다.

"내겐 죄가 없습니다. 나는 그 학생을 죽이지 않았습니다. 결단코
죽이지 않았습니다!"

이렇게 울부짖고 말았다. 그 창피스런 꼴! 내가 나를 여태껏 용서
하지 못하는 것은 그 자리에서 울부짖었다는 바로 그 사실 때문이다.

'의심스런 것은 벌하지 않는다.'

그때만 해도 나는 이런 법의 정신을 알았고 법관들의 양식良識을
믿었다.

나는 요리상을 곁눈으로 보며 옛날 제자들의 소행이라 짐작했다.
침착해야 한다고 스스로에게 타이르면서 세 개째의 담배에 불을 붙
였다.

소리를 죽인 발걸음 소리가 복도 쪽에서 붐빈다는 느낌이 신경에

전달됐다. 꽤 많은 인원으로 짐작된다. 나는 멍청한 눈으로 장지문을 응시했다. 기침 소리가 들렸다. 장지가 조용히 열렸다.

먼저 들어온 사람은 여관 안주인이었다. 나는 아무 말 없이 그녀를 쳐다보았다. 안주인 뒤에 또 다른 중년 여성이 나타났다. 역시 기억에 없는 얼굴이다. 셋째 여성도, 넷째 여성도 면식이 없었다. 나는 퍼져 앉은 자세로 그녀들을 말끄러미 쳐다봤다.

다섯째 여성이 들어왔다. 그녀는 나와 시선이 마주치자 꺾어지듯 자리에 주저앉으며 울음을 터뜨렸다. 얼굴을 가슴에 파묻었기에 자세히 볼 겨를이 없었으나 아까 시선이 마주쳤을 때 내 가슴도 뭉클했다.

'이영애!'

그녀의 얼굴을 보는 순간 그 이름이 전광처럼 내 뇌리를 스쳤다.

"언니, 이러시면 안 돼!"

옆에 있는 여성이 이영애를 억지로 끌어 일으켰다. 이영애는 얼굴을 가린 채 일어섰다.

"선생님, 절 받으십시오."

여관 안주인이 말하자 일렬로 선 그들은 손을 이마에 대고 꿇어앉는 경상도식 큰절을 했다. 큰절은 동작이 완만하기에 내 자세를 바로잡을 충분한 겨를이 있었다. 그들을 향해 나도 정중하게 머리를 숙였다.

그녀들은 요리상을 중심으로 빙 둘러앉았다. 여관 안주인이 내 오른쪽에 앉고 아직도 울먹이는 이영애를 모두들 억지로 끌어안아 내 왼쪽에 앉혔다. 나는 무슨 말을 해야 할지 몰라 모두들의 얼굴만

번갈아 보다가 말문을 열었다.

"혹시 이영애 아니오?"

울먹거리는 여성에게 물었다.

"역시 기억하고 계시네."

누군가가 탄성을 질렀다.

"저희들은 모르시겠지예?"

여관 안주인이 말했다. 나는 그렇다는 뜻으로 애매한 표정을 지었다.

"제 이름은 제말순입니다. 영애 언니가 3학년 때 1학년이었습니다. 여기 있는 다른 애들은 모두 저와 한 반이었습니다. 선생님은 저희 반에는 한두 번밖에 안 오셨응께 저희를 모를 낍니더. 그러나 저희는 선생님을 잘 압니더."

"저희도 선생님한테 배워 봤으면 얼마나 좋을꼬 했거든요."

여관 안주인 옆에 앉은 여성이 거들었다.

"선생님, 술 한 잔 드시이소."

여관 안주인이 주전자를 이영애에게 건네며 말했다.

"첫잔은 영애 언니가 따라 드려야 할 것 아닙니꺼?"

이영애는 그때는 약간 진정된 듯 주전자를 들고 술을 따랐다. 이영애는 다른 여성들보다 훨씬 젊어 보였다. 소녀 시절 모습과 비슷했는데 여전히 아름다웠다.

여관 안주인은 차례차례로 내 잔에 술을 따르게 하면서 하나하나 나에게 소개했다.

"이 사람은 권오순입니다. 부르기 쉽게 또순이라고 안 캅니꺼. 남편은 읍사무소에 댕깁니더."

"이 사람은 김효숙입니더. 남편은 제재소 사장입니더. 사장님 사모님 아닙니꺼."

"이 사람은 김양희라고 합니더. 남편은 버스회사 지사장입니더."

소개가 끝나고 안주인은 보충 설명을 했다.

"이 밖에도 읍내엔 우리 동기동창이 열일곱, 1년 선배가 아홉, 영애 언니 동기인 2년 선배가 여섯 살고 있습니더. 다 불러 볼까 했습니다만 너무 번잡스러울 것 같아서 자주 만나는 친구들에게만 알렸습니더. 영애 언니는 건넛마을에 살지만 안 부를 수 없었습니더."

김천관에서 마신 술기운은 온데간데없어지고 다시 술을 시작할 기분이 되었다. 할 말이 없어 덤덤히 술잔만 비웠다.

"말순이 전갈을 받고 얼매나 놀랐는지 … ."

김양희는 허겁지겁 나오는 바람에 짝짝이 신발을 신었다고 털어놓았다.

나는 여관 안주인 제말순에게 물었다.

"그런데 나를 어떻게 알아보았소?"

"선생님, 말씀 낮추이소. 여관 문에 들어오실 때 퍼뜩 보고 짚이는 게 있었지예. 아무래도 남 선생님 같은데 너무 젊은 기라예. 이상하다 이상하다 생각하다가 중남이란 놈이 숙박부를 가져왔기에 보니 남상두 선생님이데예. 가슴이 뭉클하고 머리가 핑핑 돌데예. 그래서 선생님이 나가신 후 영애 언니하고 친구들에게 전화를 걸었다 아닙니꺼."

영애 남편이 어떤 사람인지 궁금했으나 묻기가 곤란했다. 제말순이 설명했다.

"영애 언니 남편 되시는 분은 육군 대령이었는데 월남에 가서 전사하셨습니더. 그 후로 아이들 데리고 친정인 이곳에 와서 살고 있습니더."

영애만이 젊고 세련된 것이 도시 생활 덕분이라 짐작했다. 그런데 영애가 나를 보자마자 울음을 터뜨린 이유는 무엇일까.

그녀들은 내 근황에 대해서는 묻지 않았다. 이것저것 재잘거리면서도 옛날 그 이야기는 꺼내지 않으려 애쓰는 마음가짐이 역력했다. 고맙긴 하나 기분은 즐겁지 않았다. 그들은 나를 살인자로 인정하되 옛 스승으로 대접한다는 짐작이 들었기 때문이다. 그러나 내 입으로 그런 말을 꺼낼 수는 없었다.

"우리는 할머니가 다 되었는데 선생님은 어찌 그리 젊으십니까?"

권오순이 물었다.

"겉은 젊어 보일지 모르나 속은 몽땅 썩어 버렸어."

뜻하지 않게 내 말투가 처량하게 되었다. 긴장감이 돌았다.

"선생님, 결혼하셨지요?"

"결혼?"

나는 계면쩍게 웃었다. 그리고 덧붙인다.

"결혼할 여자가 있어야지."

다시 무거운 침묵이 흘렀다. 한참만에야 이영애가 입을 열었다.

"선생님, 우선경이란 애 기억하십니까?"

"기억하지. 그런데 왜?"

"우선경은 지금 절에 있어요."

이영애의 꺼져 들어갈 듯한 소리였다.

"절에?"

"예. 머리를 깎고 중이 되었어요."

"무슨 고민이 있었나 보구나."

그 이유를 물어볼 겨를이 없었다. 그 대신 물었다.

"김봉덕이는 어떻게 지내지?"

"봉덕이는 대구로 시집가서 잘 살고 있습니다. 가끔 잊지 않고 저를 찾아 줍니다."

내 눈앞에 한 폭의 그림이 펼쳐지는 듯했다. 20여 년 전에 이영애, 우선경, 김봉덕은 아름다운 그림 같은 트리오였다. 셋 다 청순한 소녀들이었고 셋 모두 중간쯤의 성적이었다. 유독 기억나는 이유는 그들은 언제나 함께 뭉쳤기 때문이다. 심지어 하나가 감기에 들어 결석하면 나머지도 학교에 나오지 않았다.

"선생님, 여기서 며칠이나 머무르실 작정이세요?"

이영애가 물었다.

"글쎄 … ."

딱히 며칠 있겠다고 작정하고 온 것이 아니었다.

"며칠만 더 머물다가 가세요. 여관비 받지 않겠습니다."

제말순의 말이다.

"마음은 고마워. 그러나 나는 여관비쯤은 걱정하지 않아도 될 만큼의 여유는 있어."

"돈이 없을끼라 캐서 드린 말씀은 아닙니다."

"그런 뜻이 아니야."

나는 웃었다. 그들이 엉뚱한 동정심을 일으키지 않도록 사전조처를 할 겸 이야기를 끌어 나갈 겸해서 말했다.

"이 신흥여관 건물, 사든지 짓든지 하려면 돈이 얼마나 들까?"

"땅값이 엄청나게 올랐습니다. 평당 몇십만 원은 예사로 합니다. 그런께 땅값, 건축비로 6천만 원가량은 있어야 집을 짓습니다."

"그렇다면 … 내겐, 아냐 우리 어머니에겐 이런 여관 서른 개쯤 지을 수 있는 돈이 있어."

모두를 둘러봤더니 '어머나!' 하는 놀라움이 어렸다.

"내가 이 말을 하는 건 부자란 사실을 뽐내려는 게 아니야. 여러분이 쓸데없는 동정심을 가질까 봐서, 경제적인 문제는 그렇지 않다는 사실을 밝히고 싶어서 그랬어. 돈이 필요한 사람이 있으면 내가 빌려줄 수도 있어."

의아한 표정인 그들에게 간단한 설명을 덧붙였다. 내 아버지는 서울 한복판에 3천 평 남짓한 토지를 가지고 있었다. 중심지에서 오랫동안 장사를 했기 때문이다. 그 가운데 2천 평은 형의 몫으로, 나머지 1천 평은 나와 어머니 몫으로 돌려놓고 아버지는 10년 전 별세했다. 그 땅값이 엄청나게 올라 20억 원 이상이 되었다. 이를테면 순전히 불로소득不勞所得이다.

"늦게나마 나는 내 인생을 곤궁함 없이 다시 시작할 수 있어."

내 말을 듣자 모두의 얼굴에 생기가 돌았다. 동정의 눈초리를 이렇게 억제하고 나니 술맛이 살아나는 듯했다.

"그럼 선생님은 앞으로 사업을 하시겠네예?"

제재소 사장 부인인 김효숙의 말이었다.

"미정이야. 뭘 할지 결정하기에 앞서 해야 할 일이 있어."

"그게 무엇입니까?"

권오순이 물었다.

"아직은 밝힐 수 없어. 여기서 머무는 동안 궁리할 참이야."

"저희들이 도움이 된다면 뭐든 하겠습니다."

제말순이 말했다.

"선생님이 여기서 머무시는 동안 택시를 대드리겠습니다. 저희 집에선 택시업도 합니다."

"말만 들어도 고맙네. 하여간 내겐 신경 쓸 것 없다."

나는 묘한 압박감을 다시 느꼈다. 아까는 그들의 동정적 눈초리가 번거로웠는데 이번의 압박감은 그들이 내게 지닐 궁금증 때문이리라. 궁금증이 한량없기에 그들의 속은 타고 있으리라. 그래서 이런 답답한 분위기를 내 편에서 먼저 깨뜨리려고 마음먹었다.

"여러분은 되게 궁금하지? 무슨 까닭으로 여기에 나타났는가, 도대체 몇 년 동안 징역살이를 했는가, 징역살이가 어떠했는가도 궁금할 거고⋯."

모두들 얼굴을 숙였다. 물론 말이 없었다. 내킨 김에 내가 말을 계속하지 않을 수 없었다.

"내가 출옥한 것은 6개월 전이다. 꼬박 20년 동안 감옥에서 살았지. 사형될 뻔했지만 하늘이 나를 살렸지. 감방생활은 자네들 상상보다는 비참하지 않아. 고생을 못 견뎌 고민하는 내가 있었지만 참고 견뎌라, 불행도 인생이다 하고 위로하는 나 자신도 있었거든."

나는 후후, 심호흡을 하고 말을 이었다.

"무기형이 20년 형으로 감형되자 한 가닥 희망이 생기더군. 인생을 다시 시작할 날이 오겠다는 기대감을 안고 건강에 각별히 조심했지. 20년만큼 썩은 세월을 보충하려면 20년을 더 살아야겠다고 다짐하며 운동, 건포마찰, 냉수마찰, 요가도 하고. … 그런 집념 덕분에 나는 이렇게 건강해. 아무도 마흔여섯으로 보지 않아. 나는 승리한 셈이야."

'승리'란 단어가 그때 처음 내 뇌리에 떠올랐다.

"20년 징역살이가 끝나긴 했어도 사건은 끝나지 않았다. 나는 기어코 그 사건을 종결지어야 한다고 결심했어. 여기에 왔다 해서 그게 이뤄질지 확신할 수 없지만 나는 어떤 수단을 쓰더라도 이 사건의 결말을 보지 않고는 아무 일도 못 하겠어!"

나는 내 발언에 스스로 흥분하고 있었다. 제동을 걸어야 했다.

"우리는 선생님의 결백을 믿었어요. 그러나 어쩔 수 없었어요."

이영애는 고개를 떨군 채 옷고름을 만지작거리며 낮은 소리로 말했다.

"조금이라도 선생님을 의심했던 것이 부끄럽습니다. 판결이 그렇게 났다고 하니 혹시 하는 마음에서 … 선생님의 그런 고통도 모르고 … ."

김효숙이 찔끔찔끔 눈물을 흘리기 시작했다. 모두들 손수건을 꺼내 눈자위를 훔쳤다.

"아까도 말했듯이 내 결백은 나만 알고 있을 뿐이다. 자네들이 상관할 바 아니야. 믿어 달라고 하지도 않는다. 그런데 부탁이 있다. 최근 나온 동창회 명부, 구해 주면 좋겠다. 그리고 나를 취조한 형사가 변동식인데 그자가 지금 어디 있는지 알고 싶구나. 그리고 … ."

내가 망설이자 모두들 묻는 표정이었다.

"윤신애의 무덤이 어디에 있는지 알고 싶다. 뭐니 뭐니 해도 가장 억울한 사람은 윤신애다. 비명에 죽은 윤신애 … ."

옛날 제자들을 보내 놓고 자리에 누웠다. 어지간히 술을 마셨는데도 취기가 없었다. 긴 거리를 버스를 타고 왔는데도 피로를 느끼지 않았다. 그저 나른한 기분이었다. 나는 천장에 시선을 둔 채 20년 전 그날을 뇌리에 되살려 봤다.

3월의 어느 날, 토요일이었다. 나는 학교에서 일찍 돌아와 책을 읽으며 오후를 보냈다. 그러기를 서너 시간, 약간 지루해 자전거를 끌고 하숙집에서 나왔다. 자전거를 타고 황혼 직전의 거리를 돌아보는 것이 취미가 되었다.

그날 S읍의 변두리로 나갔다. 한 시간가량 A시 방향으로 달리곤 되돌아 소엽산 산허리로 왔다. 사이다를 사 마시러 가게에 들어갔다. 몇 번 들렀기에 주인과 면식이 있었다. 주인은 내가 여고 교사라는 사실을 알고 있었다.

주인이 권하는 둥근 의자에 앉아 사이다를 마시며 이런저런 이야기를 나누었다. 그러면서도 시선은 길 쪽으로 향했는데 한 소녀가 나타났다. 소녀는 차츰 가까이 다가왔다. 윤신애였다. 내가 담임한 학급의 윤신애임이 틀림없었다.

'저 애가 이 해 질 무렵에 어디로 가는 걸까?'

윤신애는 나를 보지 못하고 가게 앞을 지나갔다. 나는 계속 눈으로 그 뒤를 좇았다. 윤신애는 내가 앉은 자리에서 50미터쯤 떨어진 지점에서 산으로 올라가는 샛길로 접어들었다. 윤신애가 올라가는 왼편은 밭이었고 밭은 울타리로 둘러쳐 있었다. 그 울타리 때문에 윤신애의 모습이 시야에서 사라졌다.

"잠깐 자전거 맡겨 두겠습니다."

나는 달리다시피 하여 이제 막 윤신애가 올라간 샛길 어귀에 섰다. 그런데 그 방향으로 소나무 숲 언덕배기에 남자 그림자가 어른거리는 듯하더니 사라졌다. 검은 점퍼에 국방색 바지를 입었다는 인상만 남았다.

'윤신애가 저 사내와 밀회하러 가는 것이로구나.'

이런 짐작이 들었다. 일순 망설였다. 따라가 봐야 하느냐, 되돌아서야 하느냐. … 나는 교사 입장을 생각했다. 되돌아서는 것은 교사 임무를 포기하는 노릇이다. 해 질 무렵 혼자 산으로 들어가는 학생을 본척만척할 수 없었다. 나는 천천히 윤신애의 뒤를 따랐다. 거리는 50미터쯤 되었을까. 벌써 땅거미가 지기 시작했다. 윤신애는 아까 점퍼 차림의 사나이가 어른거린 근처에까지 이르렀다 싶더니 거기서부터 온데간데없어졌다.

나는 조금 다급한 심정이 되어 걸음을 빨리했다. 윤신애가 시야에서 사라진 지점에 가 보았더니 거기서부터 골짜기로 빠지는 길이 갈라져 있었다. 윤신애는 골짜기 길로 내려간 것이 틀림없었다. 곧장 산으로 갔으면 그 모습을 볼 수 있었기 때문이다. 나는 골짜기로 따라 내려갈까 망설였다. 틀림없이 점퍼 사나이와 함께 있을 터인데 그 현장을 덮친다는 것은 아무래도 쑥스런 노릇이었다.

'남의 연애를 방해하는 자는 말발굽에 차여 죽어라!'

이런 익살 섞인 속담이 떠오르기도 했다. 아무튼 그 이상 뒤따라 갈 수는 없었다. 나는 만일의 사태에 대비해 그 자리에서 기다리기로 했다. 풀을 깔고 소나무를 등진 채 앉았다. 멀고 가까운 마을에서 뿜어내는 연기가 저녁놀과 섞여 눈앞에 평화로운 산촌 풍경이 전개됐다. 그런 풍경을 묘사하는 방법은 그림도 있을 것이고, 음악도 있을 것이었다. 문학으로서의 자연 묘사는 그림과 음악에 비하면 아무래도 부족할 것이라 생각했다.

그러기를 한 시간, 산속은 조용하기만 했다. 가끔 퍼드득 하는 소리는 꿩이 숲속을 뒤지는 소리일 것이다. 무작정 기다릴 수는 없었다. 골짜기로 빠진 길이 다른 방향으로 뻗어 있어 그 길로 해서 윤신애가 집으로 돌아갔는지도 모르겠다.

나는 자리에서 일어서서는 한참을 서성거리다 오후 7시 30분쯤 도로 내려오기 시작했다. 아까 앉아 있던 가게까지 왔다. 자전거는 세워 놓은 대로 있었고 주인은 보이지 않았다. 식사하러 방으로 들어갔나? 섣불리 인사했다간 식사를 같이하자느니 술 한잔 같이하자느니 번거로운 권유가 있을 것 같아 말없이 그곳을 떠났다.

자전거를 타고 시가지로 들어오면서도 줄곧 마음에 걸린 건 윤신애였다. 어디로 갔을까? 집으로 무사히 돌아갔을까? 윤신애 집을 들러 볼까 하다가 말았다. 윤신애 집은 음식점을 하는데 거기에 들렀다가는 붙들릴 염려가 있었다. 그리고 윤신애를 두고 긁어 부스럼을 만들 위험조차 있었다.

나는 그날 있었던 일을 말끔히 잊기로 하고 하숙집으로 돌아왔다.

저녁밥을 먹고 목욕탕에 다녀왔다. 밤엔 영어 공부를 겸해 영국 작가 서머싯 몸의 소설을 읽고 밤 11시쯤에야 잠자리에 들었다.

이튿날 아침, 학교로 가려고 막 하숙집을 나서려는데 낯선 남자들이 들어왔다.

"남상두 선생이오?"

그중 하나가 도끼눈을 하고 거칠게 물었다.

"그렇습니다만. …"

거칠게 묻던 사내가 돌연 수갑을 꺼내 내 손목에 채웠다.

"뭐 하는 짓입니까?"

"사람을 죽이고도 태연하구만!"

그는 기분 나쁜 웃음을 씨익 웃었다. 그때 부읍장인 하숙 주인이 달려와 소리쳤다.

"변 형사, 이 무슨 짓이오?"

"경찰이 쓸데없이 사람 잡으러 다닌다 합디까?"

변 형사라는 사내가 빈정대는 투로 말했다.

"곡절이나 압시다. 도대체 무슨 짓이오? 빨리 수갑이나 푸시오."

나는 악에 받쳐 말이 제대로 나오지 않았으나 고함을 질렀다.

"수갑부터 풀어 놓고 얘기부터 하시오!"

하숙 주인이 사정사정했다.

"살인범을 어떻게 풀어 줍니까?"

변 형사는 내 등을 밖으로 밀어냈다.

"살인범이라니, 도대체 남 선생이 언제 어디서 살인을 했소?"

하숙집 주인은 벌벌 떨며 덤볐다. 그 말에 아랑곳없이 변 형사는 내 등을 세게 밀었다.

"사정을 알기 전엔 난 못 가겠소."

나는 버텼다.

"뻔뻔스럽게 굴지 마소. 당신이 한 일, 당신이 모른다면 누가 알겠소?"

다른 형사가 나를 끌며 말했다. 뒤에서 밀고 앞에서 끌어당기는 바람에 나는 수갑을 찬 채 거리로 나왔다. 일요일 아침, 나들이하러 나온 사람들이 그 광경을 지켜봤다. 경찰서 앞에 도착했을 때도 적잖은 읍민들이 내 모습을 목격했다.

취조실로 끌려가서야 사건의 대강을 알았다. 윤신애가 소엽산 골짜기에서 오늘 아침 변사체로 발견된 것이다. 피살 추정시간은 어제 저녁 6시 반, 찾아낸 사람은 의용경찰대 대원이었다.

어젯밤 윤신애가 귀가하지 않자 그녀 집에서는 친구 집마다 연락했다. 물론 아무 데도 없었다. 다만 어제 저녁 나절에 윤신애가 소엽산 방면으로 가더라고 알려준 사람이 있었다. 경찰에 신고했다. 경찰은 새벽부터 의용경찰대를 소집하여 소엽산 일대를 수색했다. 윤신애는 내가 기다리던 지점에서 200미터 안쪽의 골짜기에서 목이 졸려 죽어 있었다. 의사가 감정해 보니 성교한 흔적이 있었다. 성교 직후 목이 졸렸다는 것이다. 또 놀라운 사실은 윤신애가 임신 2개월째라는 것이었다.

회상이 여기에까지 이르자 나는 미칠 듯한 흥분을 느꼈다. 20년 전의 그 광란이 돌연 되살아난 것이다.

나는 자리에서 일어나 앉았다. 가슴은 울렁거리고 머릿속은 잡답雜沓을 이루었다. 양손으로 욱신거리는 머리를 감싸 안고 앉아 스스로에게 타일렀다.

'남상두! 넌 아직 수양이 모자라구나. 진정하라. 과거를 잊어라. 네가 보낸 20년 감옥생활은 기막힌 손실이었다. 아직도 그런 정신 상태라면 손실을 더할 뿐이다. 새로운 인간으로 행동하라. 그러지 못하면 네 인생은 파멸이다.'

악전고투와도 같은 마음속 갈등을 겨우 진정시켰다. 머리맡에 있는 물을 마셨다. 근심스런 표정으로 나를 지켜보던 옛 제자들, 지금은 남의 아내, 남의 어머니가 된 그들의 얼굴이 떠올랐다.

'그들만은 내 결백을 믿어 주는 것 같긴 했다. 그 정도만이라도 이곳에 온 보람이 있다.'

그러나 여기에 온 것을 곧 후회했다. 상처가 도지는 느낌이었기 때문이다. 그래도 오기를 잘했다고 생각했다. 비명에 죽은 윤신애의 무덤을 찾아보는 것만도 의미가 있을 터였다.

'내가 억울하고 비참하다 해도 그 골짜기에서 목 졸려 죽은 윤신애보다는 나은 것 아닌가. 그 애의 무덤에 꽃이나 얹어 주자. 그 불쌍한 애의 무덤 앞에서 실컷 울어나 보자.'

감옥을 서울교도소로 옮긴 추운 겨울밤, 새우처럼 옹크리고 잤다. 새벽에 잠시 잠에 빠진 순간이었다. 꿈을 꾸었다. 윤신애가 나타났다. 교복을 입은 윤신애가 내 하숙집 방문을 열고 들어왔다. 나는 무슨 짓이냐고 고함을 질렀다. 윤신애가 원망스러웠다.

얼마 후 윤신애는 또 꿈속에 나타났다. 그때는 소복을 입었다. 눈물로 범벅된 얼굴을 한 윤신애는 울먹이며 말했다.

"선생님, 저를 용서해 주세요!"

그때부터다. 나는 윤신애를 미워하지 않기로 했다.

잃어버린 시간

S읍에서의 첫날 밤을 새웠다. 숙취로 머리가 약간 아팠지만 기를 쓰고 일어났다. 세수하고 여관에서 차려 주는 아침밥을 먹었다. 제말순의 남편, 즉 신흥여관 주인이 인사하러 왔다.

"아내의 은사님이니 제게도 은사님 아니겠습니까. 선생님 억울한 사정을 잘 들었습니다. 심부름 시킬 일이 있으면 제게 말씀하십시오. 저는 여관 일 돌보는 것 말고는 별로 할 일이 없습니다."

제말순의 남편 박우형에게 호감이 갔다.

"앞으로 도움을 청할지도 모릅니다. 잘 부탁합니다."

여관을 나와 옛날 하숙집인 윤학로 부읍장 집을 찾아갔다. 그분이 작고하셨다기에 찾지 않기로 했다가 어젯밤 제자들을 만난 후에 마음이 바뀌었다. 내가 S읍을 다녀갔다는 소문이 날 텐데 그 집을 들르지 않는다면 그 부인이 얼마나 섭섭할까 하는 우려 때문이었다.

집 모양이 대문부터 달라졌다. 판자문 대신 철제문으로, 돌담은

블록 담으로 바뀌었다. 대문을 들어서니 내가 하숙하던 아래채는 없어졌고 집 전체가 덩실한 양옥으로 변모했다. 현관에서 나를 맞은 여성은 30대로 보였다. 그때 중학생 아들이 있었는데 이 여성은 그의 아내인 듯했다.

"안주인 어르신 뵈러 왔습니다."

하숙집 아주머니가 나왔다. 머리칼이 희끗희끗한 것 이외엔 별반 변화가 보이지 않는 아주머니를 보니 반가웠다. 아주머니는 가까이 오자 나를 알아봤다.

"아아, 남 선생님 아니오? 우찌 된 일이오?"

아주머니는 내 손을 덥석 잡고 한동안 말을 잃었다. 나이 차이가 20세 남짓이었기로서니 내 손을 덥석 잡을 분이 아니었다. 그런 만큼 나와의 만남이 반가웠다는 뜻이다.

아주머니는 내 얘기를 대강 듣고 눈시울을 닦았다.

"그 어른이 그처럼 애석하게 여기더니만서두, 그 어른이 남 선생 걱정을 얼마나 했다고 …. 살아 있으믄 이렇게 건강한 남 선생 만나 얼마나 기쁠 낀디 …."

내 결백을 절대적으로 믿어 주는 사람이 S읍에 존재한다는 사실처럼 미더운 일이 있을까! 나는 새삼스레 여기에 오기를 잘했다 느꼈다. 부질없는 가정假定이지만 그때 교장이 윤 부읍장처럼 내 결백을 믿어 주고 그렇게 주장해 주었더라면 나는 20년간 고역을 치르지 않아도 되었으리라.

법정에서 검사가 교장에게 물었다.

"해 질 무렵 산으로 올라가는 여학생을 뒤쫓아 갔다가 골짜기로 빠지는 것을 보고 산허리에 서 버리고 말았다는 교사가 있을 수 있습니까?"

"…… ."

"학생을 지도할 책임을 진 교사가 가장 요긴한 자리에서 직무를 포기한다는 것은 상식에 어긋난 일 아닙니까?"

그래도 교장은 답변하지 않았다. 아니 못 했을지 모른다. 그의 답변이 내 운명에 결정적인 영향을 줄지 몰랐던 까닭이었으리라.

검사가 다시 추궁했다.

"교장 선생님 같았으면 그 자리에 서 버리겠습니까? 교육자로서 중도에 포기하겠습니까? 정직하게 말해 보세요."

"나 같으면 그렇게 하지 않았을 겁니다."

아주머니는 내가 신흥여관에 묵고 있다고 듣자 집을 두고 여관에 묵을 수 있느냐고 나무랐다. 아직도 나를 자기 하숙생으로 치는 그 마음가짐에 나는 포근한 정을 느꼈다. 눈물겨웠다.

아주머니는 또 아들이 세무서에 다닌다면서 나를 반가워할 것이라 말했다. 자기 집에 머물라는 청을 사양하면서 그 대신 윤 읍장의 묘소를 찾아보겠다고 했다. 무덤은 인근 공동묘지에 있단다.

옛 하숙집 대문을 나서며 기묘한 시간의식에 사로잡혔다. 20년 전 그날과 지금 시간이 얽혀 환각과 현실 사이를 오락가락하는 기분이었다. 맑은 하늘이었다. 거리엔 아침 햇빛이 가득하다. 행인들의 걸음은 느릿느릿했다. S읍 특유의 권태와 아침의 삽상颯爽함이 엮어내는 분위기는 옛날이나 지금이나 별반 다르지 않다.

경찰서는 거기서 동쪽으로 200미터 지점에 있었다. 20년 전 경찰서는 목조로 된 초라한 집이었는데 지금은 시멘트 콘크리트로 지어진 현대식 건물이다. 나는 경찰서를 바라보며 전신주에 기대서서 담배에 불을 붙였다.

유치장은 지하에 있었으므로 위치는 변함이 없을 것이다. 내가 고문을 받은 취조실은? 경찰서 건물을 두루 살피는 눈이 되었을 때 되살아나는 피투성이의 광경 …. 나는 되도록 그 광경을 회상 속에서 지워 버리고 싶었다. 그러나 그렇게 되지 않았다. 아무리 쓰라린 경험이라도 일단 회상으로 化하면 약간 부드러운 노을빛을 띠는 법이다. 그러면 슬픔은 슬픔대로 고통은 고통대로 견딜 만한 감상感傷으로 괴는 법인데 경찰서에서의 고문만은 회상의 노을 속으로 결코 들어가지 않았다. 그것은 고통의 회상이 아니라 지금의 고통이며 지금의 슬픔으로 가슴을 찌르고 뼈를 태운다.

변 형사는 자백하라고 윽박지르는데도 내가 버티자 독기가 바짝 오른 모양이었다. 그는 나를 의자에서 떠밀어 내렸다. 내가 마룻바닥에 뒹굴자 오금 사이에 박달나무 몽둥이를 끼우곤 다리를 묶어 앉혀 무릎을 짓밟았다. 다리뼈가 산산이 부서지는 고통과 영혼이 분쇄되는 절망이 엄습했다. 나는 하지 않은 짓을 했다고 자백할 수 없었다. 그 고문이 30분쯤 계속되었을까, 누군가가 변 형사를 타일렀다.

"명색이 교육자인데 양심이 있지 않겠나. 육체적으로 괴롭히는 건 그만하고 정신적으로 타일러 봐!"

"이게 교육자라고요? 지독한 놈입니다. 파리도 못 잡을 듯한 꼴을 한 이런 놈에게 흉악범 소질이 있는 겁니다. 그러니 이런 놈들은 말로는 어림도 없습니다."

"더 타일러 봐. 그래도 안 듣거든 변 형사 요량대로 하고. …"

오금에서 나무 방망이가 빠져나갔는데도 나는 설 수 없었다. 의자에 끌어 앉히는데 겨우 책상에 양팔을 짚고서야 견뎌 낼 수 있었다. 아픔은 머리의 중추에서 욱신거렸다.

"그러니까 바른대로 말해!"

"나는 죽이지 않았소!"

나는 악을 썼다.

"악쓰는 것을 보니 아직 견딜 힘이 있구만. 그럼 우리 이론적으로 말해 보자. 이치에 맞기만 하면 네 말을 믿어 주지."

변 형사는 몇 번이나 한 질문을 다시 시작했다.

"윤신애가 그 가게 앞을 지난 건 몇 시쯤이었나?"

"다섯 시 반쯤 … ."

"윤신애는 교복을 안 입었지?"

"그렇소."

"사복을 입었는데도 그게 윤신애임을 알아본 것은 미리 주의하고 있었기 때문 아닌가?"

"불과 10미터 앞을 지나갔기에 사복 차림이어도 알아봤소."

"학생은 외출 때 반드시 교복을 입어야 하지?"

"그렇소."

"사복 차림 학생을 발견하면 현장에서 주의를 주게 돼 있지? 그런데 왜 그러지 않았나?"

"윤신애임을 확인했을 때는 벌써 몇 미터 지나치고 있었소. 큰 소리로 불러 세우기가 민망스럽기도 했소. 가게 주인도 있고 해서 학생 체면을 봐주려고 ···."

"체면보다 교육이 중요하지 않은가?"

"아무도 없는 데 가서 훈계할 수도 있다고 생각했소."

"그래서 뒤를 따랐단 말이지?"

"그렇소."

"그럼 아무도 없는 도중에서 불러 세울 수도 있었을 것 아닌가?"

"그러려고 했는데 앞에 어떤 남자 그림자가 어른거렸소. 남자를 만나러 간다고 짐작해 불러 세울 수 없었소."

그때 변 형사의 주먹이 내 뺨을 쳤다.

"이놈이 사람을 바지저고리로 아나? 그런 말이 통할 것 같아? 내가 대신 말해 줄까? 너는 윤신애를 따라갔어. 왜? 거기서 만나기로 했으니까. 그곳은 둘의 밀회장소였어. 너는 윤신애를 거기서 만나 일단 야욕을 채우곤, 어린애를 뱄다는 소리와 결혼하자는 요구를 듣자 교사로서 체면이 생각난 거야. 비밀로 하고 낙태라도 시키자고 타일렀겠지. 윤신애가 반항하며 너를 협박하자 너는 ···."

변 형사의 고문은 혹독했다. 그래도 나는 하지 않은 짓을 했다고 허위자백할 수는 없었다. 그런 어느 날, 변 형사는 가사假死상태로 유치장에 누운 나를 끌어내더니 노트 한 권을 내밀며 읽어 보라고 했다. 윤신애의 일기장이었다. 쓰다가 말다가 한 듯 날짜가 열흘을 건너뛰기도 하고, 하루치가 두세 페이지 되는 것이 있는가 하면, 대여섯 줄로 끝난 대목도 있었다.

"뭣 때문에 읽으라 하는 거요?"

"잔말 말고 그 빨간 밑줄 쳐진 곳만 읽어 봐."

변 형사는 유들유들하게 웃으며 말했다. 패배자를 내려다보는 승리자의 오만 같았다. 내겐 그럴 기력이 없었지만 윤신애의 죽음에 관한 무슨 단서라도 있을까 하여 기를 쓰고 읽기 시작했다. 대뜸 이런 대목이 있었다.

○월 ○일. 남 선생님이 내게 흑판을 닦으라고 하셨다. 가슴이 두근거렸다. 남 선생님이 내게 일을 시킨 것은 이번이 처음이다.

○월 ○일. 남 선생님을 만난다는 것만 생각해도 학교 가는 것이 즐겁다. 언제나 단정한 모습, 부드러운 웃음, 김소월의 시를 설명할 때의 그 정열적인 모습, 이상의 시를 설명할 때의 그 심각한 표정. 배우처럼 매력적이고 학자처럼 점잖으신 남상두 선생님. …

○월 ○일. 남 선생님의 포마드 냄새는 정말 좋아. 교실에 들어가면 풍겨 오는 그 냄새는 포마드 냄새가 아니고 남 선생님 향기인지 몰라. 우선경, 이영애를 남 선생님은 더 좋아하는 것 같다. 이건 오해인지 모른다. 오해이기 바란다. 우리 반 아이들은 모두 남 선생님을 좋아하는 것 같다. 내가 우선경이나 이영애처럼 얼굴이 예쁘면 얼마나 좋을까. 아아, 약 올라, 신경질 나. …

○월 ○일. 고순자가 교외지도 선생님에게 들킨 모양이다. 오늘 남 선생님께 불려 갔단다. 상담실에 단둘이서만 있었단다. 아아! 남 선생님

께 꾸지람을 당해도 좋고 맞아도 좋으니 단둘이서만 있고 싶다. 우리 반 아이들 전부 죽었으면 좋겠다. 절해의 고도에 소풍 가서 모두 죽고 나와 남 선생님만 남았으면. …

○월 ○일. 나는 남상두 선생님 품에 안겼어. 그리고 ○○해 주더라. 우선경을 찾아가서 이렇게 말해 버릴까. 우선경은 미칠 거다. 미치고 말고. …

이런 일기가 단속적으로 계속되다가 반년쯤 전의 날짜에서 노트가 끝났다. 그 노트를 자세히 살펴보았더니 뒷부분이 찢어져 있었다. 뒷부분이 찢어져 빠지지 않게 앞부분을 실로 꿰매 놓았는데 그것은 윤신애 말고 다른 누군가의 작위作爲인 것으로 판단했다. 나는 허허한 눈으로 한동안 그 노트를 바라봤다.

"이쯤 증거가 나오면 반박할 말이 없겠지?"

변 형사는 여유 있게 말했다.

"이게 무슨 증거가 되겠소?"

변 형사는 일기장을 펼쳐 "나는 남상두 선생님 품에 안겼어. 그리고 ○○해 주더라" 하는 부분을 가리켰다.

"단순한 상상에 불과한 건데요."

"상상? 상상 좋아하네. 상상으로 이렇게 쓸 수 있겠어?"

변 형사는 고래고래 고함을 지르더니 몽둥이를 들어 내 어깨를 쾅, 쳤다.

"바른대로 말해! 윤신애와 육체관계를 가졌지? 하기야 육체관계

44

없이 애를 뺐겠냐만."

나는 입을 다물었다. 묵비권默秘權 행사 외엔 달리 방도가 없었다.

변 형사는 다시 몽둥이를 휘둘렀다. 이번엔 왼쪽 어깨를 때렸다. 이어 등을 치고 정강이를 걷어찼다.

나는 눈을 감았다. 고문이란 어느 단계를 넘어서면 일종의 관성慣性이 붙는가 보았다. 고통은 가중되지만 이에 비례해서 견딜 힘도 보태진다.

"마지막 기회다. 순순히 자백해!"

나는 이미 말라 버린 눈물을 가슴속에서 흘렸다. 어떤 고문이 새로 시작될까. 공포에 가슴이 떨렸다.

"자백하기만 하면 정상 참작이 돼 줄잡아 사형은 면한다. 이 자식아, 나는 내 손으로 잡은 네놈을 사형장으로까진 보내기가 싫어서 이렇게 마음을 쓰는 거야."

변 형사는 몽둥이로 마룻바닥을 쿵, 울렸다. 묵비권을 쓰기로 한 나는 눈을 감은 채 몸을 떨고만 있었다.

"이 녀석, 눈 떠!"

벼락같은 고함과 함께 두개골이 터질 듯 아팠다. 몽둥이로 내 머리를 내리친 것이다. 나는 의자로부터 떨어져 마룻바닥에 나뒹굴었다. 변 형사는 내 머리칼을 덥석 쥐고 나를 일으켜 앉혔다.

"안 되겠어. 이놈의 손톱을 죄다 빼버리겠다. 그리고 교사 주제에 제자와 놀아난 이놈의 물건을 잘라 버려야겠다."

중얼거리는 변 형사의 말을 들으며 나는 드디어 마지막 순간이 다가왔다고 느꼈다. 그는 나를 일으켜 세워 취조실 가운데 돌출된 기둥으로 끌고 갔다. 나를 의자에 앉힌 채 그 기둥에 의자째 밧줄로 묶었다.

"이놈 발톱부터 뽑아야겠다."

그는 내 오른쪽 다리를 벤치 위에 고정시켜 묶었다. 나는 눈을 감았다. 공포의 현장을 보기가 끔찍했기 때문이다. 그때 대뜸 주먹이 내 뺨으로 날아왔다.

"자식아, 눈 떠! 과학적 수사를 어떻게 하는지 똑똑히 봐둬야지."

변 형사는 자기 책상에 가서 서랍을 열고 온갖 기구 가운데 한 줌의 대바늘을 꺼냈다. 끝을 날카롭게 깎아 놓은 대바늘은 뜨개질용보다는 작고 이쑤시개보다는 큰 것이었다.

'아아, 저것이 내 발톱 밑으로 들어갈 대바늘이로구나.'

내 심장이 송곳으로 찔린 듯 아프기 시작했다. 숨이 멎을 정도로 가슴이 뒤틀렸다. 변 형사가 다음에 집어 든 것은 망치였다.

"순순히 자백만 하면 이런 절차가 필요 없다. 어때, 내 말 알아듣겠나?"

나는 일순 허위자백이라도 할까 하는 유혹을 느꼈다.

'검찰청이나 법정에서 부인할 수 있겠지? 그러나 ….'

안 될 일이었다. 비록 거짓말이라 하나 나는 내 입으로 윤신애를 죽였다고 말하지는 못한다. 자백하면 윤신애가 밴 아이의 애비라는 사실도 받아들여야 한다.

'나는 죽어도 그런 거짓을 꾸밀 수는 없다.'

변 형사는 내 엄지발톱 위에 대바늘을 갖다 대더니 망치로 쾅, 쳤다. 바위덩어리 같은 격심한 동통疼痛이 뇌천腦天을 부수는 듯했다.

뇌 속이 폭발 직전으로 팽창했다. 그런데도 기절은 면했다. 변 형사
는 숨을 몰아쉬며 고함을 쳤다.

"이놈아! 내가 잔인하다 싶으냐? 사람을 죽인 네놈의 잔인에 비하
면 새 발의 피鳥足之血야."

변 형사는 다시 망치를 들더니 다른 대바늘을 갖다 놓곤 내리쳤
다. 검은 피가 발가락에서 퐁퐁 솟아 내렸다. 세 번째 대바늘이 꽂
혔을 때 나는 비명을 질렀다. 아마 생명체가 내지를 수 있는 극한적
인 비명이었으리라.

"이 자식아! 이건 아직 시작에 불과해!"

'에라, 자백을 꾸밀까?'

유혹이 뭉클한 눈물로 솟았다. 그러나 곧 아니라 하는 결심이 잇
따랐다. 나는 죽기로 결심하고 굴복하지 않기로 했다. 변 형사는 다
시 벼락같은 고함을 질렀다.

"눈을 떠!"

아마 그때가 아니었을까. 어깨에 무궁화를 단 경찰관이 쑥 들어
왔다. 변 형사는 동작을 멈추었다.

"변 형사, 나 좀 보세."

무궁화를 단 경찰관이 돌아서 나가고 변 형사가 뒤를 따랐다. 그
러자 '정 형사'라고 불리던 형사가 내 옆으로 왔다. 손수건을 꺼내
내 발톱에서 솟는 피를 닦으며 사환을 보고 소리를 질렀다.

"거기, 머큐로크롬 좀 찾아봐."

사환이 약병을 갖고 오자 정 형사는 머큐로크롬 병을 내 발가락
위에 부으며 중얼거렸다.

"변 형사도 지독하지만 당신도 지독하오. 적당하게 하소. 적당하게 ….."

나는 그 말뜻을 이해할 수 없었다. 적당하게 자백하든지 자백하는 척이라도 하라는 뜻이었을 것이다. 처참한 상황에서는 사소한 동정이라도 반갑기 짝이 없다. 정 형사는 대강 응급처치를 해놓고는 자기 자리로 돌아갔다.

잠시 후 변 형사가 돌아왔다. 투덜투덜 뭘 씨부렁거리며 다가오더니 신경질을 부렸다.

"누구야? 누가 이놈에게 머큐로크롬을 발라 주었어?"

아무 대답이 없었다. 그러나 더 이상 추궁하지 않고 내 결박을 풀었다. 짐작으로 알았지만 변 형사의 고문은 경찰서 내부에서도 문제가 된 모양이다.

그 후 나는 1주일 동안 아무 일 없이 유치장에서 지냈다. 그동안 윤학로 부읍장, 교장, 교감, 몇몇 학부형들의 면회가 있었다. 그런데 윤 부읍장을 제외한 모두가 반신반의半信半疑하는 듯해서 그것이 변 형사의 고문보다도 더한 고통을 주었다.

어느 화창한 봄날, 나는 손을 앞으로 묶이고 그 위에 수갑을 찬 죄인의 몰골로 검찰청으로 넘어갔다. 그때서야 윤 부읍장에게 서울 집으로 연락해 달라고 부탁했다.

"절대로 제가 그런 죄를 짓지 않았다는 사실을 알려 주십시오."

윤학로 부읍장은 눈물을 글썽이며 대답했다.

"걱정 마이소, 남 선생!"

나이 서른 안팎으로 보이는 검사였다. 깡마른 체구, 콧날이 우뚝 선 작은 얼굴에 금테 안경이 크게 걸려 일견 신경질적인 인상이었다. 검사는 경찰 조서에 눈을 집중했다. 입회 서기가 펜을 든 자세로 검사의 옆얼굴을 훔쳐보고 있었다. 나는 검사 등 뒤 창 너머로 엷은 구름이 깔린 하늘을 바라보다가 검사 책상 모서리에 얹힌 명패로 시선을 돌렸다.

'검사 지철호'

나의 생살生殺을 쥔 사람의 이름을 그렇게 읽고 묵묵히 앉아 있었다. 이윽고 검사가 입을 열었다.

"남상두인가?"

"예!"

반말로 묻기에 "그렇다!"라고 대답할 뻔하다 경어체로 말했다.

"순순히 자백하지 그랬어?"

격하지도, 싸늘하지도 않은, 그리고 억양도 없는 단조로운 말, 그것은 또한 대답이 필요없는 말이기도 했다.

"여학교에선 총각 선생을 채용하지 않아야 하는데 그게 화근이었어. 불행한 일이야."

검사는 줄곧 이렇게 중얼거리며 시선은 서류에 두었다. 그러더니 돌연 딱딱한 음성으로 변했다.

"자백할 뜻은 없나?"

"뭘 자백하란 말이오?"

내 말이 거칠게 나왔다.

"몰라서 묻나?"

면도칼이 콧날 앞을 휙 스치는 느낌을 주는 말이었다.

"……."

"객관적인 증거가 네 유죄를 증명하고 있어. 아무리 부인해도 소용없어. 그러니 순순히 뉘우치면 그만큼 정상 참작의 폭이 넓어질 것 아닌가!"

"나는 사실 규명을 바랄 뿐 정상 참작을 원하지 않습니다."

검사의 눈이 얼음장처럼 빛났다. 그러나 감정을 억누른 투로 말했다.

"아무리 흉악한 짓을 해도 뉘우치면 용서를 받을 수 있어. 하물며 전도양양한 청년이 아닌가. 법률은 죄를 미워하되 사람을 미워하지는 않아. 개과천선改過遷善할 의사만 뚜렷하면, 그것이 증명되기만 하면 우리도 죄인을 구하는 방도를 연구하는 거야. 알았어?"

"……."

지 검사는 언성을 높였다.

"추호도 반성하지 않는다 할 땐 네가 저지른 죄는 극형에까지 가고 만다. 나는 그런 불행을 피하고 싶어. 전도양양한 청년을 죽이고 싶진 않아. 어때? 피차 불행을 피해 보지 않겠는가? 사람이면 뉘우칠 줄도 알아야 해!"

"……."

"뉘우치지 않으면 인간이 아니야. 그런 놈에겐 동정도 필요 없어. 나는 너를 위해서 내 성심을 말한다. 검사란 직책을 떠나서 인간 대對 인간으로 …."

검사는 유죄를 단정적으로 믿는 듯했다. 검사의 말은 계속됐다.

"순간의 잘못으로 죄를 지을 수 있어. 누구에게나 있을 수 있는 일이야. 그러나 사람이 짐승과 다른 점은 뉘우칠 줄 안다는 거야. 물론 너도 마음속으론 뉘우치고 있겠지. 하지만 마음속으로 뉘우치는 것만으론 어떻게 할 수 없어. 자백하지 못하는 것은 용기가 없는 탓이겠지? 용기를 내봐요, 용기를!"

"…….."

"검사 입장을 떠나서 하는 말인데, 자네 자백 없이도 이 증거만 갖고도 얼마든지 법정에 내놓을 수 있어. 그게 되레 수월해. 그런데도 자네 자백을 요구하는 것은 네 인생이 가련해서다. 반성의 흔적 없이 법정에 가면 결과는 뻔하다. 극형이야 극형! 그걸 뻔히 알면서 나는 그럴 수 없다. 나는 검사이기 전에 인간이니까."

"그렇다면 왜 내가 무죄라는 상상은 못 하고 유죄란 전제만 이야기하고 있소?"

나는 검사의 얼굴을 똑바로 보고 말했다. 이때였다.

"이 녀석이 감히 누구 앞에서 말대꾸야?"

검찰청 입회 서기가 내 머리를 쥐어박으며 말했다.

"그럴 것 없어."

검사는 서기를 점잖게 나무라며 말을 이었다.

"네가 범인이란 증거는 조리정연한데 범인이 아니란 증거는 하나도 없어. 그런데도 무죄를 추정하란 말인가?"

"어쨌건 나는 그 사건과 아무런 관계가 없으니까요."

나는 단호하게 말했다. 검사는 나를 물끄러미 바라보더니 어이가 없다는 표정이 되었다.

"윤신애란 아이완 몇 차례나 육체관계가 있었나?"

"⋯⋯."

"몇 차례야?"

검사는 경찰이 증거로 낸 윤신애의 일기를 손가락으로 두드리며 물었다.

검사는 윤신애 일기의 "남 선생님 품에 안겼다"는 대목을 그대로 믿는 것 같았다. 아니면 억지로 그 대목을 고집하려는 것이었다.

"그런 일 없었소!"

나는 뱉듯이 말했다.

"이 녀석 말버릇이!"

입회 서기가 또 덤비려고 했다.

"가만둬!"

검사는 서기를 만류하고 내게 물었다.

"윤신애를 산허리에까지 따라가 놓고서 중간에 서고 말아? 그게 말이 돼?"

"⋯⋯."

"말이 막히지? 거짓말은 어느 정도까진 통하겠지만 끝까지 통하지는 않아. 순순히 자백해!"

나는 당시 내 마음의 움직임을 다시 한번 살펴보았다. 윤신애를 따라 골짜기로 내려갈까 말까 한동안 망설였다. 그런데 결정적으로 내 행동을 막은 것은 S읍으로 오는 기차간에서 만난 전직 교사 노인의 말이었다.

"학생이 결정적으로 나쁜 짓을 하는 현장을 보아도 본척만척해야 하우. 교사와 학생 사이에 정이 있어야 교육할 기회를 가질 것 아니오? 설불리 나쁜 버릇을 고치려다간 교육 기회를 잃게 된다오."

노인의 그 말을 오랜 체험의 지혜라 믿었고 교육애教育愛가 무엇인지 가르쳐 주는 말이라 생각했었다.

변 형사처럼 혹독한 고문은 하지 않았지만 논리적, 귀납적으로 몰아세우는 지 검사의 추궁도 육체적 고문 못지않은 고통이었다.

"남상두! 너는 철저한 비인간이다. 냉혈동물이다. 너는 사람을 살해한 죄, 그리고도 뉘우칠 줄을 모르는 죄, 이중의 죄를 지은 놈이다. 너 같은 놈은 도저히 용서할 수 없다."

경찰서 앞에서 이렇게 회상하자 피로감이 엄습했다. 경찰서를 등지고 여관을 향해 걸었다. 어느덧 정오가 됐다.

여관에 돌아오니 이영애가 기다리고 있었다. 낮에 이영애를 보니 초로初老의 흔적이 있다. 밤엔 보이지 않던 잔주름이 눈언저리에 새겨져 있었다. 순진하기 짝이 없고 구김살 흔적도 없던 소녀가 벌써 이처럼 늙었으니 새삼 잃어버린 세월에 대한 감회가 괴었다.

"동창회 명부를 갖고 왔습니다. 그런데 윤신애 무덤을 아는 친구가 없습니다."

"가족들에게 물어보면?"

"윤신애 집은 그 사건 직후 다른 곳으로 이사했습니다."

그 말을 들으니 윤신애 집을 찾고 싶었다. 윤신애에겐 아버지가 없었다. 어머니는 S읍에서 가장 큰 음식점을 경영했다. 젊을 때 대구에서 기생을 했다는 윤신애 어머니는 시골에선 보기 드문 세련된 여성이었다. 가끔 손님과 함께 가면 각별한 호의를 베풀어 주었다. 자기 딸의 담임이니 그 호의를 이상하게 느낄 필요는 없었으나 서울 출신인 내가 시골 생활을 하는 데 대해 적잖이 동정했다. 딸이 죽은 후 슬픔이 사라지지 않았을 터인데 경찰서에 나를 찾아와 통곡한 적도 있다.

"설마 그럴 리가 있겠어요? 나는 남 선생 결백을 믿습니다."

내가 기억하기론 윤신애에겐 대구에서 공부하는 언니가 있었다. 그 언니가 고교 진학할 때는 S읍에 여고가 없어 대구까지 갔다는데 대단한 미인이란 소문이 있었다. 나는 그 언니를 본 적은 없다.

제말순의 청으로 이영애를 끼어 제말순의 남편 박우형과 함께 점심식사를 하게 되었다. 박우형이 나를 돕겠다고 거듭 말하기에 다음과 같이 부탁했다.

윤신애의 어머니, 변 형사, 정 형사가 각각 어디에 사는지 알아봐 달라고 했다. 정 형사는 내가 발톱 고문을 당할 때 머큐로크롬을 발라 준 사람인데 이름은 몰랐다. 그리고 윤신애의 시신을 발견한 의용경찰대 대원이 누구인지 알고 싶다고 했다. 박우형은 그 모든 부탁을 들어주겠다고 시원스레 대답했다.

오후엔 윤학로 부읍장의 묘소를 찾았다. S읍의 공동묘지는 동쪽으로 고개 하나를 넘은 남향 양지바른 언덕에 있었다. 그의 묘소는 곧 찾을 수 있었다. 읍장 관록 덕분인지 묘비가 덩그렇게 컸기 때문이다. 나는 무덤 앞에서 재배再拜하고 무덤가에 앉았다. 이 어른이 살아 계신다면 우리들의 재회가 얼마나 기뻤을까. 20여 년 전 그때처럼 푸른 보리밭 사이로 샛노란 유채꽃이 눈부셨다.

윤신애의 무덤도 틀림없이 이 근처에 있을 것으로 짐작하고 이곳 저곳을 찾았으나 보이지 않았다.

'신애야! 내가 찾아왔다는 사실만 알아 달라. 내가 너를 미워하지 않는다는 것만 알아 달라!'

나는 다시 고개를 넘어 터덜터덜 비탈길을 걸어 S읍을 향해 돌아왔다. 그런데 뜻밖에도 이영애가 읍 어귀의 느티나무 밑에 앉아 있었다. 나를 기다리는 게 분명했다. 나도 그 옆에 가서 앉았다.

"선생님, 우선경을 만나 주세요."

이영애는 고개를 떨구고 속삭이듯 말했다. 가슴이 찡해졌다.

"우선경은 지금 어디에 있는데?"

겨우 이렇게 말했다.

"만날 수만 있다면 물론 만나고 싶다. 우선경뿐만 아니라 담임했던 학생들 전부 찾아볼 작정이다. 그래서 동창회 명부를 구해 달라고 한 것 아닌가."

해가 기울어 가고 있었다. 내 말이 너무나 침울했던 까닭인지 이영애는 한동안 말을 잃은 듯했다. 나는 일부러 쾌활한 척 꾸몄다.

"옛날에 〈무도회의 수첩〉이란 영화, 본 적 있지? 남편이 죽고 난 뒤 짐을 챙기던 저택 여주인이 무도회 수첩을 발견했는데 처녀 때 자신을 따라다니던 구혼자들의 이름을 보고 그들을 찾아보기로 했지. 찾아보곤 변변찮은 모습에 실망하지. 하지만 내가 옛날 학생들을 만나고 싶은 것은 실망을 찾기 위해서가 아냐. 깡그리 잃어버린 20년 시간의 의미를 찾아보고 싶은 거야."

"잃어버린 시간의 의미를 찾을 수 있을까요?"

이영애가 물었다.

"글쎄, 나는 가끔 생각했지. 내가 가르친 꽃처럼 아름다운 소녀들이 지금쯤 어떻게 되어 있을까 하고. 컴컴한 감방에 앉아 두꺼운 벽 바깥을 상상하면 언제나 눈부신 햇빛이 범람하는 장면만 떠오르지. 마르셀 프루스트의 소설 제목에 《꽃피는 처녀들의 그늘에서》라는 게 있는데, 회상 속의 처녀들은 모두 꽃피는 풍정風情이란 제목만으로도 나는 프루스트를 이해할 수 있어."

"꽃 같은 처녀를 찾아갔더니 누추한 아낙네를 만났다고 하면 실망할 것 아녜요? 시간의 의미가 고작 그런 것이라면 … ."

"시간의 의미고 뭐고 나는 단순히 그들을 만나 보고 싶다. 행복하면 행복한 대로 불행하면 불행한 대로를 보고 싶다. 알고 싶다."

"그 심정 알겠습니다. 저희들도 선생님을 생각했어요. 저희들에게 선생님은 별이었어요. 별이라도 은하에 깔려 있는 작은 별이 아니고 새벽의 명성明星처럼 큰 별이었지요. 그러니 우리 동급생들은 선생님을 만나면 모두 반가워할 거예요. 그러나 … 동기생 모두를 찾아보는 것은 그만두었으면 해요."

"어째서?"

"선생님만 괴로워질 뿐이란 걱정이 들어서요."

"괴로운 것쯤이야 문제없어. 20년을 참아 왔으니까."

"그런 게 아니구요, … 더러는 선생님이 윤신애를 죽인 걸로만 아는 친구가 있어요."

"뭐라고?"

"재판 판결이란 무서운 거데요. 판결 전에는 선생님의 무죄를 믿던 친구들이 판결 후에는 대부분이 유죄를 믿더군요. 그러니 선생님이 그들 앞에 나타나면 어색해지지 않을까, 겁이 납니다."

그때 나는 아랫입술을 깨물었다. 화창한 봄날의 오후가 돌연 어둡게 물들어 갔다. 담임한 학생들은 나의 결백을 믿어 줄 것으로 알았다. 세상 사람들이 모두 돌팔매질을 해도 그 학생들만은 그 속에 끼지 않을 것으로 믿었다.

윤신애와 나 사이에 육체관계가 있었을 리 없다는 사실을 누구보다도 그들이 잘 알 것이었다. 당시 내 생활은 유리창 속의 생활처럼 투시할 수 있게 돼 있었다. 하숙집과 학교를 오갔고, 가끔 음식점에 드나들었지만 언제나 동료나 학부형과 동반이었고, 자전거로 시내를 도는 모습도 누구나 볼 수 있었다. 학생들이 하숙집에 찾아오면 결코 내 방에 들어오지 않게 했고, 학교 밖에서 학생과 일대일로 얘기해 본 적도 없었다.

"선생님, 제가 지나친 말씀을 드렸나 봐요."

이영애의 얼굴이 울상이 되었다.

"아냐. 좋은 말을 해줬어. 나는 아직 철이 들지 않았는가 보다. 그런 처참한 꼴을 당하고도 세상을 호락호락 보는 것 같구나."

"아녜요. 선생님, 모두들 한번 만나 보세요. 걱정 없을 겁니다."

"서양 격언에 마지막이 좋으면 모든 게 좋다는 말이 있지. 그러나 그 반대도 성립하지. 마지막이 나쁘면 모든 게 나쁘다. …"

"그 마지막은 선생님 잘못이 아니잖아요?"

"내 운명도 내 책임에 속하는 거다."

"선생님, 그처럼 자학하지 마세요."

이영애는 울먹거렸다.

"자학? 나는 그런 건 모른다. 아무튼 나는 가능한 한 담임했던 학생들을 모조리 찾아볼 작정이다."

그러자 이영애는 조심조심 다음과 같이 되풀이했다.

"먼저 우선경을 만나야 합니다."

"우선경 이야기를 자꾸 하는 까닭이 뭐지?"

이영애는 고개를 숙이고 한동안 말이 없더니 입을 열었다.

윤신애 살해범으로 남상두가 구속됐을 때 전교가 소란의 도가니가 됐다. 흥분이 가라앉고 며칠 후 누군가가 말을 꺼냈다.

"남 선생님과 윤신애 사이에 언제 그런 일이 있었을까?"

"그런 일은 있을 수 없다."

이런 의견이 대부분이었다.

"사람 일은 모른다, 얘!"

이렇게 나선 학생이 있었다. 그러자 우선경이 그 학생의 따귀를 갈겼다. 평소 유순하기 짝이 없었던 우선경의 돌연한 행동이라 모두들 어리둥절했다. 맞은 학생과 우선경이 서로 머리채를 붙잡고 난투극을 벌였다. 급우들이 겨우 뜯어말렸다. 가쁜 숨을 쉬면서도 그 학생은 지껄였다.

"증거가 있어. 윤신애가 나에게 고백했어. 샘이 나지? 질투가 나지? 너한테 안 한 걸 윤신애에게만 했으니 골이 나지?"

우선경은 차분히 물었다.

"증거가 뭐냐? 증거를 대봐라."

"재판 때 공개한다더라. 그때 가보면 알 것 아냐?"

"그거 참말이냐? 맹세할 수 있어?"

"맹세하지. 참말이면 넌 어떻게 할래?"

"네 말대로 증거가 나오면 난 삭발하고 중이 되겠다."

"좋다. 내 말이 거짓이라면 난 두 눈깔을 빼 장님이 되겠다."

그 후 법정에서 윤신애의 일기가 나타났고, 얼마 뒤 우선경이 머리를 깎고 절로 들어갔다는 소문이 들렸단다.

"우선경이 그럼 나와 윤신애 사이에 그런 일이 있었다고 믿었던 건가?"

나는 다급하게 물었다. 현기증이 났다.

"믿지 않았을 거예요. 선생님과 고통을 같이하겠다고 그랬을 겁니다."

이영애의 말은 울먹거림으로 변했다. 우선경을 회상했다.

"우선경의 별명이 미스 인디아가 아니었던가?"

"예, 그랬어요. 그런 것까지 기억하시네요."

미스 인디아라고 할 만큼 우선경의 얼굴빛은 거무스름했다. 거무스름했다기보다 밀 빛깔이 적절하겠다. 그 빛깔에 탄력, 건강미, 신선미가 있었다. 이목구비 윤곽이 또렷하고 새하얀 치아의 청결함, 흰자위와 검은자위가 선명한 크고 둥근 눈….

'그 아이가 나를 위해 출가出家했다니….'

내 기억으로는 우선경에게 특별히 호의를 베푼 일은 없었다. 학교 밖에서 단독으로 만난 일도 없었다. 내 기분의 깊은 바닥엔 혹시 그 애에게 끌리는 무엇이 있었을지 몰라도 표면상 관심을 보인 적은 전혀 없었다.

"이상하네. 아무래도 이해할 수 없는데 ….”

이영애는 호젓하게 웃으며 조심스레 말을 엮었다.

"선생님은 우리의 별이었다고 말씀드렸잖아요. 별이 떨어졌는데
가만히 있을 수 있겠어요? 선경이는 마음이 착하고 곧아 한번 작정
하면 그만이에요. 선경이 부모님이 얼마나 말렸다구요. 며칠을 굶
어 하는 수 없이 승낙하셨대요. 그 소문을 듣고 선경이를 만나려 했
으나 소용없었어요. 그동안 저는 시집갔고, 선경이를 만난 건 3년
전입니다. 제가 남편이 죽은 뒤 고향으로 돌아오자 어느 날 선경이
가 저를 찾아오지 않았겠어요? 소녀 때 모습 그대로여서 깜짝 놀라
비결을 물었지요. 대답하기로 '사자死者는 영원히 젊다'라면서 자기
는 죽은 사람이나 마찬가지라 하더군요.”

이영애는 잠시 말을 끊었다가 이야기를 이었다.

"그런데 우선경은 부처님을 모시는 게 아니라 선생님을 가슴에 간
직하고 사는 느낌이었습니다.”

내 가슴은 쿵, 하고 내려앉았다. 나는 내 자신만이 아니라 또 하
나의 인생을 왜곡했구나 하는 탄식이 솟았다.

"우선경은 지금 어디에 있지?”

"5월 말까지는 수덕사에 있겠다고 했습니다. 사람을 보냈으니 내
일쯤엔 올지 모르겠습니다.”

나는 일순 가슴이 철렁했다. 나 때문에 비구니가 되었다는데 그
런 사람과 만나면 어떤 태도를 취해야 할까 걱정이 앞선 것이다.

이영애와 헤어진 나는 여관으로 돌아와 샤워를 한 다음 동창회 명

부를 펼쳤다. 제일 첫 장에 명예회원난이 있었다. 역대 교장을 비롯해 학교를 거쳐 간 교사들의 명단이 있었는데 내 이름은 보이지 않았다. 그 학교에 재직했다는 흔적이 깡그리 사라진 것이다.

명예회원난이 끝나자 현직 직원 명단이 나왔다. 학교장이 신갑성愼甲成이다.

신갑성! 눈에 익고 귀에 익은 이름이다. 나와 같은 시기에 부임한 사회생활과 교사였다. 키가 크고 눈이 부리부리하고 여드름이 풍성한 거무스름한 얼굴의 사나이였다.

50여 명의 전직 교사 가운데 사망자는 7명, 현직 교직원은 30여 명이다. 전직 가운데 국회의원이 1명, 회사 사장이 3명이다. 그 가운데 하나가 내 주목을 끌었다.

선창수란 이름의 체육 교사. 나보다 1년 뒤 부임했는데 특히 기억나는 이유는 그가 쓴 일직일지 맞춤법이 너무 엉망이었기 때문이다. 하루는 교감이 농반진반으로 선창수에게 말했다.

"맞춤법에 좀더 조심하셔야겠는데요."

그때 그의 대답이 아직도 내 귓전에 남아 있다.

"저는 체육 교사이지 국어 교사가 아닙니다."

그 말이 교감의 비위를 거슬렀던 모양이다.

"체육 교사이기에 앞서 대한민국 국민하고도 교사가 아닙니까?"

"그따위 맞춤법 몰라도 대한민국 국민 노릇 할 수 있으니 걱정 마시오!"

선창수는 이렇게 말하고 씩씩거리며 바깥으로 나가 버렸다.

내가 기억하기론 그는 내 또래였는데 일찍 결혼했기에 벌써 아이들이 있었다. 나는 선창수의 주소를 눈여겨보았다. A시 동성동!

다음엔 내가 맡은 학급난을 펼쳤다. 졸업 총원 47명이었다. 그 가운데 윤신애 이름이 없다. 졸업 이전에 죽었다고 빼버렸을까. 나는 47명 이름을 더듬어 가다가 사망자가 5명이 있어 놀랐다. 그 5명은 모두 40세 이전에 숨진 사람들이다.

동창회 명부를 뒤지며 회상에 잠겼는데 노크 소리가 들렸다. 제 말순의 남편 박우형이었다.

"오늘 공동묘지에 가셨댔지요?"

"그렇습니다."

"오늘 아내가 알아봤더니 윤신애의 무덤은 없답니다. 화장해서 뼈를 갈아 날려 보낸 모양입니다."

'그럼 풍장風葬을 한 셈인데 …, 흔적도 없이 날려 보냈다 … .'

내 표정이 너무나 음울했던 탓인지 박우형이 술이나 한잔 하러 가자고 말한다.

"좋습니다. 갑시다."

나는 일어서서 상의를 입었다. 그런 상태로 여관방에 눌러앉을 수는 없었다. 여관을 나오면서 나는 제의했다.

"김천관에라도 갈까요?"

"김천관? 거기엔 안 가는 게 좋겠습니다. 주인이 남 선생님 사건 났을 때 경찰서 형사였습니다. 혹시 불쾌하실까 봐 … ."

"주인 이름이 어떻게 되지요?"

"김영욱이라고 하지요, 아마?"

"김영욱, 김 형사 … ."

문득 떠오른 기억은 A시 검찰청으로 넘어갈 때 같이 간 형사의 얼굴이었다. 그 사람이라면 호송차 안에서 입에 담지 못할 욕설을 내게 퍼붓던 변 형사를 말린 김 형사일 것이다. 김 형사인들 내가 진범이라는 것을 부인하는 처지는 아니었다. 다만 쓸데없는 욕설이 듣기 싫었을 뿐이었을 것이다. 그도 초록은 동색同色이었을 뿐인데 한 가닥 인간성이 있었다는 게 다르달까.

그러나저러나 오늘날 내가 그를 기피할 필요는 없다. 박우형의 지나친 배려란 생각이 들었다. 그러자 박우형도 혹시 나를 반신반의하는 것이 아닐까 하는 의혹이 생겼다.

그렇다고 해서 불쾌하게 여길 것까지는 없었다. 20분 동안이나 걸었을까. 박우형이 선 곳에서 나는 놀랐다. 그 집은 바로 옛날 윤신애의 어머니가 음식점을 하던 집이었기 때문이다. 간판은 달랐다. 그때는 달성옥達城屋이었는데 지금은 삼우장三友莊이다. 옥屋을 장莊이라고 했을 만큼 문간부터 옛날과는 달랐다. 시멘트 벽을 쌓아 올린 근사한 차림이다.

"이 집이 우리 읍에선 제일로 치는 요정입니다. 들어가시지요."

박우형이 앞장서서 대문을 들어섰다. 현관도 마루도 깨끗했다. 옛날 집의 면목은 아래채에 남아 있을 뿐 대부분 개축한 모양이다. 안내를 받아 들어간 방도 깨끗하고 넓었다.

자리에 앉기가 바쁘게 내가 박우형에게 물었다.

"이곳이 어떤 집인 줄 아시고서 날 데리고 오신 겁니까?"

"제일 좋은 곳으로 모신다는 게 이렇게 되었습니다."

박우형의 대답엔 감춘 의도가 있어 보이지 않았다. 나는 웃으며 말했다.

"이 집이 바로 옛날 윤신애 집입니다."

"예?"

박우형은 놀라는 얼굴이 되면서 물었다.

"그럼 딴 곳으로 옮길까요?"

"그럴 필요는 없습니다. 아니, 한번 와봤으면 했는데, 되레 잘됐습니다."

그러나 이상해지려는 기분을 가눌 수 없었다. 여기가 윤신애의 옛집이다 싶으니 안절부절못하는 기분이다. 내 가슴의 바닥에 깔린 집념은 나를 구렁텅이로 몰아넣은 놈에 대한 것이라기보다는 윤신애를 죽인 놈을 찾아야 한다는 관념이었음을 어렴풋이 깨달았다. 나의 원수라기보다는 윤신애의 원수 쪽으로 중점이 바뀐 것이다.

술상이 들어왔다. 첫잔을 마시고 박우형에게 말했다.

"박 형! 나를 좀 도와주슈. 나는 어떤 일이 있어도, 앞으로 내 생애를 허송하는 일이 있더라도 윤신애를 죽인 자를 찾아내야 하겠소. 뿌려진 윤신애의 뼛가루 하나하나가 원령怨靈이 되어 공기 속에 가득 찬 것 같소. 내 원수를 찾을 것이 아니라 윤신애의 원수를 찾아내야만 하겠소."

"남 선생님 심정은 알겠습니다만 … 그때 못 밝힌 일을 지금 어떻게 밝히겠습니까?"

"그땐 밝히지 못한 게 아니라 밝히지 않은 것입니다."

"설령 밝힌다 해도 시효時效가 지나지 않았습니까?"

"물론이지요. 그러나 그런 것 상관하지 않습니다. 진범을 알아내면 그만입니다."

무슨 영문인지 모르는 이야기를 주고받는 자리가 지루했던지 술시중 들던 아가씨가 뾰로통하며 말했다.

"말씀만 하시려면 다방에 가시지 않구요."

맹랑한 아가씨의 말에 뭐라 말하려는데 바로 옆방으로 손님들이 들어가는 소리가 소란스럽게 났다.

"마담 얼굴에 윤기가 나는 걸 보니 청춘사업이 한창이구만!"

텁텁한 남자 소리에 이어 여자의 교성이 들렸다.

"뭐라 쿱니꺼, 교장 쌤! 이러다간 쥐구멍이 될까 겁납니다에."

"쥐구멍에도 볕 들 날이 있겠지."

다른 남자의 목소리도 잇따랐다. 벽이 허술해 옆방 말소리가 생생하게 들리는 것이다. 말을 삼가야겠다며 조용조용 술을 마시는데 내 가슴을 찌르는 충격적인 말이 새어 나왔다.

"서장, 어떻게 되는 겁니까? 사형을 받았다가 무기로 되었다가 사면이 돼 풀려나온 사람이 아무 데나 돌아다닐 수 있습니까?"

그 목소리는 귀에 익었다. 여교 교장임에 틀림없었다.

"사면으로 석방된 사람이면 아무 데나 갈 수 있지요."

경찰서장의 말일 것이다. 이어 교장이 말했다.

"옛날 우리 학교에 있던 남상두라는 사람이 살인죄를 짓고 복역했는데 요즘 이곳에 나타난 모양이오. 감시라도 하는지 모르겠소."

서장이 뭐라고 말하는 것 같았으나 들리지 않았다. 나를 보는 박우형의 표정이 긴장했다. 낮은 소리로 내가 물었다.

"신갑성 교장이지요?"

"그런 모양입니다."

방 안에 어색한 공기가 돌았다.

"자리를 옮기는 게 어떻겠습니까?"

박우형의 말은 조심스러웠다. 나는 손가락을 입에 갖다 댔다. 또 무슨 말이 들려왔기 때문이다.

"어쨌든 감시를 붙이는 게 좋을 겁니다."

분명히 신갑성의 목소리였다.

"굳이 그럴 필요가 있을까요? 모처럼 옛날 인연을 찾아온 사람을 불쾌하게 만들 필요가 있겠습니까?"

경찰서장인 듯한 사람의 말은 부드러웠다.

"자기가 살인까지 한 곳이니 얼굴을 들고 돌아다니지도 못할 텐데 공공연하게 나타나는 걸 보니 여간 뻔뻔한 사람이 아니지 않습니까? 그런 놈이니 무슨 짓을 할지 … ."

신갑성은 자못 치안을 걱정하는 투였다. 그러나 서장의 말은 달랐다.

"그런 사람들, 따지고 보면 불쌍하지 않습니까? 어쩌다 한순간 마음을 잘못 먹고 저지른 죄로 평생을 망쳤으니 … , 가능하면 따뜻하게 맞아 주어야 합니다. 벌을 받을 대로 받은 사람을 또 푸대접한대서야 되겠습니까?"

"다만 또 무슨 불미스런 일이 생길까 걱정할 뿐입니다. 어느 책에 보니까 범인은 범행현장으로 돌아온다더니만 그치도 역시 … ."

"교장 선생은 자꾸만 그 사람을 범인이라 하는데 지금은 범인이 아닙니다. 그런 사람이 활달하게 사회복귀를 하도록 해줘야지요.

신 교장 같은 마음으로 전과자를 다룬다면 그들의 사회복귀에 지장이 있습니다. 그러면 새로운 불행을 초래하게 됩니다. 신 교장이 생각을 바꾸셔야 하겠습니다."

"모르겠습니다. 난 아무튼 무슨 불상사가 없길 바랄 뿐입니다. 술이나 마십시다."

신갑성의 말이 여기에 이르렀을 때 나는 일어섰다.

"박 선생! 나갑시다."

아가씨들이 의아하다는 눈초리로 나를 보았다. 나는 호주머니에서 집히는 대로 돈을 꺼내 그들에게 얼마씩을 주었다.

삼우장 문을 나서며 박우형을 돌아보고 말했다.

"김천관으로 갑시다."

"예?"

"김영욱이란 사람을 만나 볼 참입니다."

"불쾌한 일이나 없을지 걱정입니다."

"걱정하지 마세요. 그럴 각오 없이 내가 이곳에 왔겠습니까?"

김천관까지 말없이 걸었다.

나는 간단하게 안주와 술을 주문하고 일하는 아이에게 일렀다.

"주인 계시거든 이리로 모셔 오세요."

잠시 후 주인이 들어왔다. 무척 늙은 탓인지 전혀 알아볼 수가 없었다. 그때는 여윈 인상이었는데 지금은 딴판으로 뚱뚱한 몸집이었기 때문이다. 김영욱도 영문을 모르겠다는 표정으로 박우형에게만 인사하고 건너편에 앉았다. 나는 단도직입적으로 행동할 수밖에 없었다.

"나, 남상두올시다."

나는 가볍게 고개를 숙였다.

"김영욱입니다."

그는 답례하면서도 나를 전혀 알아보지 못했다. 그도 그럴 것이었다. 날마다 밤마다 고문을 받으며 마룻바닥을 뒹구는 모습만 보아 온, 그것도 아득히 20여 년 전이었으니 지금 의젓한 차림으로 앉은 나를 쉽게 알아볼 리 없는 것이다.

"나를 기억하지 못하시겠습니까? 남상두 … 살인사건으로 … ."

김영욱의 얼굴엔 아연 긴장하는 빛이 돌았다.

"아! 그렇습니까? 그런데 어찌 … ."

당황한 나머지 말끝을 잇지 못했다.

"곤경에 처했을 때 보여준 호의를 잊을 수 없습니다. 내게 욕을 퍼붓던 변 형사를 말리다가 그로부터 호되게 당하신 적이 있지요? 그걸 난 잊지 못합니다. 고맙다는 인사도 할 겸 찾아왔습니다."

술이 서너 순배 돌자 긴장된 분위기가 약간 풀어졌다.

"김 형사께선 혹시 이런 일이 있었습니까? 형무소에서 나온 전과자하고 술 마시는 일 말입니다."

"김 형사란 말은 듣기에 거북합니다. 하하 … 간혹 있지요. 개과천선했다고 찾아오는 사람도 있고, 우리에게 붙들린 것도 무슨 인연이라고 무슨 부탁을 해올 때도 있습니다. 그럴 땐 무척 반갑지요. 힘이 되는 데까지 도와주려고 애를 쓰기도 합니다."

"나하고 같이 앉아 있는 게 어색하진 않습니까?"

"그렇지 않습니다. 그동안 가끔 남 선생님을 생각했지요. 그분, 지금 어찌 되었나 하구요. 그런데 언제 나왔습니까?"

"반년쯤 됩니다."

나는 S읍을 찾은 심경에 대해 대강 설명했다. 그러나 억울한 죄를 뒤집어썼다는 말은 삼갔다.

"지금 지내시는 형편은 어떻습니까?"

"부모님 덕택으로 경제적 여유가 있어 생활엔 걱정 없습니다."

"다행입니다. 고생 후에 생활이 어려우면 야단일 텐데요."

김영욱의 이 말에 박우형이 불쑥 입을 열었다.

"남 선생님은 거부巨富입니다. 수십억 재산을 가졌습니다."

"수십억?"

김영욱이 눈을 동그랗게 떴다. 김영욱의 태도에 뚜렷한 변화가 있었다.

"그만한 재산이면 지낸 고생을 보상해 가며 살 수가 있겠습니다."

그의 말에 부러움이 묻어 있었다.

"잃어버린 세월을 돈으로 되찾을 수 있습니까?"

"그럼 앞으로 큰 사업을 하실 수 있겠습니다."

김영욱의 말에 책략이 번쩍했다.

'어쩌면 이자를 이용할 수 있을지 모르겠다. …'

"사업을 해야지요. 내가 이곳에서 받은 치욕을 씻기 위해서 이곳에 큰 공장을 지어 볼까 합니다."

"그것 참 좋은 생각입니다. 선생님께서 이곳에서 큰 사업을 하시면 과거 과오쯤이야 말쑥이 씻어 버리고도 남을 것입니다."

"그런데 전제가 있습니다. 윤신애를 죽인 진범을 찾아내야 합니다. 그러기 위해 나는 10억쯤 돈을 쓸 작정입니다."

"……."

"김 형사는 물론 나를 살인자로 알고 있을 겁니다. 그러나 그렇지 않습니다."

"그 사건에 애매한 점이 많기는 했지요. 그러나…."

"김 형사! 나를 믿어 주시오. 10억이 모자란다면 20억이라도 쓰겠습니다. 나는 어떤 일이 있더라도 진범을 찾아내야만 하겠습니다."

어느덧 나는 흥분하고 있었다.

"이제 진범을 찾아 뭘 하시겠습니까. 시효도 지나 버렸고…."

"시효가 지났다 해도 진상을 밝히는 것이 목적입니다. 원래 나는 진범을 꼭 찾겠다고 여기에 온 건 아닙니다. 그러나 여기서 하룻밤을 묵고 이 사람 저 사람을 만나 보는 동안 그런 결심이 굳어져 갔습니다. 더욱이 아까 신갑성의 말을 들으니 가만히 있을 수 없네요. 내 재산 전부를 털어 없애도 진범만 밝혀내면 여한이 없겠습니다."

"남 선생님이 절대로 범인이 아니란 믿음만 있으면 일을 시작하지 못할 바는 아닙니다만…."

"제가 범인이 아니란 믿음이 없다는 말입니까?"

"솔직하게 말해서 긴가민가합니다."

"그럼 정 형사가 어디에 살고 있습니까?"

"정효근 씨 말인가요?"

"이름까진 모르겠습니다만 그때 형사였습니다."

"그럼 정효근 씨인데 지금 A시에서 복덕방을 하고 있습니다. A시에 가기만 하면 수월하게 만날 수 있을 겁니다."

"변 형사는 어디에 있습니까?"

"대구 어느 염직회사 전무로 있다는데 주소는 모릅니다."

"수소문하면 알 수 있겠지요?"

김영욱이 정색을 하며 다음과 같이 말했다.

"지금 생각해도 그때 변 형사의 태도가 조금 지나쳤습니다만 그 사람으로선 직무에 충실했을 뿐입니다."

나도 김영욱의 말을 이해했으나 내 입장을 밝혔다.

"변 형사가 나만을 추궁하고 다른 가능성을 조사해 볼 생각도 하지 않은 태도를 용서할 수 없어요. 우연한 증거 몇 개만으로 나를 범인으로 단정하고 달리 진범이 있을지도 모른다는 가정까지 봉쇄했으니 경찰 직무적으로도 용인할 수 없는 일 아닙니까? 그렇게 함으로써 진범을 영영 놓쳐 버린 것 아닙니까?"

"수사 각도를 달리해 볼 수도 있었을 텐데 남 선생님 말씀을 듣고 보니 변 형사의 수사 태도에 무리가 없지도 않았습니다."

김영욱의 말에 나는 용기를 얻어 다음과 같이 말했다.

"내가 진범이라 단정하는 이유는 물론 있겠지요. 그러나 진범이 아니라는 심증도 확인해야지요. 살인을 하려면 무슨 절체절명의 이유가 있어야 하는 것 아닙니까? 윤신애가 아기를 뱄다는 이유만으로 내가 죽였겠습니까? 나는 총각입니다. 설혹 그 아기가 내 아이라 하더라도 내겐 곤란할 이유가 없습니다. 학교를 떠나 대학원에 갈 예정이었기에 졸업한 윤신애와 결혼하면 되는 것 아닙니까? 기혼자

여서 도덕적으로 책망을 받을 일도 아니지요. 총각이 처녀에게 애를 배게 했다고 해서 그게 큰 탈이 되겠어요? 전후좌우 아무리 살펴도 내가 윤신애를 죽일 이유가 없습니다. 하물며 나는 그 애하곤 아무런 관계도 없었습니다."

"증거로 일기장이 나왔지요?"

김영욱의 태도는 과거 형사의 태도로 돌아가 있었다.

"그 일기장이 또 수상합니다. 어떻게 해서 일기장이 나와 상관된 기록이 있는 데서 끝납니까? 뒷부분이 분명 있었을 텐데 그 일기가 1년 전쯤의 부분에서 끝나 있었다는 것은 고의로 뒷부분을 없애 버렸다고 봐야 합니다. 그리고 그 기록은 소녀다운 상상력으로 함부로 쓴 것입니다. 나는 윤신애를 안은 적도 없으니까요. 누군가가 그 애의 필적을 닮게 조작해서 써놓은 것인지도 모르구요."

"재판 때 하신 말씀 아닙니까?"

"그렇지요. 하지만 내 진술은 채택되지 않았고 필적 감정조차 하지 않았습니다."

"남 선생님 말씀을 듣고 보니 의문점이 없지 않습니다. 그러나 누가 그런 조작을 했겠습니까?"

"그러니까 하는 말 아닙니까. 윤신애를 꼭 죽여야만 할 이유를 가진 사람이 누굴까 하고 그를 찾아야지요. 변 형사는 그 일을 등한히 했다 이겁니다."

"남 선생님 마음에 대강 짐작 가는 사람이 있습니까?"

"지금으로선 전혀 없습니다. 그때 내가 담임했던 학생들을 비롯해서 당시의 선생님들, 그리고 윤신애 가족을 찾아볼 작정입니다.

그러는 도중에 혹시 짐작이 가는 사람이 나타날지 모르지요."

"나도 협력하겠습니다."

김영욱이 단호하게 말했다.

S읍에 살고 있는 윤신애의 동기생 여섯을 만나 보니 그들은 사건을 소상하게 기억하고 있었다. 그때 받은 충격을 아직도 간직한다고 말했다. 그들의 생활이 평범하였기에 그 사건의 기억은 비석에 대문자로 새긴 글자처럼 선명한 것일까. 감수성이 예민한 어릴 적의 충격으로 그들의 가슴속에 새겨진 것일까.

시장통 잡화상 주인의 아내인 한명희는 다음과 같이 말했다.

"도무지 믿을 수가 없었어요. 뭔가 잘못되었을 거라고 생각했죠. 그런데 재판에서 사형선고가 내려졌다는 소식을 듣고 저는 실신하고 말았어요. 아! 참말로 남상두 선생님이 그런 짓을 했구나 해서죠. 사람이란 그렇게 무서운 존재일까, 그 점잖고 언제나 부드러운 웃음을 지으시던 남 선생님이 윤신애를 죽이다니 …. 2심에서 무기징역 판결이 난 신문기사를 봤을 때 얼마나 반가웠는지, 얼마나 울었는지 몰라요. 친구들에게 엽서를 보냈죠. 남 선생님 기사를 읽었냐구요. 그 엽서를 보내기가 바쁘게 친구들이 내게 보낸 편지가 스물몇 장 왔어요. 비슷한 내용이었어요. 남 선생님, 살게 됐단다, 그 기사 읽었냐구요. 모두들 같은 감정이었던 모양이지요? 우리가 낸 진정서가 효과를 거두었구나 하고 대법원에도 또 진정서를 내자고 법석을 떨었지만 모두가 뿔뿔이 헤어져 있는 터라 연명으로 할 수 없으니 각자 내자고 했죠. 저는 서투른 붓글씨로 대법원에 진정서를 냈습니다. …"

고등법원, 대법원에 진정서가 모여든다는 얘기를 변호사로부터 들은 적이 있다. 내 형량이 무기징역에서 20년으로 감형된 것이 진정서 덕분이 아닌가 하는 생각이 들었다.

한명회의 말이 끝날 무렵 나는 조용히 물었다.

"그래, 지금도 나를 윤신애를 죽인 범인으로 알고 있나?"

"범인이건 아니건 이렇게 다시 만나 뵈니 반가워요. 그런 것 모두 다 잊으시고 앞으로 행복하게 사세요. 선생님은 아직 젊으신걸요."

한명회는 눈물을 닦았다. 중년의 군살이 붙었어도 마음은 아직도 소녀였다.

한명회와는 달리 김진순은 뼈와 가죽만 남았을 정도로 야위었다. 생활이 무척 곤궁해 보였다.

"어디 아픈 덴 없나?"

측은한 마음에서 내가 물었다.

"별로 아픈 덴 없어요."

김진순이 고개를 숙였는데 옆에서 한명회가 말했다.

"진순이 남편이 지금 병석에 있어요. 진순이가 남편 병 수발에 집안 생계까지 꾸려 가려니 더욱 힘들지요."

"자녀가 몇이나 되지?"

"셋입니다. 맏이가 아들이고 딸이 둘입니다."

김진순은 무릎 위의 손가락을 만지작거리며 말했다. 손가락 마디는 굵고 살결이 거칠었다. 나는 봐서는 안 될 것을 봤다는 기분으로 시선을 돌렸다. 그때 김진순의 입에서 뜻밖의 말이 나왔다.

"저는 선생님이 터무니없는 누명을 쓰셨다고 믿어요."

"그래?"

아연 긴장했다. 한명희가 말을 보탰다.

"진순이는 언제나 그렇게 말했어요. 죄송합니다만 저는 진순이가 그럴 때마다 훼방을 놓았죠. 선생님을 좋아하는 것과 사실을 똑바로 봐야 하는 것은 다르다고요. 그런 죄를 지어도 나는 선생님이 좋다는 마음은 있을 수 있지만 선생님이 좋으니까 그런 일은 있을 수 없다는 생각은 잘못이라고 저는 우겼지요. 반쯤 장난으로…. 그럼 진순이는 운답니다. 늙어 가는 주제에 우는 모습을 보면 안타깝기도 해서 제가 양보하기도 하죠."

나는 내가 억울하다는 말을 하지 않기로 다짐했다. 증명은 필요하지만 변명해서는 안 된다는 점을 한명희와 김진순을 만나는 도중에 깨달았다.

"차차 밝혀질 날이 있겠지. 진순이는 생계를 뭘로 꾸리느냐?"

"시장에서 채소 장사를 합니다."

가냘픈 대답이었다.

"진순이는 내가 누명을 썼다는 것을 무슨 근거로 믿게 되었나?"

"근거야 확실합니다. 선생님의 인품으로 봐서, 선생님의 마음씨로 봐서 절대로 그럴 분이 아닌 걸 믿었습니다."

"그것뿐인가?"

"그 이상으로 무엇이 필요하겠어요?"

"그런데 그것만으로는 재판을 이기지 못해."

나는 어색한 웃음을 웃었다. 그리고는 김진순을 도울 궁리를 속으로 했다. 수단엔 신경을 써야 했다. 이영애를 통하는 것이 좋겠다. 내 무죄를 믿어 주니까 돕는다는 그런 얄팍한 짓이 되지 않기 위해서다. 후일을 기해 다시 만나기로 하고 그들을 돌려보냈다.

한명희와 김진순을 만난 성과는 나의 결백을 믿건 믿지 않건 모두들 내게 호의를 가졌다는 사실을 알았다는 점, 그것이었다.

얼어붙은 메아리

탁정숙은 혼자서 나타났다. 헌칠한 키를 가진 활달한 여성이다. 얼굴에 윤택이 나는 걸 보니 정성 들여 가꾼 모양이다. 탁정숙은 인사를 끝내고 자리에 앉자마자 흥분했다.

"어제 한명희가 다녀갔었죠? 걔는 우리 친구가 아녜요. 우린 모두 선생님이 누명을 쓴 거라고 믿었는데 걔만은 달랐어요. 선생님을 죄인이라고 믿었거든요. 그런 년이 어떻게 선생님을 뵈러 왔는지 뻔뻔스럽기 짝이 없어요."

나는 탁정숙의 흥분을 가라앉히기 위해 말했다.

"사람은 저마다 주관이 있지 않아? 주관대로 말하고 행동한다 해서 비난할 건 없잖을까? 들어 보니 한명희도 나 때문에 진정서를 내기도 하고 나름대로 마음을 쓴 모양이던데."

"그 진정서가 탈이었답니다. 우리 모두 선생님은 절대로 그럴 분이 아니라고 진정서를 쓰자고 하는데 한명희와 몇몇만은 유죄를 전제로 진정서를 쓰면서 벌을 가볍게 하자는 거였어요. 그래서 우리 반이 두 갈래로 분열했답니다. 우리가 일치단결했으면 판결에 영향을 미칠 수 있었겠지요."

"한명희는 유죄를 무죄로 하라는 진정서는 어차피 효과가 없을 테니 되도록 벌이 감해지도록 하려는 뜻이 아니었을까?"

"제자들 사이에서 의견 차이가 났다는 게 치명적인 탈이었지요."

탁정숙은 흥분이 여전한 듯 얼굴이 벌겋게 달아올랐다.

"지나간 일 아닌가? 잊어버리게."

"그래, 선생님은 지난 일이라 치고 잊으실 참이에요?"

"그렇겐 못 하지. 나는 진범을 찾기 위해 최선을 다할 참이다. 그러나 증명하기에 앞서 변명은 하지 않겠다."

"저도 힘이 될 수 있으면 좋겠어요."

"고맙네. 그런데 참, 당시 윤신애와 가장 친했던 아이가 누군가?"

"김진순이에요."

"김진순? 어제 한명희와 같이 왔던데."

"그렇다더군요. 진순이는 착한 아이에요. 그런데 밸이 없어요. 하기야 한명희 집 가게를 빌려 장사를 하고 있으니 할 수 없겠지만 한명희 따위와 어울려 다니는 꼴 보기도 싫어요."

나는 새삼스럽게 놀랐다. 과거의 일, 그것도 내 사건 때문에 동기생들이 아직도 분열 상태에 있다니 놀라지 않을 수 없었다.

탁정숙의 남편은 정미 공장을 한단다. 남편도 내 무죄를 믿기에 다소의 힘은 될 것이란다.

그 다음에 찾아온 제자는 조숙향과 구윤순이었다.

조숙향은 학생 시절에 큼직한 몸집으로 부잣집 맏며느리 같은 인상이었다. 아니나 다를까 그녀는 학교를 졸업하자마자 이 지방의 부자로 알려진 이 진사의 손자며느리가 되었단다. 일제시대엔 만석꾼이었다는 집안이다. 만석 토지는 사라졌지만 임야는 아직 남아 있어 조숙향의 남편은 산림山林에 정성을 쏟아 유명한 미림美林을 가꾸었단다.

"숙향이는 대단히 행복하겠구나."

나는 산림을 가꾼 그 남편이 진심으로 부러웠다. 아아, 나도 20년을 허송하지 않았다면 미림을 가꿀 수도 있었을 것 아닌가.

"저는 행복이 뭔지도 모르고 삽니다."

숙향의 말에서 귀부인 태가 풍겼다.

"행복한 게 뭔지 모르고 사는 사람이 행복 아닌가."

"그런 건가예? 우야튼동 선생님 만나서 반갑고예, 언제 저희 집에 와주시면 영광이겠습니다."

구윤순은 이곳 초등학교 교사로 있다고 한다.

"교대를 나와서 잠시 교편을 잡다가 결혼했는데 4년 만에 남편이 저세상 갔어요. 그래 배운 도둑질이고 해서 ……."

"교사를 배운 도둑질 하는 걸로 알면 곤란한데, 하하. ……"

구윤순과 나는 웃었다.

이런 말 저런 말 끝에 내가 물었다.

"이곳에 자네들 동창이 여럿 살고 있다는데 이렇게 되니 다 만나 본 셈이로군. 그렇지?"

구윤순은 내가 만나 본 동창의 이름을 헤아려 보더니 한 사람 더 있다고 했다.

"누군데?"

"임숙희입니다."

"임숙희?"

내 뇌리를 스치는 얼굴이 있었다. 눈이 크고 갸름한 미인형 얼굴이었다. 임숙희는 기생의 딸인데 어머니와 떨어져 외갓집에서 산다는 얘기를 들은 기억마저 솟았다.

"미인이어서 기억하고 계시겠지요?"

구윤순은 그렇게 묻고 잠깐 망설이더니 말을 이었다.

"그런데 임숙희는 선생님 앞에 나타나지 못할 겁니다."

"왜?"

나는 반문하지 않을 수 없었다. 구윤순은 조숙향의 눈치를 살피더니 조심스레 대답했다.

"저희들은 들어서 알 뿐입니다만, 그때 선생님을 취조한 사람이 변 형사라고 하데요. 그 일이 있고 난 후 임숙희는 변 형사와 결혼했어요."

나는 깜짝 놀랐으나 내색은 하지 않았다. 구윤순은 말을 이었다.

"그땐 아마도 선생님에 대한 1심 판결이 나지 않았을 때일 겁니다. 그 소식을 듣고 놀랐지요. 물론 졸업하고 뿔뿔이 헤어진 뒤여서 뭐라 말할 기회는 없었습니다만, 세상에 그럴 수가 있느냐는 말은 만나는 친구들 사이에서는 돌았습니다."

"임숙희가 지금 여기서 살아? 변 형사는 대구에 있다 하던데?"

나는 다급하게 물었다.

"차근차근 이야기하겠습니다. 하여간 임숙희는 변 형사와 결혼했는데 그때 들리는 말로는 숙희가 재학 중에 변 형사와 연애했다는 것 아닙니까. 기가 막혀 말도 안 나오더만예."

"여학생이 형사와 연애한다 해서 이상할 건 없잖아?"

"그걸 말하는 건 아닙니다. 숙희가 변 형사와 그런 사이라면 남 선생님의 인품을 충분히 설명할 수도 있었을 텐데, 왜 그랬을까 하는 겁니다."

이때 조숙향이 입을 열었다.

"재학 시절에 숙희가 변 형사와 연애했다는 것은 뜬소문일지도 모릅니다. 대구에 있는 숙희 엄마가 시킨 일이라는 소문도 있었으니까요."

나는 다시 임숙희의 얼굴을 뇌리에 떠올려 봤다. 내가 정성 들여 가르친 제자가 나를 혹독하게 다룬 인간과 결혼했다니 결코 유쾌하지는 않다. 그러나 세상엔 그런 일도 있긴 하다. 일제시대에 남편을 고문해서 죽인 고등계 형사와 살고 있는 여성을 나는 안다.

"그러니 임숙희가 우리 앞에 나타날 수 있겠어요? 졸업 후엔 임숙희를 본 적이 없었죠. 3년 전엔가 길거리에서 지나친 적이 있는데 서로 인사도 하지 않았습니다. 선생님 앞엔 나타나지 못할 겁니다."

"그렇다고 임숙희를 나쁜 사람으로 취급할 수 있나?"

나는 한숨을 토했다.

"임숙희는 3년 만에 이혼했어요. 그 이유는 모르겠습니다. 임숙희는 그 후 어떤 사업가의 후처로 들어간 모양입니다."

구윤순은 보충 설명했다.

그러고도 그들은 한참 있다가 일어섰다. 일어서며 조숙향은 조그마한 종이뭉치를 꺼내 놓았다.

"얼마 안 되는 돈입니다만, 선생님 여비에 보태 쓰라고 제 남편이 보낸 겁니더."

아무리 사양해도 소용없었다. 조숙향은 끝내 돈 꾸러미를 놓고 가버렸다. 소문난 부자는 처지가 곤란한 사람을 찾을 때는 빈손으로 가지 않는다는 고대 풍습에 따른 것이었다. 돈 꾸러미를 풀어 봤더니 20만 원이 들어 있었다. 시골에서는 큰돈이다.

나는 그 돈에다 내 돈 얼만가를 보태 싸들고 밖으로 나왔다. 김진순에게 갖다줄 참이었다.

며칠 사이에 날씨는 제법 포근해졌다. 가로수 플라타너스는 아직 메마른 가지째로 있지만 물이 오른 듯하다. 하늘은 맑았다. 맑은 이른 봄의 소읍 거리를 나는 한가하게 걸었다.

장터에 들어서자 채소전은 금세 눈에 띄었다. 김진순의 가게는 채소 몇 다발 놓고 궁상스럽게 앉아 파는 행상이 아니라 꽤 규모가 큰 청과물상이었다. 들어오는 손님이 나인 줄 알자 김진순은 후닥닥 일어났다.

"선생님께서 웬일이십니까?"

"심심해서 산책을 나왔어. 그러다 보니 여기까지 오게 됐다."

김진순은 자기가 막 앉았던 의자를 밀어 놓고 앉으라고 했다.

"앉을 것까지도 없다."

김진순은 근처엔 다방도 없다면서 굳이 앉으라고 권했다. 나는 부득이 자리에 앉고는 돈뭉치를 책상에 놓으며 말했다.

"남편이 병환 중이라 하니 이걸로 약값에나 보태게."

김진순은 질겁했다.

"안 됩니다. 안 됩니다."

"안 될 게 뭐가 있나? 나는 그럴 만한 여유가 있는 사람이다."

그 돈 가운데 일부는 조숙향이 가지고 온 돈이라는 말은 하지 않았다. 나는 억지로 떠맡기다시피 해놓고 물었다.

"김 군, 임숙희 집을 아는가?"

김진순의 표정이 굳어졌다. 그러나 그것은 순간이었고 다시 평정한 얼굴로 돌아왔다.

"전 잘 모릅니다. 그러나 알려면 알 수 있습니다."

"그럼 수고스럽지만 김 군이 임숙희를 한번 만나 봐주게."

"뭣 하려고예?"

"가서 이렇게 말해라. 내가 한번 보고 싶다 하더라고."

"예."

"이상하네. 동기생인데 이 좁은 동네에 살면서 왕래가 없다니 …."

김진순은 뭐라고 말하려다 말았다.

"김 군 반의 아랫반, 즉 내가 묵고 있는 신흥여관 안주인의 동기생들은 가끔 여럿이 모이는 모양인데 자네들은 그렇게 하지 않나?"

"어쩐지 그렇게 되었습니다. 선생님 때문에 …."

"…… ."

"그 사건이 터졌을 때 우리 교실은 울음바다가 되었어요. 그런데 얼마 안 가서 묘한 공기가 일더군요. 윤신애에 대한 일종의 질투심이 일어난 것이지요. 동시에 선생님에 대한 배신감이기도 하지요."

김진순은 당시 학급 상황을 회고했다.

윤신애와 남상두 사이에 연애관계가 있었다고 믿는 학생과 그렇지 않다는 학생으로 갈라졌다. 각 파는 또한 남상두의 범행을 긍정하는 파와 부정하는 파로 분열되었다. 사태를 지켜보자는 중간파가 나섰으니 대충 다섯 파로 나뉘었다. 윤신애와의 연애는 인정하면서도 죽이지는 않았을 것이라 믿는 학생이 있었고, 연애는 있을 수 없다면서도 살해를 믿는 학생도 있었다. 이런 분열과 대립 탓에 졸업식은 엉망이 되었다. 전체 기념사진도 찍지 못했다.

"이상도 하지. 어떻게 나와 윤신애가 그런 관계라고 믿었을까?"

"우리 반 아이들 모두가 선생님을 사모했지요. 또 윤신애 집에 선생님이 가끔 드나들었지 않아요? 술집이라서요. 그래서 ⋯."

"참, 김 군은 신애와 가장 가까운 친구였다며?"

"그랬습니다."

"그때 자네 느낌은 어땠나?"

"절대로 그런 일이 없다고 단언했지요. 그렇게 믿는 애들은 제 말을 믿어 주지 않았지요."

그날 밤 김진순이 과일을 한 보따리 싸들고 여관으로 찾아왔다. 제말순이 동석했다.

임숙희의 집을 알아내 찾아갔더니 출타 중이어서 쪽지를 남겨 놓고 나왔단다. 임숙희가 화제에 오르지 않을 수 없었다.

"임숙희가 변 형사와 연애했다는 말은 사실인가?"

"확실한 건 모르지만 사실이 아닐 겁니다. 윤신애의 어머니와 임숙희의 어머니는 친구 사이였는데 윤신애의 어머니가 중매를 섰다고 들었습니다."

윤신애의 어머니도, 임숙희의 어머니도 기생 출신이었다니 서로 친구일 수 있겠지만 윤신애의 어머니가 중매를 섰다는 사실이 마음에 걸렸다.

'혹시 딸의 원수를 갚아 준 사람이라고 해서 변 형사에게 은혜를 느낀 때문일까?'

"임숙희가 이혼한 이유는 뭔가?"

"모릅니다. 우리는 임숙희와 교제를 끊고 살았습니다."

"재혼한 남편이 무슨 사업을 한다던데?"

이때 제말순이 대답했다.

"주유소를 합니더예. 그 남편은 환갑 넘은 노인이라예."

임숙희에 대해서는 더 아는 바가 없었다. 나는 화제를 바꾸었다.

"윤신애의 어머니는 아직 살아 계시겠지?"

"살아 계십니다. 대구에서 여관을 하신답니다."

김진순의 대답이었다. 대구의 여관 이름까지는 모른다 했다. 그리고선 생각이 났다는 듯 말을 이었다.

"선생님, 선창수 선생님을 아시죠?"

"선창수라면 체육 교사?"

"그렇습니다. 선창수 선생님이 윤신애 어머니의 사위입니다."

"뭐라고?"

의아했다. 내 기억으로는 선창수는 그때 학교 사택에서 가족과 함께 살고 있었다.

"선창수 선생은 원래 부인과 이혼하고 윤신애의 언니와 재혼한 거예요. 우리들이 졸업한 이태쯤 후에요."

"대구에서 학교에 다닌다던 언니 말인가?"

"예. 남의 일을 속속들이 알 수야 없지만 선창수 선생이 맹렬하게 서둘렀던가 봅니다. 그 언니는 윤신애와는 아버지가 다릅니다. 대구에서도 이름난 부자의 딸입니다. 신애 어머니에게 여관을 사준 것도 그 아버지라고 들었습니다."

"그래, 그 선창수는 지금 뭘 하는데?"

동창회 명부에 '사장'이란 직함으로 된 것을 상기하며 물었다.

"대구 무슨 염직공장 사장이랍니다."

김진순의 말에 귀가 번쩍했다. 김영욱의 말이 기억에 살아났다.

"변 형사가 염직회사 전무라 하던데 혹시 같은 회사가 아닌가?"

"그것까진 모르겠습니다."

필시 같은 회사이리라 짐작했다. 선창수가 사장이고 변 형사가 전무라면 우연한 암합暗合 이상의 관계가 아닐까.

선창수, 체육 교사답지 않게 왠지 음습한 느낌을 주는 인물이었다. 목적을 위해서는 수단과 방법을 가리지 않는다는 인상이었다.

"선창수 선생과 윤신애 사이가 특별히 좋았었나?"

"그거야 당연하지요. 윤신애는 핸드볼 선수였으니까요. 체육 선생은 운동 잘하는 학생을 특히 좋아하시죠."

김진순은 별로 대수롭지 않게 말했다.

"그럼 신애의 집에 자주 드나들기도 했겠네?"

"잘은 모릅니다만 아마 그랬을 겁니다. 신애의 어머니와는 각별하게 지낸 것 같습니다. 신애의 언니와 결혼한 것을 보더라도 짐작가는 일이잖습니까?"

"그때도 선창수 선생은 윤신애의 언니를 만난 일이 있었겠네?"

"윤신애의 언니는 방학이면 어머니 집에 와 있었으니까요. 방학기간에 그 언니를 만난 선창수 선생이 홀딱 반하지 않았을까요?"

나는 방학 때면 서울에 갔기에 방학 동안의 S읍 일은 전혀 모른다. 선창수는 방학 동안 신애 언니와 사랑을 가꾸어 아내와의 이혼을 강행한 것이 아닐까. 이렇게 추정하자 20여 년 전 윤신애가 사라져 간 저편에 서 있던 점퍼 사나이와 선창수가 동일 인물이 아닐까 하는 추리로 발전했다.

메모가 필요함을 느꼈다. S읍에 온 이후 만난 사람의 이름과 그들의 발언을 차근차근 적어 나갔다. 가장 중점을 둬야 할 사람이 임숙희라는 사실을 재삼 확인했다. 그런 짐작을 메모장에 적고 있는데 손님이 찾아왔다고 사환이 전한다. 이 밤에 누구일까?

나타난 손님은 임숙희였다. 나는 임숙희에게 돌아서 있으라고 하고 파자마를 양복으로 바꾸어 입고는 임숙희에게 앉으라고 방석을 내밀었다.

"선생님, 오랜만입니다!"

임숙희는 고개를 숙였다. 옛날의 그 아름다움은 온데간데없고 쇠잔한 몰골만 남았다. 처량한 느낌이었다. 임숙희는 그들의 동창생 누구보다도 늙어 있었다.

"참으로 오랜만이군!"

임숙희는 울먹이면서 말했다.

"모두들 저를 나쁜 년이라고 하지예?"

"그럴 까닭이 있겠느냐?"

임숙희는 고개를 떨군 채 말을 이었다.

"어머니의 성화 때문에 하는 수 없이 결혼했어요. 결혼 날짜를 정하고 보니 그 사람이 ⋯ ."

나는 잠자코 귀를 기울였다.

"그 사람이 선생님을 괴롭힌 변 형사였습니다. 저는 죽기로 맹세하고 반대했어요. 밥도 먹지 않고 사흘을 버텼는데 도리가 없었습니다. 저는 어쩔 수 없이 결혼했는데 ⋯ ."

임숙희의 말은 순서도, 맥락도 없었다. 나는 그 이야기를 듣기가 거북했다.

"숙희! 그만두게. 지나간 일을 들먹여 봤자 무슨 소용이 있겠어?"

그러나 임숙희는 물러서지 않았다.

"제 사정을 털어놓지 않고서는 저는 죽을 수도 없습니다. 모든 사람이 다 오해하고 손가락질해도 선생님만은 오해하셔서는 안 됩니다. 그러니 꼭 제 말을 들어 주셔야 해요. 선생님 ⋯ ."

"그러면 잠깐 진정하고 천천히 얘기해 봐. 나는 오해하지 않을 거다. 세상에 오해처럼 무서운 것은 없다. 내 자신이 오해의 희생자 아니냐?"

내 말소리도 어느덧 떨리고 있었다.

임숙희의 횡설수설을 간추려 보면 다음과 같다.

임숙희가 변 형사와 결혼한 것은 공판이 한창 진행되던 무렵이었다. 임숙희는 도무지 변 형사에 대해 애정을 느낄 수 없었다.

'바로 이 사람이 남 선생님을 체포하여 혹독한 고문을 가한 인간 아닌가!'

이런 생각이 들면 남편과 살이 닿을 적마다 소름이 돋곤 했다. 처음엔 신혼의 여자가 으레 그러려니 짐작하다가 한 달, 두 달이 가도 숙희의 몸과 마음이 굳어 있자 변 형사의 태도에 차츰 변화가 생겼다. 그러던 어느 날, 변 형사는 집으로 돌아오더니 기고만장한 태도로 으스댔다.

"남상두란 놈, 꼼짝없이 넥타이공장으로 가게 됐다!"

"넥타이공장? 석방된다는 뜻인가요?"

"이 머저리 같은 여자!"

변 형사는 어이없다는 듯 이렇게 내뱉곤 계속 싱글벙글했다.

"넥타이공장이란 사형대를 말하는 거야. 교수형絞首刑 올가미가 넥타이지. 놈은 끝내 자백하진 않았지만 제 놈이 피할 수 있을라고? 내 손에 걸렸는데 어림도 없지."

임숙희는 가슴을 탁 치인 것 같아 한동안 말이 나오지 않았다. 그러나 뭔가 한마디 하지 않을 수 없었다.

"남 선생이 사형당하는 게 그렇게 기분이 좋아요?"

그러자 변 형사는 찔끔하는 얼굴이 되었다. 숙희를 바라보는 눈이 사나워졌다.

"그래, 제자를 해먹고 죽이기까지 한 놈이 천벌을 받는데 그게 기쁘지 않아?"

임숙회가 대꾸하지 않았다면 그냥 지나칠 수 있었는데 가만있지를 못했다.

"남 선생은 그런 짓을 할 분이 아녜요!"

임숙회의 말투는 저도 모르게 격렬해졌다. 변 형사의 얼굴이 일그러지더니 사정없이 숙회의 뺨을 후려쳤다.

"뭐라고? 그럼 내가 죄 없는 놈에게 죄를 뒤집어씌웠단 말야?"

숙회는 그 자리에 쓰러졌다. 울음이 폭발했다. 변 형사는 일어서서 쓰러진 숙회의 어깨를 걷어찼다.

"나쁜 년! 나는 이래 봬도 대한민국 경찰관이다. 수사 전문가야. 전문가가 수사한 끝에 그놈을 범인이라 단정한 거야. 그런데 뭐라고? 남상두는 그런 짓을 할 놈이 아니라고? 앙큼스러운 년, 이제야 네 년의 심보를 알았다."

그리고는 상의를 걸치고 바깥으로 나가 버렸다.

임숙회는 가까스로 정신을 차리고 일어나 앉았다.

'어떻게 하든 저 인간과는 같이 살 수 없다. 이 기회에 결단을 내려야겠다.'

그날 밤 변 형사는 술 냄새를 풍기며 돌아왔다. 집에 들어서자마자 숙회를 끌어다가 자기 앞에 앉혔다.

"앙큼한 년! 바른대로 말해! 너도 남상두를 좋아했지? 그래서 내게 앙심을 품고 있었던 거지?"

임숙회는 아예 응수하지 않으려 했다.

"말하지 않는 건 시인한다는 거지? 그렇지?"

"……."

"그렇지 않고서야 감히 내 앞에서 그런 말을 할 까닭이 없지. 이년 아! 바른대로 말해 봐!"

그래도 잠자코 있자 변 형사는 임숙희의 팔을 잡아 비틀기 시작했다.

"남상두가 좋았던 거지? 그래서 내게 앙심을 품었던 거지?"

숙희는 아픔을 견딜 수 없었다.

"이 팔, 놓아요! 이 팔!"

"바른말 하면 놔주지."

"바른말 할게요."

변 형사는 숙희의 팔을 놓았다. 그의 눈은 짐승처럼 이글거리고 있었다. 숙희는 더럭 겁이 났다.

"은사恩師이니까 안타까운 마음이 없잖겠어요? 그 안타까움일 뿐이지 다른 이유란 없어요."

그랬더니 불벼락이 떨어졌다.

"은사? 은사가 뭐야? 살인자를 은사라고 해? 아무래도 그놈과 무슨 관계가 있는 거지? 말해 봐!"

"……."

"남편을 배신한 년을 그냥 둘 수는 없어. 네 실토를 받아야겠다. 무슨 관계가 있었지?"

임숙희는 각오했다.

"나는 당신을 배신한 적이 없어요. 그런데 그렇게 뒤집어씌우려면 이혼합시다. 저는 그런 오해를 받곤 살 수 없어요."

"이혼? 드디어 본심이 드러났구나. 넌 내가 싫지? 네 애인 남상두를 체포한 놈이니까. 좋다! 네가 날 싫어해도 좋아. 그러나 이혼은 안 한다. 절대로 안 한다. 네 년을 두고두고 애먹이겠다."

그리고는 미친 사람처럼 변했다.

"남상두와 몇 번 했느냐?"

변 형사는 화로에 꽂힌 인두를 집어 들었다. 그대로 앉아 있다간 죽을 것만 같았다. 숙희는 날쌔게 일어나 바깥으로 도망쳤다. 맨발로 뛰었다. 뒤에서 변 형사가 쫓아오는 소리가 들렸다. 숙희는 죽을힘을 다해 이모네 집으로 달려갔다. 숙희는 이모네 집에서 실신했다.

변 형사는 숙희를 쫓다 말고 집으로 돌아갔다. 변 형사는 장롱을 부수기까지 해서 숙희의 소지품을 샅샅이 살폈다. 조그마한 수첩까지 뒤지고 얼마 안 되는 책장까지 다 넘겨보았다.

그러다가 자단 상자에 넣어 둔 빨간 표지의 노트를 발견했다. 거기엔 문학소녀 임숙희가 소녀다운 꿈을 담아 쓴 소설이 있었다. 그 소설의 남자 주인공은 서울에서 온 청년, 여주인공은 시골 처녀였다. 장면은 동해의 어떤 해변.

주인공 남녀는 어느 밝은 여름밤 해변에서 만난다. 남자는 시인, 처녀는 화가 지망생이었다. 우연히 만난 청춘 남녀는 이런 대화를 한다.

"으슥한 밤에 이곳엔 어떻게 나오셨습니까?"

"그림을 찾아서 나왔어요. 그런데 당신은?"

"시를 찾아서 나왔답니다."

남녀는 나란히 모래 위를 걷다가 조그마한 바위 위에 앉는다.

"이곳에 나와 드디어 시를 찾았어요."

남자는 여자의 손을 잡으며 속삭인다. 여자는 달빛을 담뿍 담은 눈으로 남자를 바라보며 말한다.

"나는 그림을 찾았습니다. 당신이 바로 그림입니다."

어느 편이 먼저인지도 모르게 남녀는 서로를 끌어안았다. 남녀를 내려다보는 보름달은 선녀의 미소를 닮아 있었다. 파도 소리는 남녀의 사랑을 축복하는 환호성처럼 울렸다. 그리고는 그들은 매일 밤 만났다. 헤어지면 꿈속에서 만났다. …

변 형사는 그것을 남상두와 임숙희의 사랑의 기록으로 보았다.

이튿날 이모님의 강권으로 돌아온 임숙희를 변 형사는 매일 괴롭혔다. 숙희는 몇 번이나 도망쳤지만 그때마다 붙들려 돌아왔다. 극약을 먹은 적도 있었다. 스스로 목을 졸라도 보았다. 그러나 모진 목숨은 쉽사리 끊을 수도 없었다.

그렇게 하기를 몇 년, 변 형사가 다른 여자와의 사이에 아이를 낳자 임숙희는 비로소 해방될 수 있었다.

그 사이의 고통은 이루 말할 수 없었다고 했다. 변 형사 집에서 나왔을 때 숙희의 나이는 불과 24세였는데 모두들 30을 훨씬 넘긴 여자로 봤다. 변 형사와 결혼했을 무렵에 느낀 부끄러움 때문에 숙희는 어떤 여고 동창생과도 만날 수 없었다. 기생 딸이니 온전한 시집을 갈 수 있느냐는 핀잔까지 받았다. 주유소를 운영하는 노인의 후처 자리가 없었더라면 임숙희는 굶어 죽었을지도 모른다고 했다.

나는 그 이야기를 들으며 학생 시절 임숙희의 예쁜 얼굴을 회상하고 탄식했다.

'아아! 여기도 나 때문에 희생된 여자가 있다!'

기가 막혔다. 나의 비극적인 운명은 나 하나만 망친 것이 아니었다. 내 주변에 '비극의 바다'를 만든 꼴이었다.

임숙희가 말을 꾸미는 것 같지는 않았다. 남은 의문은 그렇게 싫어했던 결혼을 왜 했는가 하는 문제이고, 임숙희의 어머니는 무슨 까닭으로 딸이 싫어하는 남자와의 혼인을 강요했느냐 하는 문제였다. 그러나 그런 것을 따져 볼 기분이 아니었다. 하여간 임숙희의 말은 나를 한없이 우울하게 했다. 내가 당한 고생도 이만저만이 아닌데 나 때문에 직간접으로 해를 입은 사람이 도대체 몇이나 될까 생각하니 어이없는 기분마저 겹쳤다.

나는 문득 47명 졸업생 가운데 사망자가 5명 있음을 상기하고 그 유족들을 찾아보고 싶었다. 동창회 명부에 사망자 주소는 없었다.

'내일이라도 사람을 학교에 보내 학적부를 챙겨 보아야겠다.'

이런 생각과 더불어 교장 신갑성의 얼굴이 떠올랐다. 그가 경찰서장에게 한 말이 귓전에 되살아났다. 사태의 진상을 밝혀 놓고 그놈의 아가리를 보기 좋게 후려친다면 얼마나 시원할까 하는 점잖지 못한 충동마저 일었다.

어머니 말씀도 귓전에 울렸다. 내가 S읍에 가보겠다고 하자 어머니는 한사코 말렸다.

"거기에 가서 뭘 할 거냐? 지난 일은 모두 잊어라. 나쁜 꿈을 꾼 것으로 쳐라. 그 일에 사로잡혀 있으면 아무 일도 못 한다."

어머니의 만류를 뿌리치고 여기에 왔는데 며칠 지나지 않아 벌써 이처럼 허전함을 느끼는 것이다.

나는 불을 끄고 누워 외등이 유리창 틈으로 스며들어 와 천장에 이룬 무늬를 바라보며 언제나 해보는 상념에 잠겼다. 세상에 완전범죄가 있게 해선 안 된다. 그런 완전범죄가 수사 실수 때문에 빚어졌다면, 또 전혀 엉뚱한 사람에게 누명을 씌워 벌을 준다면 도저히 용서할 수 없는 일 아닌가.

나는 새삼스럽게 나의 분을 풀기 위해서만이 아니라 이 세상에서 그런 불공정한 일을 없애기 위해서 분발해야 한다는 결의를 다졌다. 그런 점에서 내게 재력이 있다는 것은 천만다행이다. 하루하루 끼니를 걱정하는 처지라면 아무리 지독한 마음이 있어도 가능하지 않기 때문이다.

나는 사명감마저 느꼈다. 수많은 탐정 이야기, 복수 스토리가 세상에 유포되어 있다. 그 가운데는 나라를 위한 것도, 자기가 속한 단체를 위한 것도, 순전히 개인적인 사정에 의한 것도 있다.

탐정 노릇을 한다는 것은 남의 탐정 기록을 읽는 것보다 흥미롭지는 않겠지만 그런 대로 보람과 긴장이 있는 일이 아닐까. 수사에 종사하는 사람들에게 경종警鐘이 되고 법률 운용자에게 지침이 되기 위한, 이를테면 공익을 위한다는 명분이 있을 때 그 의미가 없지 않으리라.

그래도 잠이 오지 않아 나는 다시 일어나 불을 켜고 메모를 세밀하게 정리했다. 내일 아침부터 이 여관을 본부로 삼아 진상 규명 협조자에게 수당을 주어서 본격적으로 일을 시작할 계획을 세웠다.

'그러나 어디까지나 은밀히, 계획적으로, 구조적으로, 치밀하게. …'

레오나르도 다빈치의 방법은 미美의 진실을 찾기 위한 방법이었다. 나는 그 진상을 파악하기 위해서 방법을 찾는다고 마음속으로 다짐했다.

암중모색
暗中摸索

김영욱이 찾아왔다. 선창수가 사장으로 있는 염직회사의 이름은 경원염직, 소재지는 대구시 서동이란 사실을 알아냈단다.

"변 형사가 전무 노릇을 하는 곳도 바로 그 회사입니다. 변 형사는 이름을 변동식으로 바꾸었습니다."

그리고 정 형사, 즉 정효근을 A시에서 찾았는데 내가 안부를 전하더란 말을 듣자 대단히 반가워하더라는 것이었다. 윤신애의 시신을 발견한 사람은 유하득이란 사람인데, 지금은 S읍 농협 창고 주임이란다.

나는 김영욱이 나의 부탁을 충실히 이행해 주어 고맙게 여기고 그날 밤 박우형을 끼어 김천관에서 술자리를 가졌다. 그 자리에서 경찰과 검찰에 대한 불만을 털어놓을 셈이었는데 김영욱은 다음과 같이 충고했다.

"남 선생님은 억울한 일을 당한 분이니 경찰이나 검찰에 불만을 품는 것은 당연하지요. 그러나 부분을 전체인 양 착각해서는 안 됩니다. 경찰은 거대한 조직 아닙니까? 그중엔 악질 경찰도 있겠지요. 아무리 건강한 사람이라도 조그마한 병이 있듯이 말입니다. 그러나 그 병적 존재만을 들추어 경찰 전체를 나쁘게 보면 안 됩니다. 검찰도 마찬가지고요. 우리 경찰에서도 이제 고문 같은 것은 말끔히 없어졌습니다."

"나도 지금의 경찰, 검찰을 말하는 건 아닙니다."

김영욱의 태도가 너무나 진지해서 나는 얼른 이렇게 변명했다. 김영욱의 말은 이어졌다.

"재판도 그렇습니다. 남 선생님은 일본의 재판은 신중한데 우리나라는 그렇지 않다는 듯 말씀하시는데 요즘은 우리도 신중합니다. 경찰과 검찰이 유죄를 확신하고 기소해도 재판부가 무죄 선고를 내리는 경우가 비일비재非一非再합니다. 물론 오판誤判이 전혀 없을 수가 있겠습니까만…."

"김 형의 말씀대로 우리나라 재판 과정이 신중하다면 고마운 일입니다. 그러나 나는 20년 동안 감옥살이하면서 억울한 사람을 많이 보았답니다."

"수감자의 말만 듣고 판단하면 위험합니다. 그들은 대부분이 억울하다고 말하지요."

김영욱은 내 의견이 객관성을 잃었다고 생각하는 듯했다. 그것은 감옥에 가본 사람과 안 가본 사람의 차이일지 몰랐지만 나는 김영욱의 말을 그냥 수긍할 수는 없었다.

의견 대립이 있었는데도 술자리 분위기는 화기애애했다. 서로의 입장을 이해하므로 감정 대립이 있을 까닭이 없었기 때문이다. 내가 김영욱을 주목한 것은 자신의 경찰생활에 대해 반성하고 후배 경찰을 높이 평가하는 그의 태도 때문이었다. 사람이란 대체로 자기를 높이려 후배를 멸시하는 발언을 하는 경우가 많다. '우리는 그러지 않았는데 요즘은 틀렸어!' 하는 따위로 말이다.

상대방이 부드러우니 나의 태도도 부드러워지고 내 시름을 모조리 털어놓을 수 있었다. 상대방의 시정視程을 전제할 수도 있으니 일부러 강세적強勢的인 표현을 쓸 수도 있었다. 그 때문에 나는 이런 말을 하기도 했다.

"하여간 심증心證만으로 처벌하지 않는다는 원칙이 관철되지 않는 이상 우리나라 재판을 건전하다 할 수 없지요."

그리고 나는 영국의 사례를 들었다. 영국의 재판에서는 진범이 아닐 가능성이 조금이라도 있으면 벌하지 않는다는 원칙이 철두철미하다.

"우리나라 재판에도 그런 원칙은 서 있지요."

김영욱은 최근 몇 가지 판결을 예로 들었다.

"그 정도 갖고는 안 됩니다. 영국에선 범죄 전모에 관한 확실한 진상을 파악하지 않는 한 유죄 판결을 내리지 않습니다. 100명의 진범을 놓치더라도 1명의 억울한 피고인을 만들어서는 안 된다는 원칙이 철저하지요."

"그건 이상론이지요. 범죄의 전모를 어떻게 파악할 수 있습니까? 10개의 증거가 있어야 확실한데 9개만 나타났을 경우 어떻게 피의자를 석방하겠습니까? 100명의 진범을 놓쳐도 좋다고 하지만 현실로선 불가능합니다. 극소수 억울한 피의자를 내는 한이 있더라도 진범을 놓쳐선 안 된다는 게 수사관의 입장입니다. 흉악범이 증거 불충분으로 석방되면 피해자의 억울함은 어떻게 풀어 줍니까? 이게 정의입니까? 그 흉악범이 활개 치며 또 다른 범죄를 저지르면 누가 책임집니까?"

김영욱의 주장엔 일리가 있지만 나는 불만이었다.

"그런 사고방식이야말로 위험천만입니다. 수사관이나 재판관의 편의주의일 따름입니다. 9개 증거를 찾았다면 나머지 1개를 찾도록 노력해야지요. 아무 죄도 없는 사람이 누명을 쓰고 사형당하는 경우를 생각해 보세요."

"남 선생님과 제 의견이 평행선을 이루네요. 나는 수사기관에 몸을 담았던 사람이고 남 선생님은 그 기관 때문에 손해를 입은 분이니 자연히 관점이 다르지 않겠습니까?"

4월이었다. 나는 한가한 걸음으로 농협 창고를 찾아갔다. 길가 수양버들의 푸르름이 눈에 선했다.

어느덧 나는 S읍에서 보름 동안 지냈다. 며칠 후 일단 이곳을 떠나기로 작정하고 농협 창고로 유하득이란 전 의용경찰대원을 만나러 가는 길이었다. 마음이 상쾌하지는 않았다.

유하득 씨는 마침 사무실에 혼자 있었다.

"남상두라고 합니다. 서울에서 왔습니다."

"소문은 듣고 있습니다. 유하득이올시다."

초로初老의 사나이는 내게 의자를 권했다.

"소문을 듣고 있다니, 그건 무슨 말씀입니까?"

"읍내에 쫙 퍼져 있는 소문 말입니다. 남상두 씨가 수십억 재산가가 돼서 돌아왔다는 얘기 말입니다."

나는 어이가 없어 웃었다.

"그런데 나를 어찌 찾아왔습니까?"

유하득은 몸을 사리는 눈치였다. 나는 담배를 꺼내 물고 말의 순서를 찾았다.

"20년 전 여고생 살해사건 기억하시지요?"

"기억하고말고요."

"시체를 발견한 사람이 유하득 씨라 하던데 사실입니까?"

"네."

"발견 동기랄까 경위를 설명해 주실 수 있겠습니까?"

"동기니 경위니 할 거 있습니까? 그저 그 골짜기로 올라가 보니 여학생 시체가 있더군요."

얘기가 그로써 끝나 버리면 모처럼 찾아온 수고가 본전도 찾지 못하는 꼴이다.

"혹시 그 골짜기로 가라고 지시한 사람은 없었습니까?"

"이곳저곳 구역을 담당해야 했으니 아마 나더러 그리로 가라고 한 지시는 있었을 겁니다."

"지시한 사람이 누굽니까?"

"글쎄, 생각이 안 나네요."

"혹시 형사가 시킨 것 아닙니까?"

"그랬을 겁니다. 아아, 기억이 나네요. 어떤 형사가 그리로 가보라고 … ."

"변 형사 아닙니까?"

"그럴 겁니다."

"변 형사가 또 무슨 지시를 하지 않았습니까?"

"별로 없었던 것 같은데 … . 수풀로 덮인 곳, 굴이 패인 곳을 특히 조심해서 살펴보라는 정도의 말은 있었을 겁니다."

"시체를 발견한 즉시 어떻게 했습니까?"

"호루라기를 불게 돼 있어서 불었을 겁니다."

"제일 먼저 달려온 사람은?"

"하도 오래된 일이라서 기억이 가물가물합니다만, … 변 형사가 빨리 온 것은 사실입니다."

"변 형사가 줄곧 당신 근처에 있었던 것 아닙니까?"

"그것까지야 내가 어떻게 알겠소?"

"발견 당시 여학생 시신이 어떤 모습이었는지 설명해 줄 수 없습니까?"

유하득은 기억을 더듬는 듯하더니 돌연 인상이 험악하게 변했다.

"날더러 그런 걸 물어서 뭘 할 거요? 더욱이 당신이 말이오!"

그는 나를 범인으로 단정하고 말한 듯했다. 그로서는 불쾌할 수도 있겠다.

"차차 사정이 밝혀질 날이 올 겁니다. 우선 나는 억울하다는 말만 해두겠습니다. 그래서 모든 게 궁금한 겁니다. 유 선생이 보신 대로만 말씀해 주십시오."

유하득은 싸늘한 눈길로 나를 한 번 스쳐보더니 이렇게 말했다.

"목에 밧줄만 걸려 있지 않았더라면 잠자는 모양 그대로였소. 옷을 단정히 입은 채 반듯이 누워 있었습니다. 눈도 감고 있었소. 죽은 사람은 눈을 뜨고 있다는데 아마 죽인 사람이 눈을 감겨 준 모양이오. 그 꽃 같은 여학생을 죽이다니 어떤 놈인지 그놈은 천벌을 받을 거요."

나를 두고 빈정대는 소리인데, 그의 눈앞에 나타난 내가 천벌은커녕 수십억 재산가라니 그의 기분은 얼떨떨했을 것이다.

"밧줄은 어떤 거였습니까?"

"흔히 쓰는 그런 밧줄이오. 소소한 짐을 묶을 때 쓰는…."

그 밧줄의 출처만 철저히 추궁해도 진범을 잡을 수 있지 않았을까. 나는 경찰에게도, 검찰에게도 윤신애를 교살할 때 쓴 밧줄에 관해서는 일언반구 질문도 받지 않았다.

"시체에 대해 특별히 느낀 것은 없었습니까?"

"시체가 발견되면 우리 임무는 그만 아닙니까? 의용경찰이니까."

나는 더 물어볼 건더기가 없어 일어섰다. 그때 유하득이 말했다.

"지금 읍내에선 사람들이 모여 앉기만 하면 당신 얘깁니다. 어느 사람은 당신이 애매한 죄를 뒤집어썼다고 하고, 어느 사람은 그렇지 않다고 하고. … 만일 당신이 정말 억울한 꼴을 당했다면 세상에 그런 무서운 일이 다시 있어서는 안 되지요."

그 말에 호의가 느껴졌다. 나는 담뱃값이나 하라고 돈 봉투 하나를 탁자 위에 올려놓고 농협 창고를 나왔다. 나는 그 길로 다리를 건너 소엽산 아래로 지나는 국도를 걸어갔다. 사건 당일 자전거를 타고 지났던 바로 그 길이다.

한참을 걷다가 자전거를 세우고 사이다를 사먹은 가게를 찾았으나 허사였다. 외딴집 가게가 흔적도 없이 사라졌고 그 부근에 40~50호가량의 마을이 생겼다.

나는 근처를 서성거리며 윤신애가 산을 향해 올라간 길 쪽을 바라보았다. 꼬불꼬불, 길은 그냥 있었다. 그 길을 밟아 볼 엄두가 나지 않았다.

S경찰서의 하 형사가 여관으로 나를 찾아온 것은 내가 농협 창고를 다녀온 이튿날 아침이었다.

"들어가도 좋습니까?"

방 밖에서 노크와 함께 이런 정중한 물음이 있었다. 들어오라 하자 문이 열렸다.

서른 안팎으로 보이는 청년이 들어와 무릎을 꿇고 큰절을 하곤 자기소개를 했다.

"S경찰서의 하 형사입니다."

형사 티가 전혀 나지 않는 말쑥한 얼굴이었다.

"무슨 일입니까?"

"불쾌하실지 모르겠습니다만 직무가 직무라서 …."

하 형사는 말꼬리를 흐렸다.

"불쾌할 것도 없어요. 말씀하세요."

나는 담배를 꺼내 물었다.

"남 선생께서 이곳에 오신 지가 꽤 오래되셨지요?"

"한 보름 되는가 봅니다."

"앞으로 얼마동안 계실 예정입니까?"

내일모레 떠날 작정이었지만 순순히 그 말이 나오지 않았다.

"아직 모르겠소."

"무슨 중대한 용무가 있으십니까?"

"중대하다면 중대한 거고…."

"대강 말씀해 주실 수 있습니까?"

"그건 내 비밀에 속하는 일입니다. 그걸 꼭 말해야 합니까?"

"말씀하기 싫으시면 좋습니다. 그런데 어제 유하득 씨를 만나셨죠?"

"그렇소."

"형을 받은 것이 억울하다고 생각하시는 모양이죠?"

"그렇소."

하 형사는 억지웃음을 지으며 물었다.

"자기가 받은 형을 두고 나는 억울하다, 무죄다 하는 말을 퍼뜨리면 민심에 어떤 영향을 미치는지 생각해 보셨습니까?"

"억울하니까 억울하다는 거요. 그러나 나는 그런 소리를 떠벌리고 다니지는 않았소."

"남 선생께서 억울한지 안 한지는 자신이 잘 알고 있겠죠. 그러나 세상이 그렇게 인정할지 안 할지는 별도 문제 아니겠습니까?"

"그렇겠지요."

"선생님의 문제는 법원에서 판결이 난 것 아닙니까?"

"……."

나는 귀찮아 답을 하지 않을 심산이었다.

"그런데 선생님은 법원 판결이 틀렸다고 선전하고 다닙니다. 그건 경찰, 검찰이 틀렸다는 말도 됩니다. 아무리 억울하기로서니 아무런 근거 없이 법원, 검찰, 경찰의 권위를 훼손하고 다니니 경찰관 입장에서 용납할 수 없습니다. 대한민국의 기관은 각기 위신을 갖고 있습니다. 그것을 지키는 것이 질서입니다. 그렇게 억울하면 재심再審을 청구하든지요. 질서를 문란하게 하고 민심을 혼란하게 하는 선생님의 반反사회적 행위를 묵과할 수 없습니다."

"그럼 나를 어떻게 하겠다는 거요?"

"어떻게 하겠다는 것은 아닙니다. 물론 어떻게 할 수도 있습니다만⋯."

'그럼 할 테면 해보라!'고 쏘아붙이려다 억지로 참았다. 하 형사가 말을 계속했다.

"선생님의 동향은 벌써부터 경찰서 내에서 말썽거리입니다. 좁은 바닥이니까요. 그래서 피차 어색하지 않은 방법으로 충고라도 해주자는 의견이 나온 겁니다. 그런데 서장님께서 말리셨습니다. 편하게 쉬었다가 가시도록 하라고요. 그러나 자꾸 이상한 정보가 들어오니 가만히 있을 수 있어야죠. 그래서 찾아뵈었습니다. 오해하지 마십시오. 되도록 조심하셔서 말썽 없이 돌아가셔야죠."

하 형사의 말투가 훨씬 부드러워졌다.

"그 뜻을 잘 알겠소."

나는 비로소 며칠 후 일단 S읍을 떠날 것이라 밝혔다.

"직무상 얘기는 이상으로 끝났습니다."

하 형사는 구김살 없는 청년으로 돌아와 웃음을 띠곤 물었다.

"혹시 하경자란 학생을 기억하십니까?"

나는 단번에 알았다. 하경자도 내가 담임한 학생이었다.

"압니다."

"하경자는 제 고모입니다."

하 형사는 다시 한번 활짝 웃었다.

"제 어릴 때 기억입니다만, 남 선생님 사건이 터졌을 때 고모님은 굉장히 우셨어요. 선생님은 그럴 분이 아니라면서요."

내 기억 속의 하경자는 언제나 전교 1등을 하는 수재였다. 얼굴은 평범했으나 총명이 몸과 얼굴에 넘쳐 그녀 앞에서 얄팍한 미색은 오히려 부끄러움을 느껴야 했다.

"그래, 고모님은 어디에 계십니까?"

"대구로 시집가서 살고 계십니다."

"나는 그 학생을 학자로 가꾸고 싶었는데 …."

"고모님은 공부를 잘하셨죠. 그러나 집안 사정이 어려워 대학에 갈 수 없었죠."

돌연 기억이 선명하게 되살아난다. 나는 담임 학급을 졸업시키고 서울로 올라갈 때 하경자를 데리고 갈 계획을 세우고 있었다. 대학에 보낸 다음 본인이 허락하면 장래에 결혼해도 좋다는 생각까지 하던 터였다. 내가 S읍 여고 교사로 있으면서 결혼 상대자로 막연하나마 상상해 본 유일한 여학생이 하경자였다.

사건 당일만 해도 자전거를 타고 소엽산 부근으로 가면서 하경자의 집에 들러 학부형과 그런 의논을 해볼까 했었다. 그런데 윤신애가 나타나는 바람에 그럴 궁리가 사라져 버린 것이다. 그날 내가 소엽산으로 가지 않고 먼저 하경자의 집을 찾아갔다면 내 인생도 바뀌었을 것이고 하경자의 운명도 달리 전개되었을지 모른다.

'나는 경찰에 붙들려 간 후부터 하경자를 까맣게 잊었구나. …'

하 형사에게 하경자의 주소를 써달라고 했다. 하 형사는 순순히 수첩에 주소를 적더니 그 부분을 찢어 내게 건넸다.

"고모님은 남 선생님을 무척 좋아했던가 봅니다. 남 선생님은 절대로 그럴 분이 아니라고 믿고 있었구요. 지금도 그 신념엔 변함이 없을걸요."

"그러면 하 형사는 어떻게 생각하시오?"

"저는 고모님을 좋아했으니 고모님 말이라면 무조건 존중했습니다. 그래서 저는 남 선생님의 결백을 믿습니다. 그러나 이는 인간으로서의 견해이고 경찰관 입장에서는 이미 결정된 일은 결정된 것으로 칠 수밖에 없습니다."

"그럼 혹시 내가 도움을 청할 때 힘이 되어 주겠소?"

"어떤 청인지에 따라서죠."

문간으로 가서 하 형사는 말을 덧붙였다.

"다른 형사가 오기로 돼 있었는데 고모님 생각이 나서 제가 자청해 찾아온 겁니다. 기회 있으시면 저희 고모님을 만나 주십시오. 반가워할 겁니다."

하경자의 주소는 나를 흥분시켰다. 숨겨 둔 보물을 드디어 찾아냈다는 느낌마저 들었다. 그런 만큼 이상한 일이었다. 동창회 명부에도 분명히 하경자의 이름과 주소가 있었을 텐데 그때는 왜 무감각했을까. 오랜 징역을 산 사람은 본인이 느끼지 못해도 의식의 어느

부분에 결정적인 상처를 입기도 하고 완전히 둔화鈍化되는 경우도 있을지 모르겠다.

하 형사가 나타나지 않았다면 20년 전의 나에게 하경자가 얼마나 소중한 존재였던가를 잊은 채 지나갔을 것이다. 하경자를 직접 만나는 기회가 있기까지 그 기억은 매몰된 채 있었을 것이다.

나는 내일 대구로 가기로 하고 서둘렀다. 박우형과 김영욱에게 돈뭉치 하나를 맡겨 놓고 계속 정보를 수집해 달라고 부탁했다. 윤읍장의 사모님을 찾아가 인사도 드렸다. 읍내 제자들에게도 연락했다. 그 연락을 받고 해거름에 이영애가 찾아왔다. 이영애는 내 입에서 하경자 말이 나오자 의미심장한 웃음을 지었다.

"하경자는 꼭 찾아보셔야죠."

나는 그 이유를 챙겨 보지는 않고 이영애에게 물었다.

"우선경에게선 아직 연락이 없나?"

"우선경은 선생님을 오는 가을에 만나겠다고 했습니다."

"가을에?"

"아마 머리칼을 다 기른 후에 뵙겠다는 요량이 아닐까요."

나는 계면쩍게 웃고 침묵했다. 이영애가 주저하며 물었다.

"선생님, 결혼하셔야 하잖아요?"

"결혼도 해야지."

"약속한 분이 계셔요?"

"아니 … ."

"그래서 드리는 말씀입니다만, … 우선경하고 결혼하시면 어떻겠습니까?"

"……."

"선경이가 머리를 기른다니 저 혼자 생각해 봤습니다. 선경이는 선생님이 그곳에 가면서 머리를 깎았습니다. 선생님이 나오셨다는 소식을 듣곤 머리를 기르기 시작했습니다. 선경이는 마음을 부처님께 바친 것이 아니라 선생님께 바친 것입니다. 그러니 선생님은 선경이와 결혼하시면 행복할 겁니다. 선경이는 아직도 젊고 아름답습니다."

하경자의 그늘

대구 서문 가까이에 여관을 정하고 하경자에게 전화를 걸었다. 남상두라는 이름을 꺼내자 금방 북받쳐 오르는 듯한 흐느낌 소리가 들렸다. 나는 그 흐느낌이 멎을 때까지 잠자코 송수화기에 귀를 대고 기다렸다.

"지금 어디 계시지예?"

"서문 가까이 송월여관이란 곳이다."

"제가 지금 곧 그리로 가겠습니다."

"아냐, 그렇게 서두를 필요는 없다."

나는 하경자의 남편을 의식하지 않을 수 없어 이렇게 말했다. 나라는 존재 때문에 남편으로부터 터무니없는 오해를 받는 제자가 있다는 소문을 들었기 때문이기도 했다.

"서두는 게 아녜요. 곧 가겠어요."

저편에서 전화를 끊었다. 나는 세면장으로 가서 먼지를 씻고 새

와이셔츠를 갈아입고 하경자를 기다렸다. 20분이 지났을까 할 때 하경자가 나타났다.

나는 당황했다. 거의 20년 전에 헤어진 하경자와 똑같은 소녀가 서 있었기 때문이다. 게다가 더욱 놀란 것은 서슴없이 내 품을 향해 뛰어든 하경자의 행동이었다. 나는 그녀를 안을 수밖에 없었다. 하경자의 입술이 바로 내 입술 가까이에 보였다. 그러나 나는 하경자의 열정을 피해야 한다고 직감했다. 포옹을 풀고 하경자를 앉게 했다. 하경자는 다리를 옆으로 하고 숙녀답게 앉더니 눈부신 듯 나를 쳐다봤다.

"오늘이나 내일이나 하고 기다렸어요. 꼼짝도 않고 집에서요."

"기다렸다고? 내가 올 거라 어떻게 알고서?"

"조카로부터 연락을 받았어요."

"하 형사?"

하경자는 고개를 끄덕였다.

"걔는 저와 선생님 사이를 알고 있어요. 제가 얼마나 선생님을 좋아했는지를 잘 알지요. 어릴 때 저와 같은 방에서 지냈으니까요."

"경자가 나를 그렇게 좋아했나?"

"그걸 몰랐어요?"

"하기야 나도 경자를 무척 좋아했지."

"조카는 선생님이 제게 보낸 편지도 읽었어요."

"내가 경자에게 언제 편지를 보냈나?"

기억에 전혀 없던 일이다.

"3학년 겨울방학 때 제 진학 문제를 두고 선생님이 서울에서 보낸 편지 말이에요."

"아아 … ."

나는 되살아나는 기억 앞에 신음했다. 그렇다! 나는 경자에게 편지를 쓴 적이 있었다. 그 기억과 더불어 편지 내용도 대강 기억 속에 떠올랐다.

'너희들 졸업과 함께 나도 학교를 그만둔다. 경자의 진학은 내가 책임지겠다. 졸업 전엔 못 하겠지만 졸업 후엔 부모님을 찾아가 나의 심정을 밝히겠다. … '

둔감한 사람이 아니면 그 편지에서 하경자에 대한 내 사랑을 읽을 것이다. 나의 진정성을 눈치챌 것이다.

그런데 엉뚱한 사건에 휘말리는 바람에 경자에 대한 사랑의 기억조차 까마득히 잊었다. 윤신애와의 사랑이 불가함을 입증하기 위해, 혹시 불리한 증거가 되지 않을까 해서 제자와의 사랑, 그 기억마저 애써 말살하려는 마음의 노력 때문이었을까.

이런 심리적 해석은 고사하고 하여간 나는 그때 하경자를 사랑했다는 것만은 확실하다. 눈에 띄게 잘생기지 않은 수수한 얼굴이 좋았다. 작지도 크지도 않은 키, 몸의 선이 패션모델처럼 선명하지도 않고 그렇다 해서 못나게 이지러지지도 않은 그저 평범한 몸매, 그러면서도 총명하고 근실한 성품이 넘치는 하경자를 나는 평생의 반려伴侶로서 꿈꾸었던 것이다.

물론 사랑을 고백하지는 않았다. 그러나 그 언저리의 기분은 충분히 하경자에게 통했으리라 믿었다.

"경자는 조금도 변하지 않았구나. 더 예뻐졌어."

나는 새삼스럽게 감탄했다.

"선생님을 다시 뵙기 전에 제가 늙을 수 있겠어요?"

나는 그러는 하경자를 물끄러미 바라보았다. 그건 너무나도 대담한 감정의 표현이었다.

"제 말이 너무 거칠어서 그런 눈으로 보시는 거죠?"

하경자는 웃으며 덧붙였다.

"저는 마흔 살이에요. 수줍은 소녀가 아녜요. 감정을 숨기고 어쩌고 할 시간이 없어요. 선생님께 곧이곧대로 말하고 행동할 계획을 세웠어요."

하경자는 20년 전 나의 감정을 전제로 이렇게 말하는 듯한데, 나는 약간 위압감을 느꼈다. 하경자를 좋아하는 마음엔 변화가 없으나 남의 아내가 된 경자를 여자로서 사랑할 의도는 전혀 없었다.

"사는 건 어때?"

"집을 서너 채 갖고 있어요. 그걸 뜯어 먹고 살아가고 있어요."

"남편 되시는 분은?"

"남편? 조카가 말하지 않았나요?"

"무슨 말? 대구로 시집가서 산다고 했지, 아마."

하경자는 입을 가리고 웃었다.

"남편 얘기를 하는데 왜 웃어?"

"제겐 남편이 없어요."

"남편이 없다니? 시집갔다는 건?"

"조카애가 바른말을 하기가 쑥스러웠던 거죠. 결혼은 했어요. 하지만 1년도 못 가 이혼했어요."

"그건 또 왜? 궁금한데 … ."

"궁금할 것 없어요. 그리고 … 선생님, 이제 집으로 가셔야죠."

"집?"

"제 집 말입니다."

"언젠가 한번 놀러 가지."

나는 조용히 말했다. 하경자의 얼굴이 돌연 긴장했다.

"선생님은 집을 두고 여관에 계실 작정이에요? 제 집이 바로 선생님 집이잖아요?"

"응? 아니, 여관이 편리해. 신경이 덜 쓰이고 … ."

"집에 가셔도 신경 쓸 일 없어요. 집엔 저하고 도우미 아줌마밖에 없어요."

"그래도 나는 여관에 있겠다."

하경자는 나를 멍하니 바라보며 말했다.

"저는 선생님을 기다리며 살아왔어요. 제가 가자고 한 집은 선생님을 기다리기 위한, 선생님을 모시기 위한 집입니다. 선생님이 고3 때 보내신 편지가 제 운명을 결정했습니다. 저는 선생님을 위해서 살기로 결심했으니까요."

나는 새삼스럽게 편지 내용을 구체적으로 회상하려 애썼다. 그러나 경자의 진학 문제를 내가 해결해 주겠다는 것 이외엔 떠오르지 않았다. 물론 언외言外로 나타난 사랑의 표현은 있었을지 모르나 그 편지 하나로 일생을 결정했다고 하는 경자의 발언을 이해하기 어려웠다. 만일 그것이 사실이라면 20년 옥중생활에라도 뭔가 행동이 있어야 할 것 아닌가. 면회 온다든지, 편지를 보낸다든지.

"미안해하실 것 없어요, 선생님. 자기 집으로 돌아가시는 셈 치고 저와 같이 가요."

하경자는 황소고집을 부렸다. 나는 겨우 구실을 하나 찾았다.

"나는 담임했던 학생들을 전부 찾아볼 요량이다. 내가 자네 집에 있다고 하면 모두들 이상하게 생각하지 않겠느냐?"

"제 집에 계신다 해서 누가 뭐라 하겠어요? 그리고 지금 와서 그들의 태도에 신경 쓰실 것 없어요."

이런 하경자의 태도가 나에 대한 성의인지, 뻔뻔한 중년 여성의 옹고집인지 분간하기 어려웠다. 그 어느 편이든 내겐 달갑지 않았다. 나는 정색을 하고 말했다.

"나는 대구에서 할 일이 두세 가지가 있다. 사람을 만나러 나가기도 하고 내게로 오라고 해야 할 경우도 있을 게다. 그럴 때 자네 집에 사람들을 들락날락하게 할 수야 없지 않은가. 그런 잡스런 일을 다 끝내고 자네 집을 찾아가는 게 피차 마음 편하지 않겠느냐?"

하경자도 내 말에 수긍하지 않을 수 없어 잠자코 듣고 있었다.

하경자와는 저녁식사를 함께할 약속을 하고 돌려보낸 후 나는 거리로 나왔다. 택시를 불러 경원염직 공장으로 가자고 했다. 기사가 두말 않고 달리는 것을 보면 꽤 큰 회사인 모양이다. 대구시 동쪽으로 20분쯤 달린 곳에서 경원염직의 간판을 보았다.

"저 공장 둘레를 한 바퀴 돌아볼 수 있겠소?"

"그렇게 하지요."

블록 담으로 둘러쳐진 공장의 규모로 보아 대단한 것은 아니었다.

대기업은 못 되고 중소기업에 속하는 업체인 듯하다.

"대구 시내로 돌아갑시다."

운전기사는 의아하다는 표정을 지으며 물었다.

"저 공장을 사시려는 겁니까?"

"글쎄요."

대구 시내로 돌아와 달성공원 근처에서 내렸다. 달성공원은 이상화李相和의 시비詩碑가 있어 한번 와보고 싶었다. 〈빼앗긴 들에도 봄은 오는가〉의 이상화는 만해 한용운과 더불어 내가 사숙하는 시인이다.

이상화 시비 앞에서 한동안 멍하니 서 있었다. 돌에 새긴 이름의 뜻은 무엇일까. 돌에 시를 새기는 행위는 무엇일까.

'여기에 사람은 흔적도 없이 사라지고 그 이름과 글 줄기 몇 개 남았다면 너무나 허무한 일 아닌가.'

나는 시인이 되고자 꿈꾼 적이 없지만 허망한 인생에서는 시詩가 고작 보람일 수밖에 없다는 상념에 젖어 들었다.

'한 줄의 시가 어쭙잖은 인간의 일생보다 우월한 것 아닌가?'

이런 감상의 바탕엔 물론 어떤 작가의 다음과 같은 푸념이 있다.

'인생은 보들레르의 시, 그 한 줄만도 못하다.'

그러나 이상화가 아무리 고달프고 슬펐어도 살인죄 누명을 쓰고 교수대로 갈 뻔한 육체를 20년 동안이나 감방 속에 묻어야 했던 나의 비극엔 아득히 따르지 못하리라. 이상화의 슬픔은 그 덤불 속에서 시를 꽃피울 수 있는 슬픔이었다. 그러나 나의 슬픔은 시를 낳기엔 너무나 각박했다. 북극의 빙원氷原엔 어떤 나무의 싹도 돋아나지 않는다. 하물며 꽃이랴!

끝끝내 불모不毛일 수밖에 없는 극한의 슬픔! 나도 모르게 내 뺨에서 눈물이 줄줄이 흘러내렸다.

지나가던 여학생이 나를 흘끔 바라보았다. 홍건한 눈물을 본 때문일 것이었다. 그 학생은 내가 이상화의 시에 감동하여 운다고 짐작할지 모르겠다.

해가 질 무렵까지 달성공원에서 서성거리다가 공원 문을 나서려 할 때 누군가가 나를 불렀다.

"아저씨!"

웬 소녀가 나타났다. 꿈속의 선녀를 닮았다. 그 소녀를 본 적이 있다는 막연한 기억을 더듬었다.

"누구시지?"

"이름을 들어도 모르실 겁니다."

상냥하고 또박또박한 대답이었다.

"그런데 왜?"

"아저씨에게 무슨 슬픈 일이 있는 것 아닌가요?"

그 말을 듣자 아까 내가 이상화 시비 앞에 있을 때 내 옆을 지나간 두 여학생 가운데 하나임을 알았다.

"내가 그렇게 슬퍼 보이던가?"

나는 계면쩍게 웃었다.

"네, 아저씨는 너무너무 슬퍼 보였어요."

"아마 내가 자살이라도 할 사람으로 알고 걱정하는 모양인데 그런 일은 없을 테니 걱정 말고 집으로 돌아가거라."

나는 쾌활한 척 꾸미고 걸음을 떼놓았다. 소녀는 서너 발 떨어져 내 뒤를 따라왔다. 큰 거리로 나와 여관 쪽 방향으로 길을 잡았을 때 소녀는 내 등 뒤에서 "안녕히 가세요!" 하고 작별 인사를 했다. 내가 길을 건너 소녀 쪽을 돌아보니 소녀는 길을 건너려다 만 자세로 멍하니 서 있었다.

나는 그냥 갈 수 없는 기분이 돼 소녀 옆으로 되돌아가서 신호등을 기다려 함께 길을 건넜다. 길을 건넌 곳에 불이 훤히 켜진 제과점이 있었다.

"여기 들어가서 밀크나 한 잔씩 마시고 헤어질까?"

고개를 끄덕인 소녀가 제과점에 따라 들어왔다. 앞에 앉혀 놓고 보니 아직 소녀티는 벗지 못했지만 여대생쯤의 나이로 짐작되었다. 말없이 앉아 있는 소녀에게 물었다.

"이름이 뭐지?"

"명한숙이라고 합니다."

"아까 친구와 같이 있던데, 친구는?"

"집으로 돌아갔어요."

"그런데 너는 왜 돌아가지 않고? 슬픈 아저씨를 위로라도 하려고 기다렸나?"

명한숙은 머뭇머뭇하더니 입을 열었다.

"어쩐지 아저씨가 제 아버지를 닮아서 ⋯."

"내가 자네 아버지를 닮았다고?"

"예."

"자네 아버지는 지금 어디 계시는데?"

"알 수가 없습니다."

"흐음⋯."

나는 밀크로 입을 축였다.

"어머니는?"

"어머니도 안 계셔요."

"그럼 지금 누구 집에 있지?"

"이모님 댁에 있어요."

슬픈 사람은 내가 아니고 이 소녀구나, 하는 생각으로 나는 한동
안 멍하니 눈만 끔벅거렸다. 우연히 만난 사람의 신상을 캐묻는 게
실례인 줄 알면서도 묻지 않을 수 없었다.

"명 양은 지금 학생인가?"

"예. 야간 학교에 다니고 있어요."

좀더 따지고 물었더니 대구 H대학의 야간부 국문과에 다니며 낮
엔 C은행 대구지점에서 근무한다.

"그럼 지금 학교에 갈 시간 아닌가?"

"오늘은 일요일입니다."

"아, 그렇군. 내가 정신이 없어서⋯. 아버지 계신 곳을 모른다
했는데 어떻게 된 걸까? 별세하신 건 아니고?"

"생사를 모릅니다. 그러나 제 짐작으로는 어디엔지 꼭 살아 계실
것이라 믿습니다."

"이름은?"

"이름도 모릅니다."

"이름을 모르다니? 성姓은 명씨일 것이고 호적부에 이름이 있을

것 아닌가?"

명한숙은 고개를 다시 떨구었다. 그리고 들릴락 말락 한 작은 소리로 말했다.

"명씨는 이모부님 성씨입니다."

그 말을 들으니 명한숙을 경계하지 않을 수 없었다. 보기엔 청순하지만 이제 막 만난 사람에게 그런 말을 하는 게 예사롭지 않았기 때문이다. 호기심은 있었지만 더 이상 묻지 않기로 했다.

"내 슬픔에 동정하는 마음, 고맙다. 그러나 동정심을 함부로 나타내는 것도 숙녀로선 삼가야 할 행동이 아닌가 싶다. 하여간 자네를 이렇게 알게 된 것만은 기쁘지만 나는 약속이 있어서 가봐야 한다."

이렇게 일어서는 나를 명한숙은 더욱 세심히 살피는 눈치더니 따라 일어서며 황급히 말했다.

"아저씨가 지금 계시는 곳을 알려 주실 수 없겠어요?"

"그건 또 왜?"

"아무래도 아저씨가 제 아버지를 닮았어요. 이상할 만큼 닮았습니다. 그래서 ⋯ ."

다시 뭐라 말하려는 것을 나는 칼로 무 자르듯 단호하게 말했다.

"세상엔 닮은 사람도 더러 있다. 닮은 게 뭐 대단할 거야 있나?"

나는 카운터로 가서 계산을 했다. 그리고 제과점을 나서는데 명한숙이 바깥에서 기다리고 있었다. 그 애수哀愁가 서린 청순한 얼굴에 마음이 끌리지 않는 바는 아니었다.

"왜 집으로 가지 않고 서성거리고 있지?"

명한숙이 울먹거리며 애원했다.

"아저씨 계시는 곳을 가르쳐 주세요."

"내 있는 곳을 알아 뭘 할 거냐?"

내 말투가 퉁명스럽게 나왔다.

"조금도 폐 끼치는 일은 하지 않겠습니다. 다만 제 아버지의 사진을 보여드리고 싶어요. 얼마나 닮았는지 아저씨도 한번 봐주셨으면 해서요."

닮았으면 또 무슨 상관이냐고 내뱉고 싶었으나 차마 그럴 수는 없었다. 나는 앞으로 이삼일은 거기서 머물 것이라면서 여관 이름과 주소를 알려 주었다.

한 시간 넘게 기다렸다면서 하경자는 어딜 갔다 왔느냐고 물었다. 소녀 얘기를 하려다가 달성공원을 한 바퀴 돌고 왔다고만 말했다.

하경자는 대구에서 제일이란 음식점의 깊숙한 방으로 나를 데리고 갔다. 하경자를 언니라 부르는 음식점 안주인이 나와 정중하게 인사하고 사라지자 경자의 주문에 따라 술과 음식이 들어왔다. 경자의 동작은 의젓하고 침착하기도 했다. 낮에 만났을 때의 그 들뜬 거동이 말쑥이 사라졌다.

하경자는 두 손으로 내게 술을 따르고 무릎을 꿇어 절을 했다.

"정말 반갑습니다, 선생님! 이런 날이 올 줄 믿었습니다만 그날이 오고 보니 꿈만 같습니다."

정식으로 재회再會의 인사를 하는 셈인데, 나의 당혹한 심정은 낮에 자기 집으로 가자는 권유를 받았을 때와 마찬가지였다. 그러나 서너 잔 술이 들어가자 나도 안정을 되찾을 수 있었다. 이런저런 얘

122

기를 부담 없이 하게도 되었다.

하경자는 부동산 붐을 타고 만만찮은 돈을 번 모양이었다. 원래 영리한 여자니까 그런 방면에는 빈틈이 없었을 것이다.

"앞으로 선생님은 뭘 하실 작정입니까?"

"조용히 학문을 하고 싶어. 다행히 그럴 만한 환경이 되어 있기도 하니까. 그런데 이대로는 정신 안정을 얻을 수 없어. 감옥에 있을 땐 자유가 없어 단념했지만 세상에 나오고 보니 살인자 누명이 거북하기 짝이 없어. 이 누명을 벗지 않곤 아무 일도 못 할 것 같아."

"그런데 그것이 어디 쉬운 일이겠습니까?"

하경자는 한숨을 쉬었다. 그리고는 말을 이었다.

"모든 것을 잊으시고 학문을 하시건 사업을 하시건 하면 되지 않겠습니까?"

"물론 그런 뜻이 없진 않지. 그러나 생각해 보라고. 내가 학문을 해서 무슨 업적을 남겼다 하자. 나를 설명하는 대목에 제자와 정을 통해 아이를 배게 하곤 처지가 곤란해지니까 그 제자를 죽였다는 전력이 나타날 것 아니겠어. 사업에 성공했다 치자. 그때도 마찬가지 일이 생기지 않겠어. 결국 나는 평생을 그늘에서 살아야 한다는 말이 돼. 그늘에서 산다는 게 나쁘지는 않아. 그래도 문제인 것이 아이를 가졌을 경우를 보자. 살인자의 아들을 만들 수는 없는 것 아니겠어. 내가 누명을 벗는 일이 나 자신만이 아니라 나를 둘러싼 사람들을 위해서도, 이 사회를 위해서도 필요하다고 봐. 경자의 협력이 있었으면 좋겠어."

"뭐든 선생님께 도움이 되는 일이라면 … ."

고개를 떨군 하경자가 머뭇거리며 물었다.

"그보다 결혼하셔야 하지 않겠습니까?"

"결혼? 결혼도 해야지. 그러나 전과자인 몸으로 결혼할 수야 있겠나. 아까도 말했지만 아이에게까지 내 부담을 지울 수는 없잖아?"

"선생님의 결백을 믿는 사람과 결혼하면 될 거 아녜요?"

"글쎄."

나는 생각하는 척했다. 그러나 내 마음은 결혼과는 먼 곳에 있었다. 가끔 맹렬히 남성이 꿈틀거릴 때가 없지는 않았지만 20년간 익힌 금욕의 버릇에 익숙해졌다.

"선생님은 젊어 보이지만 연세를 생각하셔야죠. 결백을 증명하는 일도 중요하지만 가정을 가지는 것도 중요해요. 가정을 가지고도 결백을 증명하는 노력을 할 수 있잖겠어요? 그리고 … ."

하경자의 말이 울먹거리는 소리로 변했다.

"저는 선생님의 그 편지만을 안고 20년을 기다렸습니다. 제 남편은 그 편지를 보자 추궁했어요. 선생님과의 관계를 … . 저는 솔직하게 대답했습니다. 선생님을 사모하고 있다고요. 그게 이혼의 계기가 되었답니다. 진심을 말하면 저는 부모님의 강요로 부득이 결혼했지만 끝내 반대했어요. 그래서 그 남자의 눈에 띄게 일부러 제 일기장과 그 편지를 함께 두었던 거예요."

나는 할 말을 잃었다. 하경자의 말은 이어졌다.

"그렇다 해서 선생님을 강요해서 저와 결혼하자고 하는 것은 아닙니다만, 제 사정만은, 제 심정만은 … ."

하경자는 드디어 울음을 터뜨렸다. 나는 난감한 기분이 되며 그

때 편지를 읽어 보고 싶었다. 막연한 내용과 편지를 쓴 기분은 짐작하지만 구체적인 것은 떠오르지 않는다.

'도대체 내가 뭐라고 썼기에 … .'

나는 내 손으로 빈 술잔을 채우며 꼭 결혼할 필요가 생기면 경자와 결혼하겠다고 말하려다 돌연 이영애의 말이 떠올랐다. 우선경과 결혼하라고.

결혼 문제가 민감하므로 나는 엉뚱하게 다른 말을 엮었다.

"결혼 문제는 차차 의논하기로 하고 내 청을 들어주겠어? 혹시 경원염직 회사를 아니?"

"이름만 알고 있습니다."

"그 회사 사장이 누군지 아니?"

"그건 모릅니다."

"사장은 선창수 선생이야. 선창수, 알지?"

하경자는 얼른 생각이 나지 않은 듯 고개를 갸웃했다.

"체육 선생 선창수를 몰라?"

"아! 그 선창수 선생님이 경원염직 사장이세요?"

"그렇다네."

"그런데 선창수 선생님이 어떻다는 겁니까?"

나는 선창수가 윤신애의 언니와 결혼한 사연과 윤신애의 죽음이 무슨 관련이 있지 않나 하는 의혹을 솔직히 털어놓았다. 하경자는 놀라는 눈치더니 곧 결연한 태도로 말했다.

"알았습니다. 경원염직과 선창수 사장에 관한 정보를 탐지하겠습니다."

"윤신애의 어머니가 경영하는 여관을 알려 줘. 어머니를 만나고 싶어."

"만나지 않는 게 좋지 않을까요? 서먹서먹하실 텐데요."

"당시에 그 어머니는 나를 의심하지 않았어. 지금은 어떻게 생각하시는지 알고 싶어."

"선생님이 꼭 그러시다면 ….."

하경자는 그 여관 이름과 소재지를 쪽지에 적어 주었다.

식사를 끝낸 후 하루건너 모레 다시 만나자고 하고 자리에서 일어섰다. 하경자는 뭔가 아쉬운 듯 머뭇머뭇하더니 순순히 응했다.

시간은 오후 9시 30분. 하경자와 헤어진 그 길로 윤신애 어머니의 여관을 찾아갔다. 번화가를 앞뒤로 낀 지대에 있는 여관은 꽤 큰 건물이었다.

윤신애의 언니, 그러니까 선창수의 아내가 된 여자의 아버지가 유산으로 남긴 돈으로 사들였다니 그렇다면 선창수의 장인은 상당한 부호였겠다. 내 머릿속에 하나의 스토리가 다음과 같이 짜여 나갔다.

선창수는 운동부원 윤신애를 사랑하게 되었다. 부부 사이가 좋지 않았던 터에 발랄한 윤신애를 만나고 보니 선창수는 이혼을 각오하고 윤신애를 자기 사람으로 만들 작정이었다. 윤신애는 운동부원으로 매일 접촉하는 체육 교사의 사랑이 싫지 않았다. 그래서 두 사람은 정을 통하게까지 되었다.

그런 인연으로 선창수는 윤신애의 집에 자주 드나들어 집안 사정을 알게 됐다. 윤신애에게 아버지가 다른 언니가 있다는 사실을 알 있다. 언니는 윤신애보다 훨씬 아름답고, 게다가 대구에서 재력가에 속하는 아버지를 가졌다는 사실도 알았다. 그리고 어떻게 수작만 잘하면 윤신애의 언니를 사로잡을 수도 있다는 흑심을 품었다. 미녀 아내와 횡재, 두 마리 황금토끼가 눈앞에 어른거린 것이다.

그런데 선창수는 윤신애가 아기를 가졌다는 사실을 알았다. 언니를 본 후 선창수의 눈에는 윤신애는 매력을 잃었고 일종의 방해물로 보였다. 제자와 정을 통해 임신시킨 사실이 드러나면 난리가 날 것이었다. 어쩌면 그 무렵 선창수가 윤신애의 언니를 유혹하는 데 성공했는지 모른다. 선창수는 무슨 결단을 내야 하는 판국에 이르렀다. 그 결단이 소엽산 살인사건이 아닐까?

사람의 상상력이란 묘한 버릇을 가진다. 일단 그럴 듯하게 상상하면 보충자료가 얼마든지 생각난다. 수사관이 수사에서 과오를 범하는 것도, 판사가 오판을 하는 것도 인간심리의 이런 경사傾斜 때문이리라.

그러니 나는 선창수에 대한 나의 상상을 경계해야 한다고도 생각했다. 그런데도 내가 엮어 낸 스토리에 사로잡히면서 그 뒷받침이 될 만한 증거만을 모으려 했다. 자기의 직관直觀 이외에 무얼 믿겠는가? 이런 마음마저 솟았다. 나는 윤신애의 어머니를 내일 만나기로 작정하고 숙소로 돌아왔다.

샤워를 하고 잠자리에 들었으나 잠이 오지 않았다.

돌연 옆방이 시끄러워졌다. 새로 손님이 든 모양이다. 술에 취한 남자의 흥얼거리는 콧노래와 아양 섞인 여자 웃음소리가 들렸다.

"오늘 밤, 이년을 내가 콱 씹어 묵어야지!"

"씹어 돌릴 편은 나요, 나!"

방에 그대로 앉아 있다간 악야惡夜가 될 터였다. 그 분위기를 견딜수 없어 벌떡 일어나 바깥으로 나왔다. 여관 문밖 길거리에 우두커니 서서 하늘을 쳐다보았다. 희미한 별빛이 보인다. 대구의 스모그 현상이 서울보다는 덜했다.

부근을 거닐며 바람을 쏘이니 다소 안정이 되었다. 심호흡을 한뒤 다시 여관으로 돌아왔다.

바로 그때다. 미색 치마저고리를 깨끗하게 입은 가냘픈 몸매의 여자가 2층에서 층계로 내려오더니 현관에서 사환에게 신발을 내달라고 일렀다. 그 말소리에 놀랐다. 바로 옆방에서 아까 음탕하게 시시덕거리던 여자였기 때문이다. 나는 방에서 그 목소리를 들었을때 투박한 몸매와 사나운 얼굴을 가진 일종의 음수淫獸 여자를 상상했는데 눈앞의 여인은 청순가련형이다. 이 여자를 길가에서 봤다면 요조숙녀로 알았을 것 아닌가. 나는 그녀의 행동과 외양이 너무나다른 사실에서 여성이 지닌 마성魔性을 새삼 발견했다.

2층으로 올라가려는 내 곁으로 사환 녀석이 바짝 다가서더니 속삭인다.

"아저씨, 색시 필요 없어요?"

"······ ?"

"예쁜 아가씨 있어요. 만 원만 내면 기막힌 아가씨 소개해 줄게요."

아까의 흥분은 가셨지만 그 여운은 아직 내 몸 어딘가에 남아 있었다. 그 여운의 본능이 내 이성을 압도했다. 나는 아무 말 않고 지갑에서 만 원짜리 한 장을 꺼내 사환에게 쥐어 주었다.

방으로 돌아온 나는 상의만 벗어 걸어 놓고 이불 더미 위에 비스듬히 누웠다. 뉘우침도 아닌, 두려움도 아닌 묘한 뉘앙스의 기대감이 내 가슴에 고인다. 에로영화가 상영되기 직전이 부끄럽기도 하고 뻔뻔스럽기도 한 감정이라고나 할까.

베이지색 바탕에 넝쿨 꽃무늬가 놓인 원피스 차림의 소녀가 자그마한 구슬백을 들고 도어 저편으로부터 나타났다. 별 부끄러워하는 기색도 없이, 그렇다고 해서 뻔뻔스러운 태도도 아닌, 극히 일상적인 표정을 하고 소녀는 나와 약간의 사이를 두고 저편에 앉는다. 얼굴엔 화장기가 없고 짙은 눈썹이 소년의 눈썹을 닮았다.

눈이 맑았다. 어디다 내놓아도 청순한 소녀로서 통할 얼굴이었다. 그런데 나를 바라보는 눈빛에 나의 처분만을 기다린다는 비굴함이 보였다. 비로소 발견한 천성賤性이었다. 그것이 나를 불쾌하게 했다. 잠자코 있을 수만은 없었다. 나는 담배를 피워 물었다.

"몇 살이지?"

"스물한 살이요."

말이 또박또박했다.

"고향은?"

"영덕요."

"대구는 언제 왔지?"

"1년 좀 더 됐습니다."

"부모는?"

"아버진 없어예."

소녀는 끼득 웃었다.

"왜 웃지?"

"무슨 면접시험 보는 것 같아서예."

약간 어색한 기분이 들었다. 같이 자자는 소리도 나오지 않았고
가라고 말할 용기도 나지 않았다. 그리고 소녀의 육체에 끌리지 않
는 바도 아니었다. 그렇더라도 상대방이 너무 어렸다.

"참, 뭐라고 불러야 하지?"

"미스 김이라고 불러예."

"이름은?"

"가르쳐 주지 말라 카데예."

이불을 한 채 더 가져오라고 사환에게 일러 놓고 나는 옷을 벗고
자리에 들었다.

여자는 이불을 펴더니 옷을 벗기 시작했다. 브래지어와 팬티만
남긴 몸으로 자리에 들더니 핸드백을 머리맡에 당겨 놓았다. 나는
손을 뻗은 곳에 있는 스탠드를 찾아 불을 껐다.

유리창으로 외등 불빛이 스며들어와 지척을 분별 못 할 어둠은 아
니었다. 나는 쉽사리 잠이 들 것 같지 않아 여자에게 말을 걸었다.

"왜 이런 짓을 하지?"

이렇게 물어 놓고 보니 쑥스러웠는데 뜻밖에도 또박한 대답이 돌
아왔다.

"돈 벌려고예."

"몸을 버리는 건 생각지도 않고?"

"벌써 버린 몸인데예."

"버린 몸이라니, 어떻게?"

"스토리가 있어예."

스토리란 말에 나는 피식 웃었다. 하기야 스토리 없는 창부娼婦가 어디 있겠는가.

어둠 속에서 여자의 말이 건너왔다.

"가까이 가도 되겠어예?"

"음….."

여자는 몸을 일으키더니 내 이불 속으로 기어들었다. 맨소래담 같은 내음이 코를 찔렀다. 밝은 빛이 없는 것이 다행이었다. 나는 별로 불결하다는 느낌 없이 그녀를 팔 안에 안았다.

"그 스토리란 것, 얘기해 봐."

"쑥스러워예."

"이렇게 안겨 있는 건 쑥스럽지 않고?"

"어쩐지 아저씨에겐 정이 드네예. 그랑께 쑥스럽지 안해예."

그녀가 갑자기 측은하게 여겨졌다. 여자로서 남자에게 안기는 것이 얼마나 중요한지, 안기고 안는 행위에 얼마나 깊은 뜻이 있는지 이 여자는 모른다 싶으니 안타까웠다.

'소녀'는 어느 곳에나 있다. 선량하되 약간 바보스럽고, 바보스러우면서도 마음이 약하고, 그러지 않고서야 설마 굶어 죽는 한이 있더라도 이런 짓을 할 수 있을까.

'고등 창부는 지나치게 영리하다. 하등 창부는 예외 없이 바보스럽다.'

어느 풍속학자가 쓴 글이 되살아났다. 바보스럽지 않은 여자가 몸 파는 일을 할 까닭이 없다.

측은한 마음이 들자 나는 이 여자를 모욕할 수 없다고 생각했다. 창부에 대한 모욕은 불러다만 놓고 육체를 요구하지 않는 행동일 것이란 막연한 의식이 돋아났다. 나는 브래지어에 손을 댔다.

"제가 끄를께예."

여자는 브래지어와 팬티를 벗었다. 나는 잠시 짐승이 되었다. 그리고 쓸쓸하고도 슬픈 정사情事가 시작되었다.

일을 마치고 샤워를 한 후 나는 가슴에 회한을 담은 채 자리에 들었다. 여전히 잠이 오지 않았다. 여자는 주저하는 동작으로 손을 내 가슴팍에 살큼 얹으며 말했다.

"이런 기분, 처음이라예."

나는 아까 정사에서 여자의 몸이 어느 대목에서 급격하게 경련하던 순간을 상기했다.

"참, 이상하데예. 남녀 간이란 게 이런 건가예?"

여자로선 묘한 기분인가 보았다. 몸을 판 지 1년이 넘었다는데 섹스의 쾌감을 처음 느낀다니 말이나 되는가. 내 자신이 섹스에 관해선 무식하다. 본능에 따른 얼마간의 지각이 있을 뿐이다.

"참말로 이상했어예. 남자에 따라 그렇게 다른 건가예?"

나는 계속 그 속삭임을 듣고 있기가 메스꺼웠다.

"잠이 안 오거든 그 스토리나 얘기해 보렴."

"스토리가 꺼져 버렸어예."

"스토리가 꺼지다니?"

"아저씨하고 그것 하기까지는 스토리가 살아 있었어예. 그런데 예, 전기에 감전한 것처럼 온몸이 발발 떨고 난께 스토리가 싹 날아 가 버렸어예."

"날아간 스토리, 붙들어 봐."

여자는 내 가슴에 놓았던 손을 떼 천장을 바라보고 누운 자세로 이야기를 시작했다.

"고등학교 1학년 때라예. 중학교 때부터 배구 선수였어예. 체육 선생이 배구부를 지도했는데 저를 소질 있다고 칭찬했어예. 방과 후에 학교에 남아 열심히 배구 연습을 했어예. 선생님 말씀에 배구 만 잘하면 장학금 받아 대학에도 갈 수 있고 좋은 직장에 취직도 할 수 있다 카데예. 2학기 초에 다른 학교와 시합이 있었는데 저는 1학 년이라 선수로는 못 뛰었지만 따라갔어예. 그 시합에서 져버렸어 예. 다른 선수들은 기분 나쁘다고 바로 집에 돌아갔는데 저하고 1학 년 배구부원만 남아 뒤치다꺼리를 했지예. 체육 선생님이 제게 배 구공을 학교 창고에 갖다 놓으라고 하셔서 창고엘 갔더니 선생님이 미리 가서 기다리고 있었어예. 그때 선생님이 …."

"알겠다, 그만! 그 일 때문에 퇴학했나?"

"그렇진 않았어예. 엄마가 병석에 눕고 집안 형편이 엉망이 되었 어예."

지각없이 이런 데로 빠진 여자에게도 저런 면이 있는가 싶으니 안 타깝기도 하고 우습기도 했다.

"고등학교를 1학년까지 다녔다면 자기를 소중하게 여길 줄도 알 아야지?"

나는 그녀의 반응을 기다렸다. 아무 말도 없었다.

"직장 월급이 낮고 살기가 고달프더라도 달리 생활 방도를 찾아봐라. 네가 지금 하는 짓은 여자로선 마지막 길이다. 인생이 처음부터 마지막 길에 빠져들 것이 뭔가?"

나는 쑥스러움을 무릅쓰고 훈계조로 말했다. 그런데 난데없이 쏘는 듯한 말이 돌아왔다.

"직업에 귀천이 있어예? 이것도 직업이라예."

나는 누구에게 보일 것도 아닌 쓰디쓴 웃음을 짓고 외등이 어슴푸레 무늬를 엮고 있는 천장을 쳐다봤다.

'아무렴, 창부는 직업이지. 이 지구에 사회라는 것이 생겨날 때부터 생긴, 가장 오래된 역사를 가진 직업이지.'

그녀는 잠들어 있었다. 잠 속의 숨소리는 고르고 평온했다.

'잠든 창부의 얼굴이나 보아 둘까.'

나는 몸을 일으켰다. 일어난 김에 지갑에서 5천 원짜리를 꺼내 그녀의 구슬백 위에 얹어 놓았다. 잠이 깨거든 인사 말고 물러가라는 뜻이 포함된 행위였다.

눈을 떴을 때는 날이 훤히 밝아 있었다. 문득 어젯밤의 일이 생각났다. 옆에 여자는 없었다. 창녀는 창녀 나름의 준칙에 따라 흔적 없이 철수한 것으로 보였다. 아니, 흔적은 있었다. 윗목에 얌전히 개어 포개진 이불이 놓여 있었다.

어젯밤 내려다본 그녀의 잠자는 얼굴을 상기했다. 그 모습엔 창녀가 없었다. 부모 없이는 도무지 세상을 살아갈 수 없는 가냘픈 소녀가 있을 뿐이었다.

아침밥이라도 함께 먹으며 창부가 아니라 세상을 아는 어른이 어린 소녀를 대하듯 하고 앞으로 살아갈 걱정이라도 해주었어야 할 걸 싶으니 가슴이 아팠다. 이대로라면 나는 하룻밤의 불결한 충동으로 돈 몇 푼을 주고 가냘픈 여체女體를 산 셈이 된다. 명색이 교육자 전력과 피해자로서의 쓰라린 체험을 가진 내가 고달픈 삶을 영위하는 사람에게 그럴 수 있느냐는 자책감이 엄습했다.

이 자책감은 종달새 같은 소녀를 범한 그 체육 교사에 대한 증오로 번져 갔다. 그 증오심이 선창수란 인간의 얼굴을 그려 냈다. 와락 치밀어 오르는 분격에 가슴이 떨렸다.

'무기징역이 필요하고 사형이 존속한다면 마땅히 그런 놈을 위해 필요할 것이다.'

어떤 난관이 있더라도 윤신애를 죽인 놈을 찾아내야겠다는 결심이 새삼스런 열기를 띠고 다져졌다. 찾아낸 놈이 선창수가 아니면 나는 선창수에게 백배 사죄하리라. 그러나 목적 인물이 선창수라는 확신은 굳어만 갔다.

나는 자리를 걷어차고 일어섰다. 창문을 열어젖히고 상쾌한 아침 공기를 마시며 체조를 한 후 냉수욕을 했다. 그동안 방 청소가 돼 있고 밥상이 차려졌다.

그때 전화벨이 울렸다. 종업원의 목소리가 들렸다.

"명한숙이란 여학생이 찾아왔는데요."

나는 아래층으로 내려갔다.

명한숙이 현관에 서 있었다. 갈색 투피스를 입은 깔끔한 여사무원 차림이었다.

"웬일이지?"

명한숙은 우물쭈물했다.

"무슨 일인지 얘기를 해봐."

"여기 … 여기선 안 되겠어요."

"그럼?"

나는 현관의 잇단 홀을 두리번거렸다.

"선생님의 방으로 가요."

그 말이 너무도 당돌하게 들렸다. 방에서가 아니면 못 할 말이 둘 사이에 있을 까닭이 없었기 때문이다. 그러나 하는 수 없었다. 나는 그녀를 방으로 데려갔다. 방으로 들어가자마자 명한숙은 핸드백을 열더니 봉투를 꺼냈다.

"그게 뭐냐?"

명한숙은 봉투를 조심스레 열어 사진 한 장을 꺼내 내 무릎 앞에 밀어 놓았다.

'아니? 이럴 수가!'

나는 사진을 집어 들고 깜짝 놀랐다. 나 자신의 사진이었다. 어떻게 된 거냐고 묻기에 앞서 명한숙이 말했다.

"선생님을 닮으셨죠?"

닮고 안 닮고를 말할 필요조차 없었다. 20년 전 S읍 사진관에서 대학원 입학원서용으로 찍은 내 사진이었으니까.

"어떻게 이처럼 닮은 분이 있을까요? 제가 실례를 무릅쓰고 선생님께 접근한 이유를 아셨죠?"

명한숙은 득의得意의 미소를 지었다.

"그런데 이게 어떻게 … ?"

나는 할 말을 잃었다. 그것이 바로 내 사진이라고 실토하려다 이를 막는 제동력 같은 게 작용했다. 그러나 어제 우연히 만난 소녀의 손에 사진이 들어간 경위가 몹시 궁금했다. 이런 내 마음의 동요를 아는지 모르는지 명한숙은 말을 이었다.

"사진 뒤쪽을 보세요."

나는 사진을 돌렸다. 그 뒷면에 쓰인 작은 글씨가 보였다.

'한숙아! 이것은 네 아빠 사진이다!'

잉크 빛이 바랬으나 한 자 한 자는 또렷했다. 나는 꿈을 꾸는 듯한 기분에 빠져들었다.

"이 사진, 언제부터 갖고 있었지?"

"초등학생 때 엄마가 주셨어요. 그리곤 엄마는 어디론가 가버렸습니다."

"어머니 성함은?"

"성민순이라고 해요."

"성민순?"

처음 듣는 이름이다. 명한숙은 사진을 도로 봉투에 넣어 핸드백에 넣더니 일어섰다.

"가봐야겠어요."

"조금 거기 앉아 봐."

"출근 시간이 … ."

명한숙은 시계를 들여다보더니 머뭇거렸다. 오전 8시였다.

"그럼 가봐. 하여간 한 번쯤 더 만나야겠다. 나는 이삼일 더 여기에 있을 테니 전화로 연락해 줘."

명한숙을 돌려보낸 뒤 다시 담배를 피워 물었다. 아무래도 모를 일이었다. 20년 전에 찍은 내 사진이 명한숙이란 소녀의 손에 있다는 것보다도 자기 아버지 사진이라고 믿는 것이…….

나는 가방에서 동창회 명부를 꺼내 보았다. 내가 맡은 반엔 '성민순'이란 이름이 없었다. 헛일 삼아 다른 학년의 명단을 찾았으나 그 명부엔 없었다. 명부를 가방에 도로 집어넣으려다 말고 다시 내 담임 학급을 챙겨 보았다. 성成씨가 하나 있었다. 그러나 이름이 달라 '성정애'이고 주소는 '불명'이었다.

나는 성정애란 학생의 얼굴을 떠올려 보려 애썼다. 낡은 신문에 난 여러 인물 사진 가운데 하나처럼 뚜렷한 윤곽도 없이 희미하게 나타날 뿐이었다. 이렇다 할 특징도, 개성도 없이 교실 한구석에 조용히 앉았다가 사라지는 학생일지도 몰랐다. 명한숙을 닮은 모습을 내 기억 속에서 찾아내려 애썼으나 허사였다.

어쨌든 이상한 일이었다. 내 사진이 그 소녀에게 아버지 사진으로 알려지기까지는, 어젯밤 창부의 말마따나 뭔가 스토리가 있을 것이다. 만만찮은 드라마? 인생엔 별의별 일도 다 있지 않은가.

나는 감방 속에서 지내던 때를 회상했다. 당시에 나는 공상으로나마 언제나 교도소 바깥으로 날아다녔다. 공상의 줄기는 산을 넘고 바다를 건너 이름 모를 도시를 헤맸다. 내 공상이 남자 하나가 되어 성민순이란 여자를 만나 명한숙을 잉태시킨 것이라 엉뚱하게 상상했다. 불현듯 이런 구질구질한 상념에 빠져 있을 겨를이 없다는 자각이 생겨 벌떡 일어나 윤신애의 어머니를 만나러 나섰다.

그 여관은 동풍여관이었다. 사환 아이가 나타났다.

"주인을 뵈러 왔네. 서울에서 온 남 씨라고만 전해 주게."

잠시 후 다시 나타난 사환이 나를 사무실 옆방으로 안내했다. 한동안 우두커니 앉아 살풍경한 방 안을 두리번거리고 있었다. 이윽고 품위 있게 늙은 노녀老女가 장지문을 열고 얼굴을 내밀었다. 윤신애의 어머니였다. 노녀도 나를 단박에 알아보았다.

"아아 …, 남 선생님이 웬일이에요?"

노녀는 황급히 들어와 앉으며 내 얼굴을 자세히 살폈다.

"얼마나 고생이 많았어요? 그런데 변하지 않으셨네요. 어떻게 찾아오셨어요, 이렇게 … ."

그녀는 안절부절못하며 나를 반겼다. 방석을 가져오라, 커피를 주문해 오너라 하며 어쩔 줄을 몰라 했다. 나는 가벼운 흥분을 느끼면서도 노녀의 태도를 세심하게 관찰했다.

'나의 살인을 믿지 않는 거다!'

나는 그렇게 결론을 내렸다. 자기 딸을 죽인 범인을 이렇게 환대할 수 없다. 눈물이 날 만큼 반가웠다.

"얼마나 고생하셨어요? 얼마나 … . 남 선생님을 그 꼴로 만들어 놓고 어찌 제가 편한 잠을 잘 수 있었겠어요?"

노녀는 울먹거렸다. 이어 길게 한숨을 쉬고 말을 이었다.

"그러나저러나 지나간 일, 지금 와서 어떻게 하겠어요? 잊어버리고 살아야죠."

나는 잠자코 담배만 피우다 조용히 말했다.

"우리는 잊으려 해도 세상은 잊지 않습니다."

노녀가 나를 쳐다봤다. 무슨 뜻인지 짐작하지 못한 모양이다. 나는 내 심정을 설명하고 결론처럼 다음과 같이 덧붙였다.

"그런 과거를 짊어지고 결혼인들 할 수 있겠어요? 아이를 낳아 키울 수가 있겠어요? 학문인들, 사업인들 할 수 있겠어요?"

내 말이 너무 침통했던지 노녀의 얼굴도 이지러졌다. 그녀는 고개를 푹 숙였다.

"그러나 나보다 더 억울한 사람이 있지 않습니까?"

내가 언성을 높이자 노녀가 얼굴을 들었다. 누구냐는 물음이 그 얼굴에 있었다.

"윤신애가 억울하지 않겠습니까? 그리고 그 애의 어머니인 아주머니도 …."

"제 고통은 잊은 지 오래입니다. 죽은 그 애만 불쌍하지. 그러나 죽었으니 마음이 있겠어요? 할 말이 있겠어요? 남 선생님이 안타까울 뿐이죠."

한동안 침묵이 흘렀다. 그 침묵이 견디기 힘들었다. 그래서 한 말이었다.

"신애의 무덤이 없습디다."

"어떻게 그것을?"

"한나절 걸려 공동묘지를 찾았습니다. 풍장을 했다면서요?"

"주인도 없이 죽은 귀신을 찾을 사람이나 있겠습니까? 무덤을 만들어 준들 무슨 소용이 있겠습니까. 자업자득으로 목숨을 버린 년을⋯. 그런데 뭣 때문에 신애의 무덤을 찾았습니까?"

"내 억울한 처지를 서러워하다 보니 나보다 신애가 더 불쌍하게 느껴지더군요. 제가 그 애를 원망하진 않는다는 마음을 전하고 싶었지요. 그 애처로운 혼령을 위로라도 하려고요."

"선생님의 착한 마음, 고맙습니다. 그러나 죽은 아이는 생각하지 말기로 하십시오. 생각한들 소용없는 것을⋯."

"아닙니다. 사람은 죽어도 원한은 살아 있을 겁니다. 죽어 없다고 해서 원한까지 잊어선 안 됩니다. 저는 윤신애의 원한을 잊지 않을 작정입니다."

"그래서 어떻게 하시겠습니까?"

"신애를 죽인 진범을 찾아내야지요. 살해당했으니 죽인 놈이 있을 것 아닙니까? 나는 꼭 찾아내고야 말겠습니다."

신애 어머니는 얼굴이 더욱 굳어졌다. 내가 힘주어 말할 때 그녀의 얼굴엔 공포의 빛이 돌기도 했다.

"억울하게 보낸 세월도 아까운데 그 때문에 또 허송한다면⋯."

노녀가 한숨을 쉬며 말하기에 나는 단호하게 대답했다.

"이미 내 평생은 망쳐진 겁니다. 그러나 진범을 찾아내기만 하면 하루를 살아도 보람 있을 거고, 그자를 찾아내지 못하면 백 년을 살아도 사람답게 살긴 글렀습니다."

"잊으시고 살 수는 없을까요?"

"산송장으로요?"

"이해하는 부인을 맞이해서⋯."

나는 그 말허리를 잘랐다.

"안 될 말씀입니다. 내가 진범 찾을 노력도 안 하면 누명을 평생 쓰고 무덤까지 가야 합니다. 무덤도 살인자의 것으로 남습니다. 죽은 후까지 왜 걱정하느냐고요? 제 자식이 있다면 살인자의 자식으로 살아야 할 것 아닙니까?"

노녀는 대응하지 않고 대신 담배를 집어 들었다. 나는 얼른 담배에 불을 붙여 주며 물었다.

"아주머니는 내가 누명을 쓴 사실을 아시죠?"

그녀는 고개를 끄덕거렸다.

"그럼, 제게 협력해 주셔야 합니다. 아주머니 협력만 있으면 일은 간단하게 해결됩니다. 협력해 주시겠지요?"

"……."

"저를 믿으시면 협력해 주시고 못 믿으시면 협력을 바라지 않겠습니다. 그러나 신애의 원한을 풀어 주는 일에 어머니 되시는 분이 협력하지 않는다면 이상하지 않습니까?"

"어떤 협력을 하면 되는 건지 … ?"

"결심만 하신다면 방법은 생각하겠습니다."

"혹시 … ."

노녀가 어름어름 내 눈치를 살피기에 재빨리 물었다.

"혹시, 어떻단 말입니까?"

"남 선생님은 오래 고생하고 나오셨는데 혹시 생활하시는 데 곤란한 점이 있지 않을까 해서 … ."

"그 점은 걱정 마십시오."

나는 나의 재산 상황을 설명했다.

"아주머니가 돈에 궁색하면 내가 도와 드리지요."

이 말까지 하자 노녀는 눈부신 듯 나를 쳐다보며 말했다.

"그만한 재산을 가지셨다면 지나간 일에 구애받지 않고 재미나게 살아갈 수 있지 않겠습니까?"

"그런 재산이 있으니까 더욱 가만히 앉아 있을 수 없지요. 내가 궁하기라도 하면 나날이 살아가는 데 바빠 과거를 돌볼 짬이 없다고 여기겠지만 그렇지 않으니 문제인 셈이지요."

노녀의 눈에 비로소 이해하는 빛이 돌았다.

"저도 힘닿는 데까지 도울 테니 뭐든 시켜 주세요."

"시키다니요. 그런 일은 없을 겁니다. 다만 아주머니가 아시는 일을 기억나는 대로 말씀해 주시면 됩니다."

"나이가 드니까 기억이 희미해져서 ⋯."

노녀는 쓸쓸하게 웃었다. 나는 순서를 따지는 대신 궁금한 사안부터 물었다.

"윤신애에게 언니가 있지요?"

"그렇습니다."

"이름은 어떻게 됩니까?"

"서종희라고 합니다. 부끄러운 일이지만 신애하곤 아버지가 다릅니다."

"지금 잘 살고 계시나요?"

"그게 ⋯."

노녀의 얼굴이 흐려졌다.

"큰 회사 사장의 사모님이니 잘 사실 것 아닙니까?"

노녀의 말을 유도하려고 이렇게 꾸몄다.

"그런데 그게 그렇지 않아서 ….."

윤신애의 어머니는 말하기 싫은 모양이었다.

"연애결혼이었지요?"

"아니요. 연분이 있었던 거죠."

"선창수 씨는 그때 가정을 가졌을 텐데요."

내가 이렇게 말하자 노녀는 의아하다는 표정을 지었다.

"어떻게 그런 걸?"

"선창수 씨는 제가 그 학교에 있을 때 체육 교사 아닙니까?"

"아아, 그렇겠군요."

노녀는 비로소 이해한다는 듯 고개를 끄덕이곤 말을 이었다.

"그때만 해도 제가 어리석었죠. 무슨 일이 있어도 버텨야 하는데 하도 조르고 야단법석을 피우는 바람에 견딜 수가 있었어야죠."

"누가 졸랐다는 겁니까?"

"대구에서 사람이 왔어요. 종희 아버지의 친구였어요. 경찰서의 변 형사도 권한 사람이었죠."

그 말에 나는 침을 꿀꺽 삼켰다. 뭔가 내 추측이 맞아 들어가는 느낌이었다.

"조른다고 해서 처자식 있는 남자에게 귀중한 따님을 줘요?"

나는 쌀쌀하게 다그쳐 보았다.

"그땐 이혼하고 혼자 살더군요."

"선창수 씨는 대구 사람이지요? 서종희 씨의 아버지가 누구인지 알았겠네요?"

나는 '부호라는 사실도'라는 말도 덧붙이려다 그만두었다.

"물론 알았겠죠. 그러니까 종희 아버지의 친구를 앞세운 것 아니겠어요? 제 마음이 약했던 것은 기생 딸이라고 소문난 딸자식을 고등학교 선생에게 시집보내는 일도 쉽지 않을 거라 생각했기 때문입니다."

"선창수 씨의 사업은 잘되어 가는가요?"

나는 넌지시 물었다.

"워낙 기초가 튼튼한 회사니까 그럭저럭 꾸려 나가는가 봅니다만 옛날 그 사람 장인이 하던 때보다는 못한 것 같아요."

"그 공장은 선창수 씨가 장인으로부터 물려받은 거로구만요?"

"그 사람이 물려받은 게 아니라 종희가 물려받은 거죠."

"지금도 서종희 씨 명의로 돼 있습니까?"

"증자 평계로 선창수 이름으로 넘어갔죠. 이름을 넘긴 것까진 좋았는데 … ."

노녀는 말을 뚝 끊었다.

"그 뒤에 태도가 달라졌습니까?"

그녀는 쓸쓸하게 웃었다.

나는 질문은 그 정도로 해두는 것이 무난하다고 판단하고 자리에서 일어섰다. 그러자 노녀가 물었다.

"지금 어디에 묵고 계십니까?"

여관 이름을 댔더니 자기 여관으로 오란다.

"생각해 보겠습니다."

나는 그 여관에서 나와 약속한 대로 하경자를 찾아갔다.

하경자의 집은 우선 외양이 어마어마했다. 인테리어도 화려했다. 과부 혼자 사는 집 같지 않았다. 뭔가 복선伏線이 있는 집같이 느껴지기도 했다. 하경자는 나를 베르사유 궁전 분위기의 응접실에 앉혀 놓고 마카롱, 마들렌 등 프랑스 과자와 커피를 내왔다.

나는 윤신애의 어머니를 만난 얘기를 간단히 하고 질문했다.

"경원염직의 실태가 별로 좋지 않은 모양인데 그 내막을 더욱 자세히 알 수 없을까?"

"알아보겠습니다. 아마 경원염직 업태가 나쁜 것은 거래처인 계림방적의 영업이 부진한 탓일 거예요."

"계림방적?"

"경원염직은 주로 계림방적의 일만 합니다. 이 두 회사는 모두 서창규 씨 소유였는데 그분이 돌아가실 때 계림방적은 양자에게 주고 경원염직은 딸에게 주었답니다. 그분에게 친자는 없었지요. 경원염직은 친딸이 맡고 있으니 계림방적을 맡은 양자가 밀리는 모양 같아요. 경원염직이 계림방적으로부터 예사로 돈을 빌리고도 갚지 않거나 염색료를 과다 청구하기도 하고요. 그래서 계림방적의 서종석 사장은 사업에 흥미를 잃은 모양이에요."

"계림방적에서 일감을 주지 않으면 경원염직은 공장을 못 돌리겠네요?"

"물론이죠. 그러나 계림방적의 입장으로서 어디 그렇게 할 수 있나요? 항간에 들리는 말로는 경원염직 미워서 계림방적이 일부러 업태를 줄인다 하지만, 어디 그렇게야 하겠어요? 남에 대한 말은 하기 쉬우니까요."

나는 내 가슴속에 뭉클 솟아오르는 아이디어에 긴장했다.

'내가 계림방적을 인수해 버리자!'

경원염직을 얘기하다 문득 명한숙이 생각나 하경자에게 물었다.

"혹시 성민순이란 사람을 아는가?"

"성민순이라면 성정애 아녜요?"

그 답변에 나는 섬뜩했다.

"역시 그렇구나. 그런데, 성정애 소식, 알고 있나?"

내 표정이 심각했던 모양이다.

"성정애는 왜 묻습니까?"

나는 우연히 만난 명한숙과의 사이에서 있었던 일을 설명했다.

"어떻게 그 사진이 그 아이 손에 들어갔을까?"

나는 중얼거렸다.

"사진이야 문제는 간단해요. 그런데 선생님, 그 애하고 무슨 일이 있었던 것 아녜요?"

나는 터무니없이 얼굴이 붉어진 느낌이었다. 불쾌해서 뱉듯이 말했다.

"그런 소리 하면 못써!"

"아녜요. 성정애는 참으로 엉뚱한 애였어요. 목소리도 크게 내지 못하고 항상 뒷구멍만 찾아 움츠러드는 것처럼 하면서도 뜻밖에도 대담한 데가 있었거든요. 그 당시 섹스에 관해 가장 발달한 애가 성정애였어요."

그것은 뜻밖의 얘기였다. 교단에서 학생을 보는 눈과 학생끼리

서로를 보는 눈과는 상당한 거리가 있는 것으로 보인다.

"성정애는 성격적으로 그런 데가 있는 아이입니다. 혹시 선생님을 짝사랑했을지도 모르죠. 다른 남자와 사귀면서도 선생님과 교제한다는 엉뚱한 환각을 가졌는지도 모르고요."

"그럴 리가…."

"서양의 어느 소설을 보니까 그런 게 있던데요. 어느 영화배우를 동경한 나머지 그와 닮은 남자를 사랑하게 되는 거예요. 잠꼬대를 할 때나 사랑하는 순간 소리 지를 때는 그 영화배우의 이름을 지껄인다는 거예요. 그 때문에 결국 남자는 떠나는데 여자는 아무런 마음의 상처를 받지 않고 그 배우를 닮은 또 다른 남자를 찾아 돌아다닌다는 겁니다. 성정애도 그런 부류가 아니었을까요?"

하경자의 말을 못 알아들은 바는 아니었지만 석연찮은 점이 여전히 남았다.

"그렇더라도 내 사진을…."

"그 사진을 찍은 곳이 무궁화사진관 아녜요?"

"그런 것 같아."

"그렇다면 간단해요. 무궁화사진관의 딸이 우리보다 한 반 밑에 있었어요. 그 딸과 성정애가 친했을지 모르죠. 친하지 않아도 사진 몇 장쯤 얻는 거야 어려울 게 뭐 있겠어요?"

"명한숙이란 아이의 말에 의하면 성정애는 미혼모인 것 같아. 그 아이는 이모부의 호적에 들어 있다 했거든."

왠지 가슴에 그늘이 지는 것 같아 나는 이렇게 중얼거리는데 하경자는 싱글벙글 웃으며 말했다.

"화근은 모두 선생님이 미남이라는 데 있어요. 학급 전체 학생이 선생님을 연모했다 해도 과언이 아녜요. 선생님을 혹독하게 몰아치며 수사한 변 뭐라는 사람의 질투가 시킨 일일지도 몰라요. 뭐니 뭐니 해도 S여고는 당시 S읍 젊은이들이 눈독을 들이던 곳이었으니까요. 그런데 그 학교 여학생들이 모두 남 선생님에게 반했다면 남자들 사이에서 시기심이 일지 않겠어요?"

"그런 과장된 추측은 진실과는 아무런 관계도 없어. 다만 내가 알고 싶은 것은 무슨 까닭으로 성정애가 내 사진을 딸에게 주며 네 아버지 사진이라고 했느냐 하는 데 있을 뿐이야."

"그거야 이해할 수 있죠. 아이의 아버지를 밝혀 봐야 백해무득하다고 판단했을 경우, 그뿐만 아니라 상대가 너무 지저분한 사람일 때 여자의 허영심이 그런 터무니없는 짓을 할 수도 있지요. 더욱이 선생님은 감옥에 계시니 탄로 날 위험도 없으니까요. 저라도 그런 경우 선생님을 들먹였을지도 모르죠. 그렇다고 치더라도 선생님 성함을 대지 않은 것은 다행한 일 아녜요?"

"세상을 그렇게 간단하게 생각했을까?"

"용케도 명한숙이라는 아이를 만났다는 게 다행이네요. 그런 걸 보면 세상엔 섭리라는 게 있는 거죠? 생각해 보세요. 선생님이 가정을 가졌을 때 어쩌다 명한숙이 찾아와서 아버지, 하고 달려들면 어쩔 뻔했어요?"

나는 그런 일을 걱정한 게 아니었다. 윤신애를 임신케 한 사람과 성정애를 임신케 한 자 사이에 무슨 관련이 있지 않을까? 그 관련에 무슨 함정이 파인 것은 아닐까? 그런 막연한 위험을 의식한 것이다.

"명한숙의 이모를 한번 만나야겠어."

"쓸데없는 일이에요. 명한숙 건은 잊으세요. 선생님이 하실 일이 얼마나 많은데요."

"아냐. 내가 할 일과 무슨 연관이 있을지 몰라. 아무튼 새로 나타난 일을 그냥 내버려둘 수는 없어. 뭔가 불안하기도 하지만 한편으론 뜻밖에 진상을 찾는 단서를 잡을 수 있다는 기대감도 생겨."

그때서야 하경자는 내 뜻을 이해한 듯 고개를 끄덕였다. 나는 화제를 다시 경원염직과 계림방적으로 돌렸다.

"혹시 계림방적을 인수할 수 있는지도 극비리에 알아봐."

"선생님이 그 업체를 인수하시게요?"

하경자는 눈을 동그랗게 떴다.

"아직은 몰라. 그런 결심을 할 때가 올지도 모르니 대비해서 조사해 두자는 거니까."

나는 이렇게 말을 끝내고 하경자의 집에서 나왔다.

여관에 돌아와 명한숙이 나타나기를 기다렸다. 아침에 명한숙이 은행에서 퇴근하는 즉시 여관으로 오겠다고 약속했다. 오후 5시 반쯤에 명한숙이 나타났다.

아침의 태도와는 전혀 달랐다. 표정이 굳어 있었다. 극도로 긴장한 증거였다. 사이다와 과자를 권했으나 명한숙은 손도 대지 않고 앉아 있다가 중대 결심을 한 듯 아침의 그 사진을 꺼내며 물었다.

"이 사진, 선생님 사진이 틀림없지예?"

나는 뭐라고 대답할 수 없어 우물쭈물했다.

"이거 선생님 사진 맞아예! 이것 봐예!"

그녀는 사진의 귀를 가리켰다. 그리고 얼른 확대경을 핸드백에서 꺼내더니 내 손에 쥐어 주었다.

"확대경으로 자세히 보세요. 오른편 귓전에 사마귀가 있어예. 선생님 귀에 있는 것과 똑같애예. 위치가 말입니더. 아무리 닮은 사람이 있기로서니 이렇게 같을 수가 있어예?"

역시 내겐 할 말이 없었다. 명한숙의 말이 틀림없었으니까.

"선생님은 왜 사실을 숨기려고 하시지예? 제가 선생님 딸인데도 우리 부녀가 이렇게 상봉했는데도 반갑지도 안해예? 저는 반가와 죽을 지경인데, 아버지가 아니라도 닮았다는 것만으로도 가슴이 째릿했어예. 그래 확대경을 사서까지 오늘 틈틈이 사진을 봤어예. 그리고 알았어예. 이 사진은 선생님 사진이고 그렇다면 제 아버지라고 믿게 되었어예. 그런데 선생님은 그처럼 매정스러워예?"

명한숙은 드디어 울음을 터뜨렸다. 기가 막혔다. 잠시 할 말을 고민하던 나는 다음과 같이 말문을 열었다.

"내 말을 단단히 들어. 이 사진은 분명히 내 사진이다. 그러나 나는 네 아버지가 아니다. 나는 오늘 하루 종일 생각했다. 내가 네 아버지가 되어 줄까 하고. 네 마음을 지금 기쁘게 해줄 뿐 아니라 장차 내 딸처럼 키울까도 했지. 나는 아직 처자식을 갖지 못했어. 너를 내 딸로 삼는데서 어려울 사정도 없어. 그러나 나는 진상을 밝히고 싶다. 이 사진이 어떻게 네 손에 들어갔으며 네 어머니가 어째서 그런 거짓말을 하게 됐는지 그 이유를 알고 싶은 거다. 그래서 내가 네 아버지가 아니란 사실을 명백하게 밝힐 작정이다."

명한숙은 내 얼굴을 겁먹은 표정으로 쳐다보고 있더니 신음하듯 말했다. 그 눈에 광기마저 괴었다.

"엄마가 내게 거짓말을 했다고예?"

"그렇다. 네 엄마가 거짓말을 한 거다. 증거는 얼마든지 있다. 네 엄마는 옛날 내 제자였으니까."

"그래예? 엄마가 선생님의 제자라꼬예?"

명한숙이 고개를 푹 숙인다. 그 숙인 머리를 보며 말했다.

"네 이모와 이모부를 만나야겠다."

명한숙의 이모부는 부산에 출장 중이라 했다. 그래서 명한숙은 여관에서 나간 후 1시간쯤 지나 이모만 데리고 왔다.

그 이모에게서 나는 성정애의 모습을 비로소 발견했다. 눈이 크고 갸름한, 약간 검은 빛의 살결도 그 언니는 동생인 성정애를 너무도 닮았다. 언니의 모습으로 보아 40세가 된 성정애도 그와 흡사하리라.

인사를 마친 뒤 명한숙에게 어른들끼리 할 얘기가 있으니 바깥에 잠시 나가 있으라 했다. 나는 그 이모에게 단도직입적으로 물었다.

"도대체 어찌 된 일입니까?"

"글쎄요. 저도 전혀 모르는 일인데요."

명한숙의 이모는 망연자실한 눈초리로 나를 바라보았다. 더 추궁해 봐야 소용없을 듯했다.

"지금 한숙이 어머니는 어디 있습니까?"

"저도 모릅니다. 죽지는 않았을 겁니다."

"그런데 어디 있는지 모르다니요?"

"모르니까요."

그러나 그녀가 한숙 어머니의 소재를 아는 듯했다. 눈치로 짐작했다. 그래서 강압적인 태도로 나왔다.

"댁에서 모르신다면 할 수 없지요. 경찰에 신고해서 수배해 보겠습니다. 내게는 중대한 문제입니다. 아이가 나를 아버지라며 찾아왔기 때문입니다. 나는 네 아버지가 아니라 했는데도 그 애는 믿지 않으니까요. 당사자 성정애가 나타나야 해결할 수 있겠지요?"

"그 문제는 제가 잘 타이르겠어요. 걔 엄마가 잘못한 거라고요."

여인의 표정엔 간절한 빛이 있었다.

"여태껏 그런 식으로 했는데 돌연 이모가 타이른다고 한숙이가 믿겠습니까? 나는 아이의 심적 충격도 염려하지 않을 수 없습니다."

"아닌 것을 아니라고만 하면 그만 아닐까요? 경찰에 수배 신고까지 할 필요가 있겠습니까?"

"내 문제는 고사하고 나는 한숙이를 위해서라도 어머니를 찾아 줄 작정입니다. 그 애가 원치 않는다면 별문제겠지만요. 댁께서도 동생분의 행방이 궁금하지 않으십니까?"

여인은 고개를 숙이고 있더니 결심한 듯 얼굴을 들었다.

"그 애하고도 의논하고 제 남편과도 의논해서 회답 드리겠습니다. 그때까지라도 경찰 신고를 미뤄 주세요."

동의하고 그들을 돌려보냈다. 나는 방바닥에 드러누워 궁리했다. 아무래도 명한숙 이모의 태도가 수상했다. 왜 동생 거처를 숨기려 할까.

이튿날 명한숙의 이모 성필애가 여관으로 찾아왔다. 그만해도 구면이라고 성필애는 활발하게 말을 이었다.

　"정애 때문에 곤란한 일이 한두 가지가 아니었어요. 정애가 여고를 졸업하고 집에 돌아온 지 한 달쯤 됐을 때 걔가 약을 먹은 거예요. 부랴부랴 병원에 데려가 생명을 구하긴 했는데 임신 3개월이라 하잖아요. 청천벽력 같은 일이었죠. 생명이란 게 모질어서 그 독한 약을 먹었는데도 뱃속의 아기는 까딱하지 않았으니까요."

　"왜 죽으려고 했을까요?"

　"알 수가 없었어요. 말을 하지 않았으니까요."

　"그 뒤에도요?"

　"예, 말하지 않았어요. 아이 아버지가 누구인지도 끝내 밝히지 않았답니다. 자꾸만 추궁하면 죽을 거라 하기에 아무도 묻지 못했지요. 아이는 대구에 있는 고모 집에서 낳았어요. 한동안 고모 집에서 키웠지요. 제가 한숙이를 저희 집에 데려온 것은 초등학교 입학할 무렵이었습니다."

　"정애는 그때 뭘 했습니까?"

　"학교 교사를 하다가 개인회사에도 다니기도 하고 …, 아무튼 약간 정신이 나간 듯했어요."

　"제 사진은 어떻게 된 겁니까?"

　"저도 그걸 몰랐는데 어느 날 한숙이가 그 사진을 내놓지 않겠어요? 자기 아빠 사진이라면서. 정애가 대구를 떠나면서 한숙이에게 준 거랍니다."

　"그런데 정애는 지금 어디에 있습니까?"

성필애는 고민하는 빛을 띠더니 결심한 듯 입을 열었다.

"동두천에 있다고 들었는데 지금도 거기 있는지 알 수 없습니다."

"동두천?"

내가 되묻자 성필애는 얼굴을 붉혔다.

"부끄러운 일입니다만 정애는 어쩌다 미군 병사하고 정분이 난 겁니다. 대구에 있던 미군 부대가 동두천으로 옮겼을 때 따라갔는데 그 후론 소식이 없어요."

"동두천 근처를 찾아보면 혹시 …."

"찾을 수 있을지 모르지요. 그러나 창피해서 그럴 엄두가 나지 않습니다."

"정애가 대구를 떠난 게 대강 얼마쯤 됩니까?"

"벌써 12년이나 되었어요. 그동안 소식이 없으니 죽은 거나 마찬가지로 치고 있습니다."

말문이 막혔다. 할 말도 없었다. 성필애에게 더 물어 봤자 기대할 만한 대답도 없을 듯했다. 그런데 성필애의 다음 말이 내 가슴에 충격을 주었다.

"그 사진을 아버지라고 믿고 마음의 중심으로 삼은 한숙이는 그렇지 않다는 걸 알자 절망에 빠진 모양입니다. 오늘은 은행에 나가지 않았습니다."

십수 년을 아버지라고 믿고 간직해 온 사진이 터무니없는 것인 줄 알았으니 당연히 큰 충격을 받았으리라. 결근까지 할 정도로 마음에 상처를 받았다니 나는 고민하지 않을 수 없었다. 그 고민은 내겐 이중의 고통이었다. 쓸데없는 일에 말려들었다는 사실 자체가 귀찮

았다. 그러면서도 성정애를 찾아내면 진상의 단서를 찾는 데 도움
이 될지 모른다는 기대감이 생겼다.

"성민순, 성정애, 어느 것이 호적명입니까?"

"원래는 민순인데 정애로 개명했습니다."

"한숙이에게는 제가 미안해 하더라고 인사를 전해 주십시오. 육
친의 아버지만이 아버지가 아니니 앞으로도 잊지 않겠다는 말씀도
전해 주십시오."

성필애가 돌아간 뒤 나는 하경자에게 전화를 걸었다. 하경자는
집에 없었고 가사도우미의 말로는 서울 손님을 만나러 나갔다 했다.
그렇다면 나를 찾아올 것이다.

나는 서울 어머니에게 편지를 쓰며 기다리기로 했다. 감옥에 있
는 동안 어머니께 편지를 쓰던 정경이 눈앞에 떠올랐다. 추운 겨울
밤이면 손가락이 곱아서 글씨를 쓰기가 어려웠다. 그 정경이 떠오
르자 그때와 마찬가지로 손가락이 뻣뻣해졌다. 겨우 "어머니!"라고
써놓긴 했는데 다음 글이 이어지지 않았다.

나는 만년필을 놓고 멍하니 상념에 잠겼다. 출옥한 지 1주일 후의
일이었다. 어머니는 두툼한 책 보따리를 꺼내 와서는 내 앞에서 끌
렀다.

"이게 네 재산이다. 아버지 유산인 부동산과 동산을 누구에게도
맡기지 않고 내 요량으로 간수해 둔 것이다. 이것은 토지 등기부등
본이고 이것은 적금통장, 정기예금통장…, 이것은 네 이름으로 든
곗돈을 모아 놓은 통장, 이 금괴는 네 생일 때마다 사둔 것…."

어머니는 질금질금 눈물을 흘리더니 말을 이었다.

"어림짐작으로 네 형의 열 배쯤 될 재산이다. 형이 빌려 달라고 하면 어머니 영令이라 하고 거절해라. 사업하는 네 형은 늘 손해를 보며 재산을 축냈다. 20년 동안 썩은 네 인생을 이 돈으로 돌이킬 수야 없겠지만 앞으로 너 하고 싶은 대로 하고 살 수는 있을 거다."

나는 거대한 재산을 보고 질겁했다. 그때는 마음 놓고 공부할 수 있다는 안도감이 들었을 뿐 그 이상의 느낌은 없었다. 어머니에 대한 고마움이 눈물겨웠을 뿐이다.

나는 다시 만년필을 들어 편지를 썼다. 단순한 안부 외에 앞으로 내게 서광瑞光이 비칠 것 같다는 글귀를 보냈다.

하경자가 나타난 것은 점심때였다. 식사를 동촌에 새로 지었다는 관광호텔에서 하기로 했다. 썩 내키지는 않았으나 세상 물정을 알려면 그런 곳에도 가보아야 한다는 하경자의 권유에 따랐다.

동촌의 호텔은 으리으리했다. 비프스테이크를 먹으며 고급 와인을 곁들였다. 기아상태에 있던 감옥생활을 회상했다. 지금도 그 고초를 당하고 있을 죄수들에 대한 안타까움이 새파란 하늘에 갑자기 솟은 검은 구름을 닮았다.

"맛있게 드셨어요?"

하경자의 물음에 나는 정신을 차렸다. 식사 후에 나온 커피도 향기로웠다.

"계림방적 말씀인데요."

하경자는 그동안의 조사결과를 말했다. 나는 긴장했다.

하나의 출발

"계림방적의 자본금은 20억 원이고요, 지분 구성은 서종석 씨와 서종석 씨의 양모 공동 명의로 41%, 서종희 씨와 모친 공동 명의로 10%, 나머지 49%는 군소주주 몫입니다. 군소 주주도 모두 서씨 친척이나 지인들이라 합니다."

"순전한 가족회사이군. 경원염직은?"

"자본금은 10억 원인데 지분 분포가 재미있어요. 서종희 씨와 모친 공동 명의로 41%, 서종석 씨와 양모 공동 명의로 10%, 기타 49%는 군소 주주 몫이어서 계림방적과 비슷하지요. 계림방적과 다른 점은 군소주주 지분 대부분을 선창수 씨와 변동식 씨가 인수했다는 점입니다."

"조사를 썩 잘했군."

"제가 이래 봬도 대구에서 사업가로 잘 알려진 여자예요. 이 정도쯤이야 … ."

나는 하경자와 함께 웃었다. 나는 문득 생각나서 물었다.

"선창수와 변동식이 계림방적의 군소 주주들의 지분도 인수하고 있지 않을까?"

"알아보겠습니다. 그리고, … 혹시 선생님이 계림방적 주식을 인수할 의사가 있으세요?"

"과반을 인수할 수 있다면 … ."

"사업하시려면 방적, 염직보다 더 유망한 업종이 있을 텐데요."

"내 사건의 진상을 밝히는 데 도움이 될까 하고 … ."

"그 일이 목적이라면 비용이 너무 많이 드는 셈 아녜요?"

"그런 것만은 아니지. 지금은 영업 상태가 부실한지 몰라도 제대로 경영하면 전망이 밝을 거야."

"선생님은 머리가 좋으시니까 뭐든 잘하실 겁니다."

그 말을 들으니 용기가 났다. 대구에서 기반을 잡고 탐색의 손을 꾸준히 펴 나가면 언제인가 진상을 알아내고, 그 목적을 위해 많은 사람을 동원하고, 동시에 사업도 만만찮게 꾸려 나갈 수 있는 자신감이 겹쳐진 것이다.

하경자의 활약은 눈부셨다. 그 후 1주일 동안 하경자가 알아낸 정보는 다음과 같다.

계림방적의 대표이사 서종석은 양모와의 관계가 좋지 못한 데다 양가養家 관계자들의 압력에 의해 사업에 대한 의욕을 완전히 잃었다. 은행 부채 8억 원에다 4∼5억 원의 사채를 짊어져 언제 부도가 날지 모르는 형편이기도 했다. 머잖아 파산할 것으로 알고 양모나 서종석은 지분을 팔려 하지만 서로 뜻이 맞지 않는다. 설혹 그들의 지분을 모두 인수한다 해도 41%에 불과하기에 경영권을 장악할 수는 없다.

"그러나 무슨 방법이 있겠죠."

하경자는 서종석의 양모와 접촉할 작정이라며 이런 제안을 했다.

"선생님은 어떤 수단을 써서라도 서종석 씨를 만나 보세요. 그래서 그 결과를 종합하면 결론이 날 것 아니겠습니까?"

"그렇게 하려면 적당한 소개자가 있어야 할 텐데 …."

나는 말꼬리를 흐렸다. 되도록 비밀리에 일을 진행하고 싶었다. 남상두라는 이름이 나타나면 안 되는 것이다. 이때 신흥여관 주인 박우형의 얼굴이 떠올랐다. 그가 움직이면 전직 형사 김영욱도 가세하지 않겠는가. 김영욱은 과거의 동료 변동식에 대해 별로 좋지 않은 감정을 지닌 눈치이니 비밀을 지키지 않겠는가. 게다가 전직 경찰관이니 보통 사람에겐 부족한 예민한 관찰력과 다부진 실행력을 가졌으리라. 하경자, 박우형, 김영욱이 협동하면 일이 잘 진행되리라.

"하여간 최선을 다해 상세한 사정을 알아봐 주시게. 그러나 내 이름만은 절대로 입 밖에 내지 말게."

"명심하겠습니다. 그리고, … 호텔에 오신 김에 목욕이라도 하시고 푹 쉬었다 가시죠."

하경자의 눈에는 애절한 광채가 빛났다. 박절하게 거절하기가 어려웠지만 그래도 내키지 않은 짓을 하기에도 곤란했다.

"푹 쉬는 건 요다음에 하지. 대강만이라도 일의 전망이 서고 난 다음에 …."

하경자는 맥이 풀린 듯 나를 쳐다보고 씨익 웃었다. 씁쓸한 웃음이었다.

밖으로 나왔다. 눈부신 햇빛이었다. 자가용 번호판을 단 고급 승용차가 호텔 현관에 와 멎었다. 페이지 보이가 열어 주는 도어에 귀부인 차림의 여자가 내려섰다. 아래위 베이지색 투피스에 꿩 깃을 단 밀짚 빛깔의 모자를 썼는데, 가는 베일에 약간 그늘진 얼굴과 몸매는 통속적인 표현을 빌리면 할리우드에서 바로 나온 여배우의 모습이라 할 만했다.

그러나 내가 그 여인에게 끌린 것은 그런 호사스런 차림과 용모 때문이 아니었다. 왠지 모르게 어디선가 본 적이 있다는 느낌 때문이었다. 눈과 코 언저리에 확실한 기억이 있었다.

여인이 도어 저편으로 사라진 뒤에까지 그곳을 보고 선 내가 이상했던지 하경자가 물었다.

"아는 사람이에요?"

"아아니 …, 대구에도 멋진 여성이 있군."

"대구 미인이라고 하면 옛날부터 소문이 났지요. 멋쟁이 여자가 서울보다 대구에 더 많을지 몰라요."

하경자는 조금 빈정대는 투가 되었다.

"저런 여자, 마음에 드세요?"

"마음에 들고 안 들고가 아니라 어디선가 본 것 같아서 그래. 꽤 눈에 익은 얼굴 같아."

나는 문득 윤신애의 어머니를 연상했다. 그녀의 젊은 시절 인상과 흡사했기 때문이다.

"혹시 윤신애의 언니?"

"서종희 씨 말이죠? 그럴지 모르죠. 미인이고 멋쟁이란 소문이 난 분이니까요."

택시를 탔다. 이제 막 본 여성이 눈앞에 어른거렸다. 윤신애의 언니라면 소문대로 미인인데 그런 여성이 선창수와 어울려 산다는 게 기이했다. 그녀를 보았을 때 내 감정은 일시에 폭발 직전까지 갔다. 그런 미인이 선창수의 아내라는 사실이 나를 분격하게 했다. 나는 그 점에서 사악邪惡한 내 자신을 발견했다. 나도 얼마든지 나쁜 놈이 될 수 있다는 소질 같은 것을 발견했다. 가능하다면 서종희를 유혹해서 선창수의 가정을 산산이 짓밟아 놓고 싶은 괴팍한 상상까지 했으니 말이다.

택시가 중심가에 들어섰을 때 차를 세웠다.

"하 군이 잘 아는 양복점이 있으면 소개해 줘."

하경자가 차에서 내려 D양복점으로 안내했다.

나는 양복점에서 회색, 감색 양복과 와이셔츠 네 벌을 맞추었다. 구두점으로 가서 검은색, 진고동색 구두를 샀다. 넥타이 가게에 들러 색색의 넥타이 4개를 샀다.

카페에 들어가 하경자에게 부탁했다.

"선창수의 가정 사정을 철저히 알아봐 줘."

"선생님이 하실 일과 선창수 가정 사정이 무슨 관련이 있나요?"

"사정이 있으니 묻지는 말고 … ."

하경자를 돌려보내고 여관으로 돌아온 나는 S읍으로 전화를 걸어 박우형을 불렀다.

"내일 당장 대구로 와주실 수 없겠소? 김영욱 씨도 함께. … 사업을 벌여 봅시다."

"되도록 함께 가겠습니다."

나는 갑자기 행동력이 활발해짐을 느꼈다. 동시에 약간 거칠게 행동해야지, 샌님처럼 온순했다간 아무런 결론을 얻지 못할 것임을 깨달았다.

이독제독以毒制毒, 이열치열以熱治熱. 이런 관념이 뇌리 속에서 명멸했다. 그러자 불현듯 충동이 일었다. 사나이로서의 욕망이었다. 나는 밖으로 나가 바를 찾았다. 바걸 가운데 날씬한 여자를 구할 작정이었다. 그러나 아직 시간이 일러 바걸은 출근하지 않았다. 혼자서 독한 위스키 몇 잔을 마셨다.

대구 시가지를 거닐다 여관으로 돌아왔다. 꿈틀거리는 내부의 짐승은 좀처럼 수그러들지 않았다. 악인惡人이 되기를 작정한 첫날 밤이다.

나는 선창수의 부인 서종희에게 접근할 수 있는 방도를 궁리했다. 어떻게 해서 결혼했을까. 서종희가 선창수와 알게 되었을 무렵, 선창수와 윤신애와의 관계를 눈치챘을까. 서종희의 가슴을 열 수만 있다면 서종희 자신은 의미를 몰랐던 일을 나는 알 수 있지 않을까. 서종희와 마음을 합친다면 뜻밖의 발견도 가능하지 않겠는가. 이런저런 궁리를 했지만 뚜렷한 방도는 보이지 않았다. 그러나 계림방적을 인수하는 과정에서 서종희와 접촉할 기회가 있으리라.

아침밥을 먹을 생각이 없어 그저 자리에 누워 있는데 하경자로부

164

터 전화가 왔다. 점심 때 찾아오겠다는 것이었다. 오전 11시 반쯤에 일어나 세수하고 옷을 챙겨 입었다. 그때 박우형과 김영욱이 들이 닥쳤다.

나는 내 사건의 진상을 캐는 문제와는 별도로 계림방적을 인수했으면 한다는 의향을 밝혔다. 나의 제안에 박우형과 김영욱은 흥분했다. 하경자가 도착하자 모두 함께 회의를 시작했다. 일종의 참모 회의였다. 회의 결과는 다음과 같다.

주식 인수가 결정되기까지는 박우형, 김영욱, 하경자가 함께 전면에 나서고 그 외의 사람을 넣으려면 반드시 네 사람의 합의를 거쳐야 한다. 하경자는 서종석의 양모를 맡아 교섭을 진행하고, 박우형은 서종석 본인을 맡는다. 김영욱은 군소 주주의 동향을 살핀다. 그래도 과반수가 되지 않을 경우 윤신애의 어머니와 접촉하는데, 그 일은 내가 맡는다. 그리고 끝으로 내가 말했다.

"어쨌건 열흘 이내로 대강 진척을 보면 나는 자금 준비를 위해 일단 서울에 갔다 오겠소."

짐작보다는 빨리 진행될 것 같았다. 박우형의 요령 있는 활약으로 약 5억 원으로 서종석과 그 양모의 지분을 인수한다는 데까지 진척을 보았다. 아무튼 계림방적의 현 운영진으로서는 타개책이 없었던 터에 그런 제안이 들어온 것이니 그들로선 다행이었다. 계림방적 주식 41%의 확보는 무난하게 되었다. 그러나 10%를 추가로 매입해야 과반수를 확보하는 셈이므로 그때까지는 피차 비밀을 지킬 필요가 있었다.

대강 이 정도의 진척을 보고 나는 서울로 돌아왔다. 어머니도 내 제안에 찬성했다.

"업체가 서울이 아니어서 섭섭하지만 요즘은 교통이 편리하니 대구도 좋겠네."

어머니는 또 결혼 얘기를 꺼냈다.

"이왕 늦은 것, 사업이 일단락된 뒤에 하겠습니다."

그때 챙겨 본 내 재산은 50억 원가량이었다. 계림방적을 인수하고 궤도에 세우기 위해 30억 원이 든다 해도 넉넉한 여유가 있었다.

현금으로 우선 20억 원을 만들어 놓으란 부탁을 어머니에게 해놓고 나는 동두천으로 갔다. 성정애의 행방을 찾기 위해서다.

동두천이라는 이방지대. 나는 대한민국의 국토 안에 이런 곳이 있으리라곤 상상도 못 해봤다. 식민지라고 하기엔 우리의 행정권이 엄연히 살아 있다. 식민지가 아니라고 하기엔 우리의 경찰권이 이곳을 완전 장악하고 있지 않다.

이 지역의 주인공들은 각처에서 흘러들어 온 양공주들이며 갖가지 피부색의 미국 군인들이다. 나머지 인간들은 이들에게 생활과 향락을 위해 장소와 편의를 제공하며 사는 기생적 군상이다.

버스 정류소 근처의 여관을 잡아 두고 거리로 나온 나는 발길이 가는 대로 걸어 보기로 했다. 킹콩 같은 흑인 병사의 팔을 끼고 가는 고양이처럼 작은 여자가 있는가 하면 무대 화장을 방불케 하는 짙은 화장을 한 여자가 껌을 짝짝 씹어 대며 백인 남자와 같이 걷는 모습도 보였다. 여태껏 못 들어 봤고 알 수도 없는 외국어들이 거리에 범람했고, 초콜릿과 버터, 김치와 시궁창이 범벅이 된 것 같은 냄새가 코를 찔렀다.

해가 지기 시작했다. 이곳저곳에 전등이 켜졌다. 정녕 이런 곳이 아니면 찾아볼 수 없는 네온들이 묘한 무늬를 엮어 내기도 했다. 나는 한참을 헤매다가 '킷트 캣트'라는 네온이 켜진 집으로 들어갔다. 네온 집이면 술집이라 짐작했기 때문이다.

홀은 텅 비었는데 저쪽 한구석에 여자들이 우글우글 모여 있었다. 각양각색의 헤어스타일과 패션 치장이 요란스러웠다. 색채의 소음이라 할 수도 있었다. 블루진 바지를 입은 왜소한 체격의 사나이가 나타나 물었다.

"술 하시겠소?"

"버번 한 잔 주시오."

"오케이!"

그 사내는 씨익 웃으며 카운터 쪽으로 걸어갔다. 사내가 술잔을 들고 다시 나타났을 때 내가 말했다.

"저기 아가씨들, 할 일이 없거든 이리로 오라고 해요. 내가 한 잔 살 테니까."

그 말이 떨어지기 무섭게 모두들 우우 몰려왔다. 다섯이나 됐다.

"모두들 주문하세요."

아가씨들은 각각 진 토닉, 콜라 위스키, 버번 워터 등을 시켰다. 인사도 없이 떠들썩하다가 술이 들어가자 모두들 사양 없이 수다를 떨었다. 나는 적당한 기회를 포착했다.

"혹시 성정애 또는 성민순이란 이름을 들은 적이 있소?"

"이런 데 그런 이름이 어딨어요? 매리, 릴리, 수키 …, 이런 이름 이죠."

내가 난감한 표정을 짓자 릴리라는 여성이 다음과 같이 말했다.

"사람 찾는 방법이 있어요. 더욱이 국제결혼을 한 사람이면요. 영문 대서代書를 하는 사람을 찾으면 혹시 알 수 있겠지요."

일제시대에 일본 도쿄의 어느 사립대학을 중퇴했다는 영문 대서사 양호진은 내 설명을 경청하더니 캐비닛을 열었다. 그 속엔 문서철이 빽빽이 쌓여 있었다.

"줄잡아 10년 전이라 … ."

양호진은 그 가운데 파일을 하나 꺼냈다. 그리고 다시 물었다.

"성정애라고 했지요?"

"예. 성민순이란 이름도 있습니다."

대서사는 S항의 인덱스를 찾아 나가다 "여기엔 없고 …" 하고는 다른 파일을 꺼냈다. 그런 문서들이 뜻밖에 잘 정리돼 있어 물었다.

"문서가 꽤 잘 정리되어 있네요."

"어느 때 무슨 일로 물어 올지 모르니 보통 신경이 쓰이는 게 아닙니다. 세상에 미국인들처럼 문서를 중시하는 국민은 없을 겁니다. 오죽하면 연애편지 사본까지 보관하고 있겠습니까?"

양호진은 그 파일에서도 성정애를 발견하지 못했다.

"국제결혼 한 것이 확실한가요?"

"그렇게 들었습니다만. … 혹시 다른 대서소에서 취급했을까요?"

"어디에서 취급했든 저희가 다 갖고 있습니다. 서로의 편리를 위

168

해 명단과 문서 사본을 골고루 보내 주기 때문이지요."

양호진은 이렇게 설명하면서도 줄곧 파일을 뒤졌다.

"아! 이건 …."

그는 누르스름하게 변색된 종이를 자세히 살폈다. 그건 대서소에서 대필해 준 성정애의 편지였다. 수신자는 '토마스'라고만 나와 있고 10년 전의 날짜가 있을 뿐 주소도 없었다. 편지의 사연은 약속한 일자가 지나고도 한참이 되었는데 왜 소식이 없느냐는 푸념이었다.

"이 편지로 보아 이미 국제결혼을 했는데 남자는 미국으로 가버렸고 부인을 데리고 가지 않은 상태인 모양입니다. 그러니 그 후 미국으로 갔거나 했을 텐데 …. 아무튼 성정애란 사람은 동두천에서 결혼한 것은 아닌 것 같습니다."

"나는 그녀가 결혼했느냐 안 했느냐를 묻는 것이 아니라 현주소를 알고 싶어 하는 겁니다."

그랬더니 양호진은 넉넉잡고 이틀 여유를 주면 알아보겠다고 했다. 나는 후한 사례금을 약속하고 계약금 조로 얼마를 주었다.

이틀 후 양호진은 성정애의 주소를 알아냈다. 미국 아이오와주州의 어느 시골이었다.

서울로 돌아온 나는 미국 아이오와에 있는 성정애에게 정중한 편지를 썼다. 자기 딸에게 한 거짓말이 탄로 났다고 해서 당황하는 일이 없도록, 그리고 앞으로 어떤 일이 있어도 기꺼이 내게 협력할 수 있도록 문면을 꾸미는 데 신경을 썼다. 다음과 같다.

성정애 군!

　이렇게 쓰고 보니 20년 전의 그날그날이 주마등처럼 내 뇌리에 펼쳐지는구나. 먼저 나의 감동을 적는다. 우연한 기회에 명한숙이라는 소녀를 만났다. 그것은 운명의 여신이 내게 보낸 미소와도 같았다.

　성 군은 내가 그 애의 아버지라고 했더구나. 나에 대한 애착이 어떠하기에 네 사랑하는 딸에게 그런 말을 했을까 싶으니 기막힌 정감에 눈물이 나더라. 한편 얼마나 딱한 처지이기에 그렇게 했을까 싶으니 이유를 모르긴 해도 가슴이 메는 것 같은 심정이다. 만일 네가 허락한다면 나는 명한숙을 내 진짜 딸처럼 잘 돌보아 줄 용의도 있다. 나는 아직 결혼하지 않았다만 그 애를 위해 가정을 꾸미고 그 애가 원하는 것이면 뭐든 해줄 수 있는 마음과 재력을 갖고 있다. 미국에서 사는 네 형편이 넉넉지 못하면 10만 달러가량의 돈을 보태 줄 수도 있다.

　이런 일들을 의논하기 위해선 성 군이 한 번 한국으로 돌아와야겠구나. 뜻이 있다면 내가 왕복 여행 경비를 먼저 보내 주겠다. 나는 감옥에서 묻어 버린 청춘을 되찾아 앞으로 힘차게 살아갈 작정인데 그러자면 성 군의 힘을 빌려야 하겠다. 모처럼의 희망을 가진 나에게 실망을 주지 않기를 바란다. 성 군의 회신을 기다릴 뿐이다. …

　우체국에 가서 이 편지를 부치고 덕수궁 경내를 한 바퀴 돌았다. 고궁에 신록이 찾아든 그 대조적인 아름다움을 만끽하며 나는 한동안 황홀했다.

　나는 김경환이란 고교 1년 선배를 찾기로 했다. 그는 나를 무척 아껴 주었다. 출옥 직후 그는 집으로 달려와 나를 안고 실컷 울어 주었다. 고지식하게 학문만을 믿고 사는 교수.

연락했더니 마침 김경환은 연구실에 있었다. 고서古書의 내음에 신록의 향기가 섞여 연구실은 세속과 동떨어진 가운데 하나의 세계를 형성했다. 운명이 나를 함정 속에 끌어넣지 않았더라면 나도 이런 세계의 주인으로 학문의 길을 걸어가고 있을 터였다.

반기는 선배를 눈부신 듯 바라보며 나는 연구실 분위기와는 어울리지 않는 얘기를 꺼냈다. 내가 원하는 바, 계획하고 있는 바를 모조리 털어놓았다.

김경환은 신중히 듣더니 다음과 같이 조언했다.

"몬테크리스토 백작이 되기엔 자네는 너무 섬세해. 목적을 관철하려면 악착같아야 하는데 자네에게 그런 악착스러움이 있을까?"

"있습니다. 있고말고요. 저는 목적을 위해선 얼마든지 악할 수도 있습니다."

"복수를 하기 위해 악인이 된다는 건 그만큼 마이너스가 아닐까?"

"악한 놈에 대해 악인이 된다는 뜻입니다."

김경환은 내 말을 듣자 씁쓸한 웃음을 지었다. 그리곤 물었다.

"그렇게 해서 진상을 밝힐 자신이 있나?"

"하프 앤드 하프죠."

"진상을 밝히지 못하면 결국 헛된 노릇이 아닌가?"

"심증만으로도 진상을 파악하면 야무지게 복수할 겁니다."

"어떻게?"

"놈들을 철저하게 파멸시키는 겁니다. 가정을 파멸시키고 거지꼴로 만들어 자기 죄를 스스로 뉘우치도록 만드는 겁니다."

김경환은 잠깐 망설이다 다음과 같이 말했다.

"이왕 사업을 한다면 성공해야지. 그런데 자네가 그 업체의 사장이 되어선 안 되네. 경쟁사회에서는 어떤 결점도 상대방이 이용하지. 악의를 가진 상대방은 살인자, 전과자라는 약점을 100% 이용하려 들 것 아닌가. 누가 자네의 억울한 처지를 이해하겠나? 그러니 실질적으론 자네가 업체를 경영하더라도 표면에 내세울 대표는 명망 있고 강력한 인물이라야 할 거야. 몬테크리스토 백작처럼 되기 위해서라도. …"

그 충고에 정신이 번쩍 들었다. 김경환의 말대로 내가 사장이 되었다간 선창수, 변동식 등이 무슨 모략을 하고 덤빌지 모르겠다.

"선배님, 좋은 말씀 감사합니다. 책만 읽으시는 줄 알았더니 어떻게 그런 세속적인 지식까지도 풍부하십니까?"

"나도 세상을 대강은 알아. 학문하는 세계라 해서 모략과 중상이 없는 줄 아는가? 사람 사는 세상은 엇비슷해."

"그럼 선배님, 제가 업체를 인수한다고 치고 그걸 맡아 하실 사장감을 한 명 추천해 주실 수 있겠습니까?"

"난들 그런 사람을 어떻게 알겠나. 다만 이런 조언은 할 수 있어. 실무에 밝은 보좌역이 있다면 퇴역 장군을 사장으로 모시면 좋지 않을까? 그런 어른이 떡 버티고 있으면 함부로 중상모략을 못 할 테니까. 남 군을 비호하는 보호자도 될 수 있을 거고."

대단히 솔깃한 말이다.

"선배님 아시는 분 가운데 혹시 그런 분 안 계십니까?"

"그럼 우리 고등학교 선배 가운데 그런 분을 찾아보자꾸나. 생판

172

인연이 없는 사람보다 나을 테니까."

그것도 좋은 의견이었다. 김 선배와 나는 고교 동창회 명부를 뒤졌다. 공교롭게도 김 선배의 동기생 가운데 육군 소장으로 예편한 계창식이란 분이 있었다. 직업난에는 무슨 재단의 이사로만 되어 있었다.

"반班은 달라도 이 사람과 나는 수영부에서 같이 운동해 잘 알아. 아주 과묵한 성품이야. 그 뒤 어떻게 변했는지 몰라도 내가 기억하고 있는 그런 사람이라면 아주 적임인데."

"그런 분이 어쭙잖은 업체의 사장으로 오실까요?"

"별 바쁜 일이 없으면 후배의 일이고 하니 …. 선배의 보람이란 후배를 돕는 데 있기도 하니 간곡하게 부탁해 보면 혹시 …."

"그럼 그 일은 김 선배님께서 맡아 주세요."

"쇠뿔은 단김에 뺀다!"

김경환은 동창회 명부에 나온 계창식의 전화번호를 보고 전화를 걸었다. 계창식 소장은 해외여행 중이라 했다. 한 달 이내로 돌아온다기에 김경환 선배에게 뒷일을 맡기고 나는 서울을 떠났다.

한 달 전 S읍을 향해 떠날 때의 그 센티멘털한 기분과는 전혀 다른 마음의 빛깔이었다. 그때 내 가슴은 체관諦觀한 인생의 푸념으로 꽉 차 있었다. 그러나 지금은 바위에 머리를 들이받아 그 자리에서 죽는 한이 있더라도 후회할 수 없다고 결심했다.

동대구역엔 박우형과 김영욱이 마중 나왔다. 그들이 마련한 고급 여관을 마다하고 관광호텔 스위트룸에 들기로 했다. 전엔 수줍어하기도 한 내가 이렇게 강세로 나오자 그들은 어리둥절했겠지만 나는 그들의 비위를 상하게 하기 싫어 약간의 변명을 했다.

"조금쯤 거만하게 굴어야 하겠소. 그래야 세상이 깔보지 않는가 봅니다. 그러나 우리 사이엔 그런 게 있을 수 없소. 전처럼 허물없이 지냅시다. 그러니 간혹 내 태도에 이상한 모습이 있을 땐 무슨 의도가 있기 때문이라 알고 오해하지 마십시오."

세상 물정에 정통한 김영욱은 즉석에서 동의를 표했다. 관광호텔의 가장 좋은 방을 차지하고 그날 내가 결정한 최초의 업무는 승용차를 사는 일이었다.

"대구에서 제일 좋은 벤츠 한 대, 그리고 국산차 두 대를 사시오. 벤츠는 전술상으로 내가 탈 것이고 나머지 두 대는 김 형과 박 형이 타도록 하시오. 운전기사는 대구 최고의 경험자를 구하시오. 보수는 다른 기사의 갑절쯤을 줘도 좋소."

그들은 의아하다는 표정을 지었다.

"왜 내가 이렇게 시작하는가, 까닭을 알겠죠?"

그들은 고개를 끄덕였다. 내 가슴속에 맺힌 한恨의 덩어리를 이해한 것이다.

김영욱, 박우형, 하경자는 계림방적의 주식을 인수할 준비를 서둘렀다. 파산 직전의 사정이라 예상보다는 훨씬 값싸게 주식 과반수를 인수할 가능성도 보였다. 군소 주주가 서로 팔겠다고 나섰기 때문이다. 나는 '남상두'란 이름을 내지 말고 어머니 명의로 사들이라고 부탁하곤 그 결과만을 기다리기로 했다.

그동안 서종희를 만날 기회를 찾았는데, 우연히 서종희가 장애인 어린이를 돕는 여성단체의 책임자란 사실을 알게 되었다. 되도록 가운데 사람을 끼우지 않기로 작정한 나는 그 여성단체에 직접 전화를 걸어 회장을 찾았다.

"회장님은 지금 안 계십니다. 그런데 무슨 용무인지요?"

"그 단체의 사업에 찬동하여 얼만가 기부를 할까 합니다."

그랬더니 상대방이 후끈 달아올랐다.

"실례입니다만, 누구십니까?"

"그런 걸 밝힐 필요가 없습니다. 성경에도 오른손이 하는 일을 왼손이 모르게 하라는 말이 있지 않습니까?"

"대강 얼마쯤 하실 작정이신지요?"

"글쎄요. 한 5천만 원쯤, 사정에 따라 1억 원쯤도 …."

"고맙습니다. 제가 실무자입니다. 제게 주셔도 됩니다."

"회장님께 직접 건넸으면 합니다."

"아이구, 이 일을 어쩌나. 회장님은 이름만 걸어 놓았을 뿐이지 실무는 전혀 모르시는데요."

그 말투로 보아 기부금을 받은 공적을 자기가 차지하고 싶어 안달이 나 있는 것 같았다. 나는 싸늘하게 대답했다.

"실무를 알건 모르건 나는 단체의 책임자인 회장에게 직접 건네야 하겠습니다. 연락이 되시거든 내일 오전 11시에 다시 전화를 걸 것이니 회장님이 그 자리에 나와 계시도록 주선해 주십시오. 이편에서 성의를 다하려는 것이니 그쪽에서도 그만한 성의는 있어야 할 줄 믿습니다."

"어디에 계시는 어느 분인지 알려 주시면 제가 회장님을 모시고 그리로 가 뵙도록 하겠습니다. 그 뒤의 비밀 보장은 충분히 하겠습니다."

"하여간 내일 오전 11시 그리로 전화하겠습니다."

이렇게 말하고 나는 전화를 끊어 버렸다. 가슴속에서 가벼운 흥분이 일었다.

나는 김영욱을 불러 대구시청에 접촉하여 장애인 아동을 돕는다는 그 단체의 현황을 알아보도록 했다. 김영욱은 재빨랐다. 1시간 후 그 단체에 대해 알아 왔다. 올해 초 설립됐고 지역 유지들의 희사로 운영되는데, 모인 기부금이래야 1억 원가량이고 그 가운데 가장 많이 낸 사람이 서종희였다. 서종희는 최고액 5천만 원을 냈기에 회장이 됐다고 한다.

이튿날 오전 11시 전화를 걸었다.

"회장님 계십니까?"

말이 떨어지기가 바쁘게 회장실로 연결되었다.

"제가 회장입니다."

"회장님 단체에 얼만가 기부할까 합니다."

"감사합니다. 어제 그 얘기를 듣고 얼마나 감격했는지요."

"감격하실 것까지야…. 불우한 사람을 돕는 일은 당연하지 않습니까?"

"그래도 말이 쉽지 실천하기는 어렵지요. 선생님께서는 그렇게 하실 무슨 동기라도…."

"회장님은 조금 다른 분인 것 같습니다. 보통 같으면 얼마나 기부할 거냐고 액수를 물을 텐데 동기를 먼저 물으시니 하는 말입니다."

"액수의 다과多寡가 문제가 아니라 제겐 마음이 중요합니다. 그래서 동기를 묻는 겁니다."

"훌륭한 말씀입니다."

"그런 칭찬을 들으니 민망합니다."

"시간이 있으시면 동기도 말씀드리고 돈도 드리고 싶은데요."

"그런 일이라면 시간을 만들어서라도 가야지요."

"그러시다면 관광호텔 커피숍으로 오실 수 있겠습니까?"

"예. 지금 바로 가지요. 걸어서 20분 거리입니다."

"그럼 기다리겠습니다. 카운터에서 525호 손님을 부르십시오."

"알겠습니다."

서종희가 전화를 끊으려는데 나는 황급히 덧붙였다.

"부탁입니다만, 오실 땐 회장님 혼자만 와주시기 바랍니다."

"왜 그러시는지요?"

"많은 사람에게 제 존재를 알리고 싶지 않아서 그럽니다. 회장님 한 분만 아시는 것으로 추진돼야 합니다."

"알겠습니다."

나는 새로 맞춘 양복을 입고 빨간 줄무늬 넥타이를 매고 거울 속의 내 얼굴을 세밀하게 점검하곤 방문을 나섰다. 임무를 갓 시작한 007 같은 기분이 없지 않았다.

오전 11시 30분쯤의 커피숍은 한산했다. 나는 창 쪽에 자리를 잡고 카운터를 주시했다.

이윽고 서종희가 나타났다. 한복 차림이었다. 분홍색 치마저고리가 훤칠한 키에 잘 어울렸다. 나는 모른 척하고 시선을 엉뚱한 방향으로 돌리고 있었는데 카운터 아가씨가 가리킨 대로 그녀는 내 가까이로 다가오고 있었다. 나는 속으로 '멋진 연기를 해야 한다'고 다짐했다.

서종희는 내 옆에 서더니 조심스레 말문을 열었다.

"혹시 … ."

"아! 회장님!"

나는 놀란 표정으로 일어섰다.

"제가 서종희입니다."

가볍게 머리를 숙이는 그녀에게 나는 의자를 권하고도 놀란 표정을 풀지 않았다. 자리에 앉고도 역시 같은 표정을 했다. 너무나 놀라 제 정신이 돌아오지 않는다는 그런 표정으로 … .

"왜 그렇게 놀라시죠?"

내가 바라던 질문이 나왔다.

"자선단체 회장님이라기에 할머니가 아닌가 짐작했는데요."

"저는 할머니예요."

서종희가 웃으며 말했다.

"천만에요. 30세 안팎으로밖엔 보이지 않는데요."

"그렇다면 철이 덜 들어서 그럴 겁니다."

나는 되도록 근엄하면서도 상냥한 인상이 되어 상대방의 마음을 열게 하겠다는 계산으로 표정을 꾸몄다. 두 사람 모두 커피를 주문했다.

"이렇게 나오시게 해서 죄송합니다."

"천만의 말씀입니다. 이런 일이라면 천 리라도 가야지요."

"5천만 원쯤 기부했으면 합니다만."

나는 호주머니에서 봉투를 꺼내 1천만 원짜리로 만들어 두었던 보증수표 10장 가운데 5장을 세어 서종희 앞에 밀어 놓았다. 서종희는 그것엔 손을 대려 하지 않고 나를 똑바로 쳐다보며 말했다.

"존함을 알았으면 합니다."

"익명 기부자로 처리해 주십시오."

"익명은 자유겠지만 단체의 책임자로서는 기부자 성함을 알아야 합니다. 돈의 출처는 알아야죠."

"혹시 불순한 돈이 아닌가 의심하시는 모양인데 분명히 말씀드립니다만 저는 사기꾼이나 도둑놈이 아닙니다."

"그렇더라도 선생님의 존함은 알아야겠습니다. 그걸 모르고서는 받을 수 없습니다."

"그럼 말씀드리지요. 제 이름은 남상춘입니다. 서울에 살고 있고요. 필요하시다면 주민등록번호를 알려 드리지요."

"허다한 자선단체 가운데 하필이면 대구에 있는 저희 단체에 기부하시려는지요?"

"우연이죠, 우연 ⋯ ."

나는 슬며시 웃었다.

"우연이란 말만 갖고 동기의 설명이 될까요?"

서종희는 미소 지었다. 그 웃음이 아름다웠다.

"동기를 말하려면 얘기가 길어집니다."

"길어도 좋습니다. 그 얘기를 들어야 돈을 쓰는 데도 생색이 날 것 아니겠어요?"

"불운한 사나이의 얘기인데 … ."

나는 망설이는 눈으로 바깥을 바라보았다. 늦은 봄, 이른 여름의 햇빛이 눈부시게 빛나는 시야 가득히 들과 산이 보였다. 나는 일생일대의 대연기大演技를 해야 한다고 결심하고 호흡을 조절했다.

"저는 원래 국어학을 중심으로 한 언어학을 연구할 포부를 가졌습니다. 그러다가 짬이 있으면 역사와 문학에도 발을 뻗칠 작정이었지요. 제 인생은 순탄하게 시작됐습니다. 서울의 명문 초등학교를 나와 중·고교, 대학도 KS마크 학교를 나왔지요. KS가 반드시 좋은 것은 아니지만 그런 순탄한 경로를 밟았다는 얘기입니다. 그런데 대학과 대학원의 중간 단계에서 세속을 경험할까 하고 잠시 직장을 가졌습니다. 사고는 그 직장에서 생겼죠. 억울한 누명을 쓰게 되고 제 인생은 망쳐졌습니다. 제겐 아무런 희망도 없고 굴욕을 견디는 나날만이 있었습니다. …"

나는 여기서 일단 말을 끊었다. 서종희의 질문을 예상하고서.

"어머나! 아직도 젊으시고 패기도 있으신 것 같은데 어찌 그렇게 비관하시죠?"

도무지 납득할 수 없다는 서종희의 표정이었다. 그도 그럴 것이라고 나는 짐작했다. 최고급 럭셔리 양복을 입고 건강한 젊음을 가진 사나이가 특급 호텔의 커피숍에 앉아 5천만 원이라는 거액을 자선단체에 기부하면서 그런 말을 하니 누가 의아하게 여기지 않겠는가.

"산송장이나 다름없는 나에게 건강이 있으면 뭣 하고 패기가 있으면 무슨 소용이며 돈이 많으면 뭘 하겠습니까?"

서종희의 눈빛엔 보일 듯 말 듯 감정의 빛이 고였다.

"무슨 사정인지 구체적으로 알 수는 없으니 뭐라 말씀드릴 수는 없지만, 선생님 앞길에 꼭 광명이 있을 겁니다. 낙심하지 마셔요."

"괜한 푸념이었습니다. 그 돈이나 거둬 주십시오."

나는 되도록 드라이하게 말했다.

"이것 얼마죠?"

"5천만 원입니다. 그걸로 부족하다면 더 낼 용의도 있습니다."

나는 손을 안주머니로 가져갔다.

"아닙니다. 충분합니다."

서종희는 황급히 말하면서도 돈에 손을 대지 않았다. 그리고는 차분한 어조로 다음과 같이 말했다.

"저희 단체는 규모가 아주 작습니다. 사업 계획도 보잘것없고요. 그런데 이런 거액이 들어오면 혼란이 생깁니다. 엉뚱한 공상을 하는 사람도 나오게 마련이죠. 다음에 훌륭한 사업계획을 세웠을 때 도움을 받을 요량으로 하고 우선은 모처럼의 호의이기도 하니 천만 원쯤만 받았으면 합니다. 그 정도라도 큰 도움이 됩니다."

이것은 정말 뜻밖이었다. 나는 서종희의 인격을 다시 보았다.

"자선단체에 돈은 다다익선多多益善 아닙니까? 그러니 이걸 거둬 주십시오."

"아닙니다. 저희 단체는 장애인 아동을 근본적으로 돌보겠다는 취지로 설립되지는 않았습니다. 그런 아동의 안타까움을 지켜보는 마음이 다소곳하나마 있다는 기분을 살리는 정도의 겸손한 사업계획을 가졌습니다. 그리고 1천만 원쯤 받겠다 했는데 그것도 제가 직접 받을 수는 없습니다. 내일이라도 사무원을 보낼 테니 성함을 밝히시고 돈만 건네주십시오."

그리 말하고 서종희는 일어섰다. 내가 간원해도 막무가내였다. 그래도 내 부탁이 간절하자 서종희는 웃음을 띠고 말했다.

"꼭 5천만 원을 내시겠다면 선생님 부인이 회장직을 맡도록 하세요."

"제겐 아내가 없습니다. 그러니 내세울 사람이 없는 거죠."

이렇게 중얼거리자 서종희는 들었던 핸드백을 탁자에 내려놓고 다시 앉았다.

"혹시 상처喪妻하셨나요?"

서종희의 눈에는 옅은 동정의 빛이 스쳤다.

"아닙니다. 결혼하지 않았습니다. 운명의 거센 바람 속을 표랑하다 보니 결혼할 겨를이 없었던 겁니다."

"아무리 그렇기로서니 ….."

"제 말엔 조금도 과장이 없습니다."

얼만가의 침묵이 흘렀다.

"서른 살은 넘으셨겠죠?"

"서른 살이 아니라 마흔 살이 넘었습니다."

서종희는 처음으로 내 얼굴을 살펴보는 듯했다.

"제가 무슨 까닭으로 거짓말을 하겠습니까?"

"너무 젊어 보이셔서 ….."

"사람답게 살지를 못했으니 사람답게 나이를 먹지 못했지요."

"그런 게 아니고, 지금부터 인생을 시작하셔도 충분할 것 같아서요."

"그러기를 원합니다만 제 과거의 압력이 너무나 강해서 아직도 거기서 헤어나지 못하고 있습니다."

서종희는 잠자코 귀를 기울였다.

"이런 사정으로 저는 남의 불운도 그냥 보아 넘길 수 없는 겁니다. 다행히 부모님 덕분에 제 마음대로 쓸 수 있는 재산은 있습니다. 그래서 부인의 단체에 기부할 수 있습니다. 제 불운을 그런 방식으로 보상하고픈 염원이 간절합니다. 제 성의를 받아 주십시오. 아무런 주문도, 조건도 없습니다."

"꼭 5천만 원을 내시겠다면 제가 회장직을 그만둘 때까지 기다려 주십시오. 저희 단체는 축제 때 초콜릿 몇 상자를 사는 정도로 활동합니다. 그 이상의 활동을 하려면 조직 내에서 잡음이 생깁니다."

나는 서종희의 발언을 듣고 그녀의 성실성을 알았다.

"그럼 회장님의 뜻에 따르겠습니다."

어느덧 낮 12시가 돼 있었다.

"많은 기부를 해주신 분에게 점심을 모시고 싶습니다만 … ."

서종희는 시계를 얼핏 보더니 나를 점심 자리에 초대했다. 나와 서종희는 식당으로 자리를 옮겼다. 음식을 기다리는 동안 나는 창밖으로 시선을 두면서도 간간이 서종희의 모습을 살폈다.

'선창수가 이런 부인을 갖다니 … . 진상이야 어떻든 간에 그자에겐 이런 귀부인을 가질 자격이 없다.'

이런 외침이 내부에 일었다. 그러나 인생에서 자격이란 뭘까. 행복할 수 있는 자격이란 게 있을까. 결국은 운, 아닌가.

"행복한 사람의 옆에만 있어도 이처럼 기분이 좋은 걸 보면 … ."

내가 이렇게 말하자 서종희의 얼굴이 갑자기 흐려졌다.

"이 세상에 행복이 존재한다는 사실만으로도 불운한 사람에겐 위안이 될 수 있지요."

내 말이 이렇게 계속되자 서종희는 흐려진 표정 그대로 조용히 말했다.

"아무리 보아도 남 선생님은 불운한 사람 같지 않아요. 그런데도 불운, 불운 하시니 이상합니다."

"불운한 사람이라고 해서 그걸 얼굴에 써 붙이고 돌아다니겠습니까? 애써 그런 흔적을 지워 버리려 노력하는 것입니다."

"사람마다 마음속에 지옥地獄을 갖고 있지 않을까요?"

"지옥과는 가장 먼 거리에 계시는 듯한 분이 지옥 이야기를 하니 이상합니다."

서종희는 쓸쓸하게 웃었다. 그러나 더 이상 말은 하지 않았다.

말없이 점심을 먹었다. 식사를 끝내자 서종희가 셈을 했다. 나는 그걸 말리지 않았다. 모든 일은 자연스러워야 하는 것이다. 현관까지 배웅하며 나는 다음과 같은 말을 잊지 않았다.

"오늘처럼 기쁜 날은 없었습니다. 다시 만나 뵐 기회가 있으면 좋겠습니다."

사랑의 이율배반

계림방적의 주식 52%를 어머니 채순임의 명의로 사들인 것은 5월 말이었다. 김영욱, 박우형, 하경자의 주선과 노력의 결실이었다. 나는 이들을 이사理事로 선임하여 임원 변경등기를 끝내도록 했다. 이사 명단엔 내 이름도 포함됐다.

그런 후 김영욱을 앞세워 종업원들에게 한 달간의 유급휴가를 주었다. 그 기간에는 물론 휴업키로 했다. 회사의 업무 상황과 부채 실상을 살피려면 그만한 기간이 필요기도 했지만 김경환 선배가 추천한 계창식 장군의 취임을 기다려 재가동하는 게 좋다고 판단했기 때문이다.

이런 의논을 하는 가운데 나는 김영욱과 박우형에게 말했다.

"염직공장을 부설해야겠소."

"좋은 의견입니다. 계림방적 내에는 넓은 공지가 있으니 염직공장 하나쯤 부설할 여유가 충분히 있습니다."

김영욱과 박우형은 쌍수로 환영했다.

"이왕이면 큰직한 놈을 지었으면 하오. 계림방적의 생산품만이 아니라 대구 일대의 수요를 모두 충족할 수 있게요."

이런 나의 제안에도 그들은 찬성했다. 그들은 내 의도를 알기 때문이다.

"이런 사실을 알면 경원염직은 찔끔하겠구만요."

김영욱이 웃었다.

"찔끔만 하겠소? 초상난 집처럼 될 건데."

박우형이 맞장구쳤다.

"내일부터라도 시작하시오. 건설업자는 대구 사람을 시키되 염색에 관한 기자재는 모두 서울에서 가져와야 합니다. 뚜껑을 열 때까지는 비밀로 해야 하니까요."

이렇게 말하는 내 마음의 한구석에는 염직공장 완공 후 대담한 덤핑 공세로 경원염직을 하루아침에 나락奈落에 빠뜨리겠다는 흑심이 무럭무럭 피어올랐다.

대구 시내의 재계에는 계림방적이 서울 사람 손에 넘어갔다는 소식이 퍼졌다.

"채순임이란 여자는 대체 어떤 사람인가?"

곳곳에서 수군댔다.

대구에 지인이 많은 김영욱과 박우형은 가는 곳마다 그런 질문을 받았으나 모른 체했다. 특히 남상두란 이름은 입 밖에도 꺼내지 않았다. 나의 계획은 계창식 장군을 사장으로, 어머니를 회장으로 올리고 나는 말단 이사 자리에 숨어 실질적인 회장 노릇을 하는 것이었다.

염직공장 건설을 위한 기초 계획이 확정되고 건설업자 선정과 계약이 끝나자 나는 일단 서울로 돌아왔다. 계창식 소장에 대한 본격적인 교섭을 시작하기 위해서였다. 김경환 선배가 전하는 말씀으로는 이미 반승낙을 받았단다.

그런데 운명은 이상한 작용을 한다. 상경하는 열차에서 서종희를 만난 것이다. 그녀가 나를 먼저 본 모양인데 열차가 움직이기 시작한 직후 그녀는 내 자리에까지 와서 정중하게 인사했다. 나는 깜짝 놀라며 물었다.

"서울 가십니까? 다시 뵙게 돼 반갑습니다. 열차 식당으로 가서 차나 한잔 하실까요?"

"그러면 좋겠는데 일행이 있어서요."

"일행이 계시면 어떻습니까? 모시고 함께 오십시오."

"그럼 먼저 가 계셔요. 곧 가겠습니다."

서종희는 돌아섰다. 나는 벗어 놓았던 상의를 다시 입고 식당차로 가서 자리를 잡아 놓고 기다렸다. 이윽고 서종희는 자기 나이 또래의 여성을 데리고 나타났다. 서종희는 창포 무늬가 놓인 밝은 핑크색 원피스 차림이고, 일행 여성은 검은 천으로 된 나팔소매 원피스를 입고 있었다.

서종희는 일행에게 나를 소개했다.

"이쪽은 남 선생님. 전에 내가 말했지?"

이어 그녀의 일행을 소개했다.

"제 둘도 없는 친구 최정주입니다. 대단한 예술가랍니다."

예술가라는 소리에 귀가 번쩍했다.

"괜히 하는 소리예요."

최정주란 여성이 탄력 있는 음성으로 이렇게 말하곤 살큼 고개를 숙인다.

"종희로부터 말씀은 들었어요. 뵙게 돼서 반갑습니다."

셋이 나란히 커피를 마시며 이야기를 이어 갔다.

"그 후 몇 차례 전화했는데도 응해 주시지 않아 서운했답니다."

서종희가 내게 한 말이었다.

"여럿이 계신 자리엔 나가기가 거북해서. … 실례했습니다."

기부금 1천만 원을 낸 뒤 나는 그 단체로부터 여러 차례 초대를 받았다. 고맙다는 인사를 하겠다는 것이었다. 그러나 나는 그 모두를 사양했다. 서종희와 단둘이 될 기회만을 노리는데 단체로 초청한 데 응하면 그런 기회가 사라질 것 같아서다.

"남 선생님은 대구를 영영 떠나시는 겁니까?"

"아닙니다. 며칠 서울에 머물렀다가 다시 대구로 갈 겁니다."

"대구에서 무슨 사업을 하시려는지요?"

이번엔 최정주가 물었다.

"이런저런 구상은 하고 있습니다만 … ."

말꼬리를 흐리곤 이번엔 내가 물었다.

"서울엔 무슨 용무로 가십니까?"

두 여성은 서로 눈짓을 나누더니 서종희가 말했다.

"영국에서 온 로열 발레단 공연을 보러 갑니다."

"발레 구경하러 대구에서?"

나는 놀란 눈빛으로 말했다.

"몹쓸 여자들이죠? 우리 … ."

서종희가 부끄러운 듯 웃으며 말했다.

"몹쓸 까닭이 있습니까? 나는 그 성의에 놀랐을 뿐입니다."

"사실을 말씀드리면 … ."

서종희는 잠시 망설이다 말을 이었다.

"정주는 발레리나예요."

"아녜요. 발레를 좋아할 뿐입니다."

최정주가 얼른 말을 보냈다.

"겸손해서 이렇게 말하지만 정주는 대구에 두기가 아까운 인재였어요. 대단한 재능이 있었거든요."

서종희가 말하자 최정주가 말을 다음과 같이 가로챘다.

"재능으로 말하자면 종희가 월등했어요."

얘기를 듣고 보니 두 숙녀는 여고 시절의 동기동창이며 같이 발레를 공부했단다.

"주위 사정이 용납했더라면 종희는 세계적인 발레리나가 되었을 거예요."

"얘가 무슨 그런 소리를 해?"

서종희는 최정주의 말이 터무니없는 것은 아니라는 듯했다.

"자신의 재능을 살리지 못하는 것도 하나의 불행이죠."

나는 이렇게 중얼거렸다.

"하나의 불행이 아니라 결정적인 불행이죠."

이런 말이 최정주로부터 돌아왔다.

"그런 점에서 저는 정주에게 미안한 겁니다."

서종희는 자기가 발레를 그만두자 최정주도 발레를 접었다고 털어놓았다.

"부인께서는 무슨 사정으로 좋아하는 발레를 그만두었습니까?"

나는 사정을 묻지 않을 수 없었다. 서종희가 대답하지 않자 최정주가 대신 말했다.

"부모님이 억지로 결혼을 시켰답니다."

"그럼 싫어하는 결혼을 하셨단 말입니까?"

"그런 셈이죠."

"발레를 하시겠다고 자각하신 분이 아무리 부모님 권유가 있었다 해도 마음에도 없는 결혼을 하다니, … 이해할 수 없군요."

잠시 침묵이 이어졌다. 철길을 굴러가는 기차 바퀴 소리와 어울려 창밖의 초여름 경치는 눈부시게 지나갔다.

나는 서종희의 사연을 알고 싶어 몸이 달았지만 재촉할 수 없었다. 이윽고 최정주가 말을 이었다.

"그때 종희네 집에 큰 불행이 있었어요. 어머니의 상심이 이만저만이 아니었답니다. 종희는 어머니의 상심을 조금이라도 덜어 드리려 했답니다. 그 결혼에 반대하지 못한 이유였죠."

최정주가 말하는 불행이란 윤신애의 죽음을 뜻하는 듯했다.

'서종희가 윤신애 사건의 장본인이 나라는 사실을 알면 어떤 반응을 보일까?'

'선창수가 파놓은 함정에 빠졌다는 사실을 서종희가 알았더라면 어떻게 했을까?'

그러나 그런 건 물어볼 수도 없는 일이다. 나는 이런 말을 했다.

"그러니 발레에 대한 옛꿈의 행방을 찾으러 서울로 가시는 거로군요."

"꿈의 행방을 찾아간다고 하니 어쩐지 덜 죄스럽네요."

서종희가 슬며시 미소를 짓는다. 한마디의 말, 그것은 신비로운 작용을 한다. 두 여성과 나 사이엔 어느덧 훈훈한 정이 교류하기 시작했다. 그렇게 되니 못 할 말이 없어졌다. 서종희와 대화를 이어 갔다.

"부모 명령으로 억지 결혼을 했다 합시다. 그렇더라도 취미를 살릴 수는 있었을 텐데요."

"불행하게도 제 상대는 그런 걸 허용할 분이 아니었어요."

"그렇다면 결혼생활이 불행했다는 겁니까?"

내 질문이 대담해졌다.

"불행한 것도 아니었어요."

내가 고개를 갸웃거리자 서종희는 담담하게 다음과 같이 말했다.

"불행하다고 느끼기에도 정열이 있어야 하지 않겠습니까? 기대가 있어야 환멸이 있고, 그 환멸이 불행감을 더하고 …. 그런데 저는 결혼에 아무런 기대도 하지 않았으니까요. 삭막한 생활일 거라고 지레짐작하고 견딜 결심을 했지요. 그러니까 새삼 환멸을 느낄 겨를도 없었던 거죠. 그러니 불행한 것도 아닌 셈이죠."

최정주가 다음과 같이 말을 끼었다.

"종희의 성격은 활달해요. 나 같으면 견디지 못하는 일도 대범하게 참고 넘겨요. 파고들면 부부 사이에 실오라기만 한 정情도 없는

데 너끈히 가정을 꾸려 나가더군요. 허전함은 물론 있겠죠. 그래서 자선단체 활동을 하거나 제 발레교습소에서 나를 돕지요."

서종희와 최정주의 대화가 이어진다.

"회한을 헤아리면 한정이 없지."

"종희 너는 모든 게 다 좋은데 용기 부족이 탈이야."

"네 말이 맞아. 내겐 용기가 없어. 나는 그 원인을 알고는 있지. 출생이 미천한 탓이야."

서종희의 표정에 먹구름이 끼었다.

"얘두, 무슨 그런 소리를!"

최정주가 겁에 질린 듯 말을 삼켰다.

"아냐. 안 지 오래되지 않지만 남 선생님 앞에선 모든 얘길 다 할 수 있을 것 같아."

그러자 최정주는 금방이라도 무슨 말이 터져 나올 듯한 서종희의 입을 막으려 황급히 지껄였다.

"쓸데없는 소리 또 하는구나. 종희는 간혹 이렇게 센티멘털한 기분에 빠져요. 종희야, 그렇잖아? 이 화창한 날에 꿈의 행방을 찾아 서울로 가면서 갑자기 센티해질 게 뭐니, 안 그래?"

그런 일이 종종 있었던 모양으로, 서종희는 그렇게 서두르는 최정주에게 부드러운 눈길을 돌리며 애매한 웃음을 띠었다.

S호텔에 예약했다는 서종희와 최정주를 그리로 바래다주고 나는 집으로 갔다. 모든 일이 잘될 것 같다는 얘기를 듣고 어머니는 기뻐했다. 그러나 어머니는 자기를 대주주大株主 및 대표이사로 앞세우는

데는 반대했다. 자식에게 떳떳한 사회적 지위를 마련해 주고 싶어서였다. 하지만 아직 내가 표면에 나설 때가 아니라는 설명을 듣고 나서는 이해했다.

이튿날 김경환 선배와 함께 계창식 장군을 찾아갔다.

"서울에서 이런저런 명예직을 맡아 활동 중이어서 서울을 떠날 형편이 되지 못합니다만, 남상두 후배님의 사정이 그러하니 내가 만사 제치고 대구로 가겠습니다. 마침 군軍 현역 시절에 대구에서도 꽤 오래 근무했기에 제 2의 고향이나 마찬가지랍니다. 원래 고향은 광주光州입니다."

"선배님, 말씀을 낮추십시오."

"나이 들어 만난 후배님인데 … ."

"경어를 쓰시면 제가 불편합니다. 형님으로 모시겠으니 동생처럼 편하게 대해 주십시오."

"그래요? 그럼 도원결의桃園結義를 맺고 나서 그리합시다. 하하하!"

취임식은 7월 1일로 정하고 그날 밤은 일류 한정식집에 가서 전야제前夜祭 기분을 냈다.

계창식은 예비역 장성 티를 전혀 내지 않았다. 음식점 여종업원에게도 경어를 썼고 음식 투정도 없었다. 술잔을 부딪치며 호형호제呼兄呼弟하기로 결의했다. 나는 든든한 보호자를 만난 기분이었다.

"형님께서 대구에 오시면 타고 다니실 전용 벤츠 승용차를 주문해 놓았습니다."

"무슨 소리 하는가? 나는 호사 누리러 대구 가는 게 아니야. 전용차도 필요 없어. 회사 공용차면 돼. 그리고 뭐? 벤츠? 곤란하네."

"그래도 위신이라는 게 있잖습니까?"

"위신이 자동차에 붙어 있나? 사장의 위신은 경영실적이야."

계창식의 발언에 김경환 선배가 웃으며 대꾸했다.

"경영실적에 사장 위신이 있다고 하니 사장 자격이 있네."

"김 교수, 이 사람이 누굴 놀리나? 그럼 자네는 내가 그런 상식도 없는 놈인 줄 알았나? 하하하!"

다음 날엔 발레 낮 공연을 서종희, 최정주와 함께 보았다. 그들은 지난밤 공연을 보았는데도 다시 낮 공연을 감상했다. 발레 관람을 마치고 S호텔 커피숍으로 돌아와 셋이서 둘러앉았다.

"밤에도 보고, 낮에도 보고, 그래도 못 잊어서 꿈에도 본다는 노래가 있던데 두 분의 발레에 대한 집념은 대단하십니다."

"물론 좋아하죠. 하지만 똑같은 걸 두 번 보지는 않았어요. 각각 다른 프로그램이에요."

서종희가 변명하듯 말했다.

최정주가 나를 바라보며 물었다.

"남 선생님, 발레를 왜 토우(발가락 끝)로 추는지 아세요?"

나는 잠깐 생각하다 다음과 같이 대답했다.

"문장에는 산문散文과 운문韻文이 있잖습니까? 그와 같이 일상생활의 동작은 산문적이고 발레는 운문적이지요. 그러니 평범한 일상 동작이 발꿈치를 땅에 붙이는 발걸음이라면, 운문적인 동작인 발레는 토우로 출 수밖에요."

"어머나!"

194

최정주가 탄성을 올렸다.

"발레에 관한 책을 읽으신 적 있는지요?"

서종희가 물었다.

"읽은 적 없습니다."

"그럼 이제 막 하신 말씀은 순전히 남 선생님 생각?"

"그래서 유치하지요?"

"천만에요. 놀랐습니다."

서종희의 감탄에 이어 최정주도 다음과 같이 거들었다.

"저는 발레를 가르치는 흉내를 내는 사람입니다만 일상 동작을 산문, 발레를 운문으로 구분하는 그런 명쾌한 설명은 엄두도 못 냈어요. 제가 읽은 책에도 그런 설명은 없었고요."

"……."

"오늘 발레 공연은 어땠던가요?"

"발레엔 문외한이니 그저 아름답더라고 말할 수밖에 없지요. 원래 발레가 그런 건지 몰라도 음악적으로 보자면 제2악장 중간 부분과 제3악장의 초반 부분이 생략된 게 유감이던데요."

"어쩌면!"

최정주가 또 탄성을 올렸다.

"선생님 말씀 그대로예요. 한국 관객을 무시하는 건가 하고 생각하다가 짧은 시간에 다양한 내용을 보이려 하이라이트만 하는가 보다 이해했는데, 선생님은 어떻게?"

"발레는 몰라도 그 음악은 전숲 악장을 다 외고 있습니다. 그러니 생략된 걸 알았지요."

나를 바라보는 서종희의 시선에 변화가 느껴졌다. 큼직한 눈동자가 더 강한 빛깔로 빛나기 시작했다.

"오늘 저녁, 제 초대를 받아 주시겠어요?"

내가 제의했더니 두 숙녀는 반색하며 고개를 끄덕였다.

장소는 이탈리아 레스토랑 P. 몇 잔의 레드 와인을 마신 서종희는 얼굴에 홍조를 띠었다. 정말 아름다웠다. 내 마음이 흔들렸다. 나는 여태껏 여자의 미모에 마음이 사로잡힌 적이 없는데 ….

'저 여자가 하필이면 선창수의 아내라니!'

선창수의 아내라는 사실을 상기함으로써 억지로 혐오감을 조성하고 나아가 복수의 미끼로 삼으려는 악의를 북돋우려 했지만 허사였다. 분위기가 차츰 부드러워져 격의 없는 말을 주고받게 됐다. 서종희가 내 글라스에 와인을 따르며 말했다.

"남 선생님은 곧잘 자신이 불우하다고 말씀하시는데 이렇게 겪어 보니 모든 행운을 가진 것 같은데요."

"서 여사야말로 그런 분인데요."

셋은 술잔을 부지런히 비웠다.

"선생님 술 취하신 모습 한번 구경하고 싶은데요."

서종희가 장난스럽게 말했다.

"뜻밖에 악취미를 가지셨군요."

"악취미가 아니죠. 너무나 단정한 선은 이지러뜨리고 싶은 게 사람 심리 아닐까요?"

"제가 단정하다고요?"

"어쩌면 커프스 버튼까지 … ."

그때 나는 커프스 버튼이 달린 와이셔츠를 입고 있었다. 나의 작위作爲를 눈치챈 것 같아 잠시 당황했다. 진정하고 말을 이었다.

"단정한 것이 아니고 겁을 먹은 겁니다. 세상은 무서워요. 어디에 함정이 있을지 모르지요. 제가 단정하게 보인다면 무장武裝한 게 그렇게 보일 뿐입니다."

식사가 끝나자 그냥 헤어지기 뭔가 아쉬운 분위기였다. 서종희와 최정주가 귓속말로 소곤거리더니 최정주가 내게 제안했다.

"바쁘신 일 있으세요?"

"오늘 밤엔 바쁘지 않습니다. 두 분을 위해 시간을 넉넉히 준비했습니다."

"그러시다면…, 저희를 댄스홀로 안내해 주실 수 있으실지요?"

"좋아요. 숙녀들이 원하는 곳이라면 삼수갑산에라도 가야지요."

그렇게 대답했으나 나는 당황했다. 사교댄스를 추어 본 것은 아득한 옛일이었다. 그것도 아주 초보 단계, 트롯블루스 스텝을 겨우 익혔을까 말까 한 정도였으니.

그러나 도리 없었다. 서울에서도 유명한 M댄스홀을 찾아갔다. 오랫동안 사회와 격리되었던 나에겐 번쩍이는 조명장치 등 화려한 댄스홀 풍경도 별천지였다. 플로어에 넘치는 인간 군상群像을 보니 바랜 회색으로만 보이던 세상이 아니었다.

"이런 데 가끔 오셨나요?"

서종희가 물었다.

"20여 년 전에 딱 한 번…."

"믿어지지 않는데요."

"그래서 제 춤은 서툴기 짝이 없을 겁니다. 학생 시절에 흉내를 내본 정도입니다. 그래서 지금 걱정이 태산입니다."

"뭐가 걱정인데요?"

최정주가 물었다.

"숙녀들의 파트너로서 전혀 쓸모가 없으니까요."

"그런 걱정 마세요. 저희들도 서툴러요. 서울에 온 김에 분위기라도 구경하려고 선생님께 부탁한 거예요."

위스키와 마른안주를 주문했다. 셋은 독한 양주를 스트레이트로 마셨다. 최정주가 내게 제안했다.

"춤추시지 않겠어요?"

"자신이 없는데요."

"그저 플로어를 걷고만 있으면 돼요."

최정주와 나는 춤을 추게 됐다. 그녀는 무용가답게 부드러운 몸놀림으로 나를 잘 리드했다. 아닌 게 아니라 플로어를 걷고만 있으면 됐다. 플로어 한가운데쯤에 왔다.

"선생님, 멋져요!"

"고맙습니다."

최정주는 포근한 가슴을 내 가슴에 기대 왔다. 〈목포의 사랑〉이란 구슬픈 멜로디는 흐르고, 일루미네이션은 찬란하고, 남녀의 열정이 뿜어내는 숨소리는 가쁘고….

한 곡이 끝나고 자리에 돌아와 목을 축이기가 바쁘게 이번엔 서종희와 함께 플로어로 나왔다. 〈대전발 0시 50분〉이란 노래의 블루스 리듬이 흘러나왔다.

서종희를 안았을 때 웬일인지 '운명'이란 것을 느꼈다.

'그렇다. 윤신애의 언니를 안고 서울 하늘 아래 댄스홀에서 블루스를 추게 되었으니 이게 운명이 아닌가?'

물론 나는 이 기회를 만들려고 백방으로 계산한 행동을 했다. 그 계산이 착착 맞아떨어진 것도 운명 아니겠는가.

'운명? 그럼 내가 운명을 만들어야지.'

이런 말을 한 인물은 나폴레옹이었다. 나도 내 운명을 만들어야 한다. 그러자면 이 여자를 이용해야 한다. 그러나 나는 서종희를 이용하려는 계산에 앞서 그녀에게 빠져드는 마음을 어쩔 수 없었다.

블루스는 끝났다. 그런데도 서종희를 안은 손을 풀기가 싫었다. 그냥 서 있으니 그녀도 몸을 움직이지 않았다.

"서 여사님, 이상합니다. 아득한 옛날, 이렇게 춤을 춘 것 같은 환각이 드네요."

"예? 저도 … 그랬어요. 참 이상하네요. 꿈만 같아요."

"저도요. 운명이란 묘한 거지요?"

"왜 하필 운명을 말씀하시죠?"

"저는 운명의 포로니까요."

"운명의 포로 … . 선생님이 겪었다는 그 일을 알고 싶어요."

"언젠가 기회가 오면 … ."

이튿날 아침, 호텔로 최정주가 전화를 걸어 왔다.

"간밤에 폐가 많았어요. 오늘 밤엔 제가 한턱 쏘겠습니다. 어디 럭셔리한 곳에서 모시겠습니다."

장소를 워커힐로 정했다. 번잡한 서울 시내에서 떨어진 호젓한 곳이다. 널찍한 빌라로 예약했다. 방이 3개 있으니 각자 편히 쉴 수 있는 곳이다.

초여름의 긴 해는 우리가 그곳에 오후 7시쯤 도착했는데도 아직 저물려 하지 않았다. 먼저 빌라에서 잠시 쉬기로 했다. 빌라에서 내려다보니 한강이 눈 아래로 흘렀다. 한강 너머 천호동 일대가 여름의 황혼 속에 남화南畵의 풍정으로 어른거린다.

시원한 맥주로 목을 축이며 나는 말했다.

"어느 소설에 이런 대목이 있었습니다. 하루 동안 가장 좋은 시간이 황혼이라고요."

"그 이유는요?"

최정주가 물었다.

"이 무렵이면 표정을 강작強作하지 않아도 되지요. 초로初老의 여성이 눈가의 잔주름을 겁내지 않아도 된다고 하고요."

"그럴듯한 표현이네요. 그러고 보니 황혼은 우리를 위한 시간이네요."

워커힐 쇼를 보았다. 벌거벗다시피 한 서양인 무희舞姬들의 몸동작이 현란하고 무대장치는 화려했지만 감동은 없었다.

"무용으로 치면 어느 정도가 됩니까?"

"노래에도 대중가요가 있고 클래식이 있잖아요."

최정주의 대답이었다.

"그럼 저건 노래로 치면 대중가요인 셈이네요."

"그렇겠지요. 안무 솜씨가 나름 대단한 수준이에요. 그리고 무희들의 젊은 육체가 아름답지 않아요?"

공연을 구경한 후 무도장으로 갔다. 어젯밤처럼 최정주, 서종희
와 번갈아 가면서 춤을 추게 되었다.

먼저 최정주와 트로트를 추었다. 그녀는 내게 몸을 착 붙였다.

"선생님께 안겨 춤을 추니 행복해요."

최정주는 머리를 내 가슴에 묻고 속삭였다.

트로트가 끝나고 블루스가 흘러나오자 서종희가 내 품에 안겼다.
그녀는 춤을 추면서 뜻밖에도 최정주에 대해 이야기했다.

"정주가 선생님을 사모하게 되었나 봐요."

"농담을 …."

"농담 아녜요. 선생님은 독신을 고집할 이유가 없지 않아요?"

"…… ."

"꼭 상대가 처녀라야 하고 젊어야 하나요?"

"…… ."

"정주는 처녀나 마찬가지예요. 결혼생활을 한 달밖에 하지 않았
으니까요. 그리고 정주는 정말 좋은 여자예요."

이때 나는 내 입술로 서종희의 입을 가볍게 막았다. 예상 밖의 동
작에 나 자신도 소스라치게 놀랐다. 서종희의 전신이 감전된 것처
럼 경련을 일으켰다. 그러나 서종희는 곧 평정을 되찾았다.

"종희 씨 이외의 누구 마음도 알고 싶지 않습니다."

"제 마음을 알아서 뭐 하시게요?"

나직한, 그러나 토라진 목소리였다.

나는 아무 말 없이 서종희를 안고 스핀 턴을 했다. 그러나 손끝에

마음을 정했다.

'그럴 사정이 있답니다!'

서종희는 더 이상 말하지 않았다. 우리는 블루스가 지닌 의미대로 춤을 추었다. 블루스란 따지고 보면 성애의 전희이다. 그러니 결합하려는 육체의 뜻을 서로 전달하는 동작이다.

하필이면 그 곡이 〈세인트루이스 블루스〉! 억눌린 정열이 파열점을 찾아 헤매는 듯한 감정이 리듬으로 탈바꿈하여 흑인의 찐득찐득한 집념이 오감五感의 이곳저곳을 자극하는데 ….

'이 여자가 송두리째 아무런 거리낌 없이 내 품 안에 안겨 들면 모든 것, 모든 시름, 모든 원념怨念을 잊을 수도 있겠다!'

서종희가 다시 따지듯 묻는다.

"제 마음을 알아서 뭣 하시죠?"

"제가 이 세상에서 알고 싶은 건 그것밖에 없다는 얘기입니다."

"수수께끼 같은 말씀이어서 저는 모르겠네요."

"…….'

나는 서종희를 꼭 껴안았다. 제자리 춤이 되어 버렸다. 나한羅漢과 보살의 춤처럼 ….

얼마가 지났을까. 서종희가 속삭였다.

"저는 기생의 딸이에요. 어머니는 제 아버지 말고도 수많은 남자를 알았나 봐요."

나는 하마터면 맞잡은 손을 놓아 버릴 뻔했다. 무슨 이유로 솔직한 고백을 할까, 충격을 받은 것이다. 그래도 여전히 입을 다물고 그야말로 블루스적으로 그녀의 몸을 안아 돌렸다. 서종희의 말이 이어졌다.

"그런 사정만 아니면 저는 벌써 이혼했을 겁니다. 아니 결혼조차 하지 않았을 겁니다. 기생의 딸이니 저 모양이로구나, 기생의 딸은 출신을 숨기지 못하는구나, 그런 입방아가 두려워 여태껏 참고 견디며 살아온 겁니다."

"……."

이윽고 서종희는 내 가슴에 묻었던 얼굴을 돌연 떼며 쾌활함을 되찾은 듯 말했다.

"제 말을 그대로 믿지 마세요. 오늘 밤엔 제가 이상해졌나 봐요."

비로소 내 입도 말문을 열었다.

"걱정하지 마십시오. 저는 그런 기분을 이해합니다. 그러고 보니 내 운명과 당신 운명 사이엔 무슨 공통점이 있는 것 같군요."

"……."

"인생에 한 번쯤 혁명일이 닥칠지 모릅니다. 남이 뭐라고 해도 신경을 쓰지 않아도 될 날이, 아니 그럴 겨를이 없이 결단해야 할 순간이 있을지 모릅니다."

"대구엔 언제쯤 오실 거예요?"

"사나흘 후에 갑니다."

"꼭 대구로 오셔야 할 일이 있으세요?"

"그렇습니다. 그런데 왜 그렇게 물으십니까?"

"가능하다면 … 선생님이 대구에 오시지 않았으면 해서요."

"예? 음…, 제가 대구에 있어도 없는 것처럼 하면 안 되겠습니까?"

"대구에 계신다는 걸 알면 제 마음이 부담을 느낄 것 같아서요."

"부담이 안 되도록 노력하겠습니다."

"선생님 사정이 아니라 제 사정인걸요."

우리는 다시 말을 끊고 춤에 열중했다. 그녀는 머리를 내 가슴에 묻듯이 기대고 내 리드에만 전신을 맡겼다. 말을 시작한 건 나였다.

"대구에선 만나지 말고 서울에서 만날까요?"

"……."

"만날 마음을 아예 포기할까요?"

"휴…, 왠지 무서워요."

"제가요?"

서종희는 그게 아니라는 듯 머리를 저었다.

"그럼 무엇이 무섭다는 겁니까?"

"선생님이 자주 말씀하시는….."

"예?"

"운명이 무서워요."

나는 서종희를 껴안은 팔에 힘을 주었다. 그녀의 말이 이어졌다.

"사실은요…, 그날 대구 관광호텔 커피숍에서 선생님을 만나는 순간 이상한 마음에 사로잡혔어요."

"……."

"아득한 옛날에 만났어야 할 분을 이제야 만난다는 기분도 있었고, 자칫 잘못하면 함정에 빠진다는 걱정도 들었고요. 그래서 … 단체에 기부하시겠다는 5천만 원을 거절한 거예요."

"그걸 올가미라고 여기셨다고요?"

"아닙니다. 그런 건 아니고요. 뭐라 할까, 그저 평범하게 기부금을 받고 헤어지는 게 싫었던 거예요. 따지고 보면 … ."

나는 다시 한번 누그러뜨렸던 팔에 힘을 주었다. 서종희의 치켜진 얼굴에 입술이 칸나 꽃잎마냥 피어 있었다. 나는 그 입술을 포갰다. 입안에 신비로운 감촉이 있었다. 그러나 그것은 순간의 일, 얼굴을 다시 숙이는 서종희는 속삭였다.

"앞으론 서울에서만 만나고 싶어요."

작전계획

7월 1일에 계창식 장군의 사장 취임식이 있었다. 그날 공장 가동이 다시 시작되었다. 신설 염직공장은 9월 말까지 완공될 예정이다.

나는 가끔 회사에 들르기로 하고 매일 출근하지는 않기로 했다. 내가 꼭 봐야 할 서류는 숙소로 가져오도록 하면 된다. 계림방적의 사주社主가 남상두란 사실을 외부에 알리지 않기 위해서다.

믿음직한 사장이 회사를 맡았으니 걱정할 게 없었다. 기존 직원 가운데 우수한 인재는 예우하고 몇몇 유능한 인력을 스카우트해 기술진을 보강했다. 전직 경찰관 김영욱은 섭외 담당 이사란 명함을 가졌으나 내 일을 전담하기로 했다. 사실상 나의 비서실장 역할을 맡긴 셈이다. 김영욱에겐 회사에서 지급하는 보수 이외에 상당한 액수의 섭외비용을 내가 직접 주기로 했다. 박우형은 자재 담당 이사로 일하면서 필요에 따라 내 일을 돕기로 했다.

공장이 가동하기 시작한 지 1주일쯤 후의 일이다. 김영욱이 호텔로 나를 찾아왔다.

"오늘 변동식을 만났습니다."

"어떻게?"

"자기들에게 일거리를 계속 달라고 부탁했습니다."

"그래서 뭐라고 했소?"

"제 소관 사안이 아니니 뭐라고 할 수 없다고 대답했습니다. 그랬더니 옛 정리를 생각해서라도 잘 봐달라고 애걸복걸했습니다."

"김 형이 계림방적으로 오게 된 데 대해서는 무슨 의혹을 품지 않던가요?"

"어떤 연줄을 잡았느냐고 귀찮게 묻기도 하고 회장님은 왜 대구에 내려오시지 않는가, 어떤 분인가 하고 묻기도 했습니다. 그런데 사장님으로 계창식 장군님을 모신 건 참 잘한 일이라 생각했습니다. 그렇지 않고 호락호락한 사람이 앉았더라면 우선 변동식부터가 별의별 장난을 하려고 덤빌 겁니다. 모략중상은 물론 내부 비밀을 알아내려고 스파이를 넣는 등 야료를 부릴지 모릅니다. 계 장군님이 버티고 계시니 놈들이 꿈쩍이라도 할 수 있겠습니까, 어디?"

"우리가 염직공장을 만든다는 사실을 알고 있던가요?"

"거기까진 아직 모르는 모양입니다. 어차피 계림방적의 생산품은 자기네 공장에 오지 않고는 안 될 것처럼 말하고 있었으니까요. 그리고 이런 말도 했습니다. 계림방적이 두어 달 쉬는 바람에 여간 타격이 크지 않았다고요."

"그래서 김 형은 뭐라고 했습니까?"

"앞으론 염색도 계림방적 자체에서 처리할지 모른다고 은근히 안개를 피웠지요. 그랬더니 펄쩍 뛰던데요. 그러나 그렇게 할 수는 없을 거라고 장담하더군요. 염직계가 불황인데 계림방적이 무슨 수로 수억 원의 신규자금을 조달해서 그런 시설을 마련할 수 있겠냐구요."

그 말을 듣자 나는 오히려 맹렬한 투지를 느꼈다.

김영욱은 그 밖에도 여러 가지 정보를 얘기하곤 일어섰다.

"변동식이 내일 밤 술자리에 초대했는데 어떻게 할까요?"

그는 묻는다기보다는 그런 사실이 있음을 알리는 것이나 마찬가지였다. 내 머릿속에 번개처럼 아이디어 하나가 번쩍했다.

"김 형! 그 자리에 꼭 나가시오. 뿐만 아니라 김 형이 그자를 초대하기도 해서 자주 술자리를 가지시오. 그리곤 지나가는 말로 옛날의 그 일을 슬쩍슬쩍 스쳐보시오. 그걸 뭐라고 합니까? 유도심문? 유도심문은 아니고 어쩌다 본심이 드러나도록 하는 계기를 만들어 준다, 이겁니다."

"아닌 게 아니라 저도 그렇게 할 참입니다. 그놈의 말을 유도하도록 자료도 모으는 중입니다."

"좋소!"

"그날, 윤신애가 산으로 올라가는 방향으로 점퍼를 입은 사나이가 보였다고 하셨지요?"

"그랬어요."

"남 회장님이 분명히 경찰서에서 그 말씀을 하셨지요?"

"물론이지요."

"그게 유도 자료의 하나입니다. 변동식이 술이 거나하게 취한 틈을 타서 무슨 계기를 만들어 남 선생 이야기를 꺼낸단 말입니다. 그래 놓고 그때 검은 점퍼 차림의 사나이가 있었다는 말을 슬쩍 해보려고요. 경찰 출신들이니 그쯤 화제는 부자연스럽지 않거든요."

"재미있겠습니다. 그런 식으로 자꾸 접촉해 보세요. 그리고…, 변동식과 만날 땐 언제이건 고성능 소형 녹음기가 필요할 겁니다. 007이 갖고 다니는 녹음기 말입니다."

"그렇겠습니다."

첩보용 고성능 녹음기를 언급하자 나는 스스로 가벼운 흥분조차 느꼈다. 계 사장이라면 이 녹음기 구입 루트를 알 것이다. 물어보자 미국 WH사 제품 DC형이 좋단다.

"사장님, 그걸 미국에서 주문할까 합니다만."

"내가 하나 갖고 있소. 그걸 드리겠소."

계 사장은 소형 녹음기의 조작법을 설명하고 건네주었다.

"감사합니다. 만일 망가뜨리면 변상하겠습니다."

"안 돌려주어도 되오. 그냥 드린다니까!"

계 사장은 껄껄 웃은 후 목소리를 낮추어 말했다.

"그 김영욱이란 사람, 어느 정도 믿을 수 있소?"

"제가 성의껏 대하고 있으니 그 사람도 성의는 갖고 있지 않겠습니까?"

"믿을 수 있는 사람인지 시험해 볼 수도 없고, 사람이란 겪어 봐야 알 수 있으니….."

녹음기를 받아 쥐고 생각해 보니 김영욱이 만일 믿을 수 없는 사람이라면 이런 걸 줘봐야 소용없을 것이었다.

그때 박우형이 호텔로 나를 찾아왔다. 어제 S읍에 다녀왔는데, 제말순, 즉 그의 아내가 안부 전하더라면서 꾸러미를 꺼내 놓았다.

"제 집사람이 선생님 모시옷을 장만했다고 해서 … ."

끌러 보았다. 하얀 모시 저고리에 모시 바지, 게다가 모시로 만든 조끼에다 대님까지 갖추었다.

"이렇게 고마울 수가!"

"한국사람 여름옷으론 뭐니 뭐니 해도 모시옷이 제일이라고 집사람이 … ."

"이런 호의를 받고 어떻게 하지?"

"그런 말씀 마십시오. 칭찬 받을 사람은 김영욱 씨입니다."

박우형은 다음과 같이 김영욱의 활동상을 전했다. 그와 김영욱은 토요일마다 대구에서 S읍으로 돌아가서 일요일을 쉬고 월요일 새벽에 대구로 온다는 것이다.

"김영욱 씨는 S읍에 돌아가기만 하면 어디론가 가버린답니다. 그제는 천렵川獵이나 함께할까 하고 찾아갔더니 역시 없었습니다. 부인에게 물어보니 20여 년 전에 소엽산 근처에 살았던 사람들을 찾으러 다닌다는 겁니다. 그 사건 때문이겠지요?"

"그렇겠네요."

"김 형은 지금 그 일에 열중하는 모양입니다. 그런데 돌아오는 버스 안에서 물어보았더니 입이 무거워 시원한 대답을 하지 않습니다. 수사할 때의 경찰관 습성이 남아 있더군요. 더 이상 묻지 않았지만 하여간 대단한 성의입니다."

그 얘기를 들으니 기뻤다. 성과야 어떻든 김영욱을 믿을 만한 사람이라 확신할 수 있어서다.

"김영욱 씨 부인의 말로는 소엽산 근처 사람이면 누구나 데리고 와서 융숭한 대접을 하는 바람에 비용이 적잖게 든답니다. 그래서 남편에게 당신, 국회의원에 나갈 거냐고 빈정대기도 한답니다."

박우형을 돌려보내고 소형 녹음기를 건네려고 김영욱을 불렀다.

나는 박우형에게서 들은 이야기를 꺼내며 핀잔하는 투로 말했다.

"그런 일을 시작하셨다면 내게 귀띔이라도 해주셔야지요?"

김영욱은 뜻밖이란 표정을 지었다.

"그 일은 S읍에 계실 때 제게 부탁하신 일 아닙니까?"

그렇게 듣고 보니 아슴푸레 기억이 났다. 가능하면 알아봐 달라는 얘기를 한 적이 있다.

"술자리에서 지나가는 말로 했을 뿐인데…."

"술자리건 길가이건 제가 약속한 이상 해야 하지 않겠습니까?"

"그렇더라도 귀띔을 해주셔야지요. 비용도 들 테고…."

"저는 지금 아무런 성과가 없어 애태우는 지경입니다. 비용문제가 다 무업니까?"

"성과야 어디 그렇게 쉽게 얻겠습니까. 20여 년 전 일인데요."

"그러나 알아볼 수 있는 데까진 알아봐야지요. 이렇게 자꾸 파고들어가면 뜻밖에 요행을 만나기도 한답니다."

"아무튼 고마운 일입니다."

나는 김영욱에게 말인사를 하고 소형 녹음기를 꺼내 조작법을 가르쳐 주었다. 김영욱은 신기하다는 듯 녹음기를 만지작거리다가 돌연 질문했다.

"남 회장님은 최근 윤신애의 어머니를 만나셨지요?"

"두 달, 아니 석 달 전에 만난 적이 있지요."

"혹시 윤신애의 아버지가 누군지 아십니까?"

"그걸 제가 어떻게 알겠습니까?"

"윤신애의 아버지는 해방 직후 대구 10월 폭동의 주모자 중 한 사람입니다."

"그래요? 그래서?"

"윤신애가 일고여덟 살 될 때까지 S읍 근처에 잠복했다고 합니다. 그 후 행방불명인데 아마 이북으로 간 모양입니다. 그가 감쪽같이 오래 잠복한 것은 윤신애 어머니 덕분이었지요. 이쯤이면 선창수와 서종희가 어떻게 결혼했는지 짐작하시겠지요? 변동식이 그 사실을 이용한 겁니다. 아니, 윤신애까지도 그 사실을 미끼로 농락한 건지 모르지요."

너무나 뜻밖의 정보였다.

"김 형은 그 사실을 언제 알았습니까?"

"얼마 되지 않았습니다. 당시 S경찰서의 사찰주임이었던 분을 만났는데 남 선생님 사건 이야기를 하는 도중에 그 말이 나온 겁니다. 좀더 구체적인 사실을 알아가지고 말씀드릴 참이었지요. 오늘은 얘기가 나온 김에 드린 말씀인데 그쯤 알고만 계십시오."

계 사장에게 김영욱에게 들은 얘기를 했더니 이렇게 말했다.

"객관화할 필요가 있네."

"객관화하다니, 무슨 뜻입니까?"

"내 말은 남 군이 하고자 하는 일을 남 군 개인의 일로 생각하지 말고 일반적인 일로 생각하라는 뜻이네. 즉, 개인 감정을 일체 섞지 말고 남의 일처럼 처리하라는 것이야. 감정이 앞서면 일의 대소大小가 엇갈려 보이지. 조그만 발견이 있어도 흥분하게 되네. 그러면 엉뚱한 방향으로 빗나갈 수도 있다네."

나는 장군이 아니면 할 수 없는 지적이라고 새겨들었다. 계 사장의 발언은 이어졌다.

"발견한 것을 성급하게 해석하려 하지 말고 자꾸만 사실을 발견하도록 애쓰고 그렇게 해서 사실을 쌓아 올리기만 하시게. 어느 단계에 가서 종합 분석하는 방법을 쓰면 실수가 없을 것이네. 하나의 사실이 발견되면 잇달아 새로운 사실이 발굴되게 마련이니까. 예를 들면, 윤신애의 아버지가 좌익이었다는 사실이 밝혀졌다면 그 뒷일이 또한 궁금하지 않겠나? 뿐만 아니라 그 일에 힌트를 얻어 관계선상에 나타난 인간들의 배후를 샅샅이 챙겨 보는 거야. 대구에서 사업을 시작한 근본 목적이 거기 있는 것 아니겠나?"

"그렇습니다. 그러나 제가 제 일을 밝히려는 노력과 사업과는 완전히 분리하고 싶습니다."

"물론 그렇게 해야지. 나는 당초의 동기를 말하는 거야. 나는 내가 회사를 맡은 이상 사업으로서 성공하도록 최선을 다할 테니까. 힘이 되는 한 남 군의 결백을 밝히는 일에도 협력할 거요."

이런 대화를 나눈 후 나는 구체적인 작전계획을 세우기로 했다. 우선 자료를 수집해야 했다. 자료 수집에 앞서 어떤 자료를 모아야 할지 따졌다. 나는 김영욱과 의논하여 다음과 같이 하기로 했다.

첫째, 선창수, 윤신애, 서종희, 변동식, 윤신애 모친, 서종희 아버지 등 관련인들의 가정 배경을 조사한다. 동시에 그들의 교우관계, 연관관계 등도 살핀다.

둘째, 사건 당시 S고등학교 교직원들의 환경과 내가 담임한 반 학생들의 배후를 조사한다.

셋째, 사건 당시 살던 사람들의 명부와 동태를 파악한다.

넷째, 사건 당시 S경찰서 간부들의 현재 동태를 조사한다.

이를 조사하려면 비용과 인력이 꽤 들 터였다. 나는 김영욱에게 얼마든지 청구하라고 했다. 편의상 무슨 연구소 간판을 붙이면 좋을 듯했다. 역시 계창식 사장이 좋은 아이디어를 냈다. '씨족문제연구소'를 만들라는 의견이었다. 연구원을 합법적으로 채용하고 조사 대상은 미리 책정해 놓은 대로 연구원에게 분담시키면 될 터였다. 연구소의 설립과 인가 절차는 계 사장이 당국과 접촉해서 해결하기로 했다.

"필요하다면 내가 연구소장을 겸임해도 좋겠네. 김영욱을 부소장으로 하고. 연구원들의 신분증을 만드는 데도, 각 기관의 협력을 구하는 데도 그렇게 하면 좋겠소."

이렇게 하면 우리 편의 저의를 의심받지 않고 상대방의 가족상황과 배경을 조사할 수 있을 것이다. 나는 그날로 김영욱을 불러 '씨족문제연구소' 설립 준비를 시키고 S읍 출신의 대학생 또는 유능한 인력을 채용하는 절차도 구상하라고 일렀다.

"대대적인 사업이 되겠습니다."

김영욱은 나의 제안을 듣고 얼떨떨한 표정으로 말했다.

"그물을 넓게 쳐야 겨냥하는 고기를 잡을 것 아닙니까? 설혹 우리가 목적을 달성하지 못하더라도 덕분에 경북지방의 씨족 분포상황과 그 씨족들이 인척적으로 어떻게 맺어졌는가를 알 수 있는 학문적인 자료를 얻는 성과는 있을 것입니다."

"최선을 다하겠습니다."

"그리고, … 하경자 씨를 연구소 멤버로 하는 것이 어떻겠소?"

"본인이 승낙한다면요. 그런데 그건 남 회장님이 직접 교섭해야 할 겁니다."

김영욱과 대체적인 윤곽을 그린 후 나는 하경자를 불렀다.

"요즘 서종희 씨 가정에 무슨 이변이 생긴 것 같아요."

하경자는 나를 만나자마자 이같이 말했다. 나는 서울에서 서종희와 놀았던 일이 탄로 난 것인가 하고 당황했다.

"별거 소동이 벌어진 모양입니다. 서종희 씨가 이혼하자고 했겠죠? 그걸 선 사장이 거부하자 그럼 별거하겠다면서 서종희 씨가 집을 나왔다는 겁니다."

"집을 나와? 그럼 지금 어디 있는가?"

"그것까진 모르겠는데요. 서울로 갔다는 소문은 있습니다만."

그 얘기를 들으니 마음이 평온할 수 없었다. 그래도 나는 남의 일에 상관할 것 없다는 표정으로 하경자에게 씨족문제연구소에 관한 제의를 했다.

서종희가 서울로 갔다는 소식은 내 마음에 파도를 일게 했다. 당장 내가 서울로 가기만 하면 새로운 드라마가 전개되리라. 그런 기대감은 내 마음을 부풀게 하는 동시에 불안을 주었다.

'사건의 결말을 보기까지는 조심해야 한다!'

나는 마음을 진정시켰다.

씨족문제연구소 활동은 착착 준비되었다. 대학생들이 아르바이트로 할 수 있는 데다 보수가 후하니 우수한 연구원들이 모여들었다. 게다가 계창식 사장의 지시가 교묘했다.

"조사할 세목은 용지에 기재되어 있으니 한 항목도 빼지 말고 철저히 살피는 것은 물론이지만, 흥미진진한 사이드 스토리에도 주목해야 하오. 이를테면 이사를 갔다면 그 이유를 상세히 알아보시오."

조사 대상은 선창수, 변동식을 포함한 S읍 관계자이다. 선창수와 서종희가 결혼에 이르기까지의 과정은 김영욱과 박우형이 전담하기로 했다. 이런 진행과정을 확인한 후 계 사장은 나에게 당부했다.

"남 군은 모든 것 다 잊고 자기가 하고 싶은 학문에 열중하도록 하게. 그 빼앗긴 20년을 어디서 찾겠는가. 그것도 억울한데 또 그 일 때문에 앞으로의 시간을 허비한다면 얼마나 안타까운가? 나는 어떤 공직보다도 남 군 일을 돕게 된 것이 기쁘네. 후배 하나를 살리는 일이니 용맹심이 솟기도 하고."

계창식 사장은 사업가로서도, 연구소 소장으로서도 성실하고 근면했다. 그러면서도 가능한 한 경비를 절약하려 애썼다. 작은 거래처에도 고개를 숙이며 접근했다. 예비역 장성이라고 거만하게 행세하는 점이 추호도 없었다. 관청에서 부를 때는 언제이건 본인이 나가서 기업인으로서의 본분을 지켰다. 종업원 사이에 무슨 트러블이 생기면 솔선해서 해결했다.

덕분에 계림방적에 대한 대내외적 평판이 훨씬 좋아지고 경영실적도 호전됐다. 나는 계 사장이야말로 출장입상出將入相할 대표적 인물이란 인식을 새롭게 했다.

계 사장의 충고를 따르기로 하고 나는 공부를 시작했다. 어느덧 호텔 방이 책으로 가득 찼다. 그런 어느 날 김영욱이 찾아왔다. 그는 호주머니에서 녹음기를 꺼내들었다.

"놀랐습니다. 한번 들어 보십시오."

변동식과 김영욱의 대화가 흘러나왔다.

"계림방적이 돌봐 주지 않으면 경원염직은 망할 판이오. 게다가 선창수 사장이 그처럼 의리가 없는 줄은 처음 알았어."

"의리가 없다뇨?"

"한마디로 말해서 나쁜 놈이야."

"선 사장과는 인척관계 아니오?"

"내 처남입니다. 그놈을 위해 한 일을 생각하면 그놈이 절대로 그러질 못할 텐데, 기가 막혀!"

"변 형이 그 회사 전무가 된 것은 그 사람 덕 아닙니까?"

"그건 김 형이 사정을 모르니까 하는 소리요. 똑바로 말하자면 내가 그놈을 경원염직 사장 자리에 앉힌 거나 다름없소."

"그래요?"

"그렇소. 자, 내 술잔 받으시오."

술집인지 여성들의 목소리와 그릇 딸깍거리는 소음이 들렸다.

"김 형! 아무튼 경원염직 잘 봐줘요."

"내 마음이야 오죽하겠소만 나는 졸때기가 돼놔서 ···."

"그래도 이사 아닙니까?"

"졸때기 이사한테 무슨 발언권이 있겠소?"

"사주社主는 서울 사람이니 지역 본토박이 이사 말을 잘 들어줄 거 아니오?"

"그거야 그렇지만 ···."

"그러니까 잘 봐달라는 것 아니오."

그러더니 잡음이 한동안 들린다. 이윽고 대화는 이어졌다.

"변 형! 며칠 전에 S읍에 갔더니 이상한 소문이 들리데요."

"무슨 소문인데요?"

"남상두란 인물, 기억합니까?"

"남상두? 귀에 익은 이름인데 ···."

"윤신애인가 누군가 여고생을 ···."

"아아, 그 남상두! 남상두가 어쨌단 말입니까?"

"남상두가 S읍에 다녀갔답니다."

"뭐라고? 남상두가 S읍에 왔다고?"

"그렇소."

"··· 그놈이 나왔구나! 벌써 그렇게 됐나? 무기징역이었는데, 감형이 된 거로구나. ···"

"남상두란 사람, 대담하지요?"

"… 그자를 사형시켜야 했는데, … 그자가 살아 나왔구나. 그런데 그자 몰골이 어떻다고 합니까? 한 20년 썩었으면 형편없을 건데."

"형편없기는커녕 멋진 신사였다고 하던데."

"아무튼 그자가 뭣 하려고 S읍에 나타났을까?"

"20년 전 일을 잊지 못하는 것 아니겠소? 그래서 와본 걸 거요."

"잊지 못하면 어떻게 할 건데?"

"아마 본인은 지금까지도 억울한 기분인 모양입니다."

"억울하면 또 어쩔 건데? 결판이 나버린 사건을 … ."

"그래도 본인 입장으로서는 견딜 수 없겠지요."

"견디지 못하면 어쩔 건데? 그것도 제 팔자인데."

"사실 그 사람 사건은 애매한 데가 있었잖습니까?"

"애매하건 어쨌건 유죄로 판결이 났잖소."

"판결이야 그랬지만 본인으로서는 억울했을 거다, 그거요."

"법치국가에선 판결이 제일 아닌가. 유죄, 무죄를 판단하는 건 판사니까."

"그야 그렇지. 그러나 죄 없는 사람을 죄인으로 몰아붙인다는 건 못할 짓 아니요."

"직무수행을 하다 보면 그런 경우도 있지 않겠소? 김 형! 우수한 수사관은 사건 진상과 관계없이 자기가 작정한 방향으로 밀고 나가 공소를 유지하고 유죄 판결을 받아 내는 능력자 아니겠소?"

"그렇다고 해서 죄가 없는 줄을 뻔히 알면서 그렇게 하는 건 … ."

"아니지. 극단적으로 말하면 그렇다는 얘기지."

"그럼 변 형은 그 사람이 무죄인 줄 알면서 덮어씌웠소? 그렇다면 변 형의 수단과 기술이 월등한 셈이오."

"월등할 것까지야⋯. 그리고 그 사람에게 불리한 증거를 완벽하게 모을 수 있었거든."

"죄인이 아닌데도?"

"죄인이 아니란 소리는 아니오. 혹시 그가 죄인일지도 모르지."

"변 형! 무슨 소리를 하는 거요?"

"그렇다는 얘기지 뭐. 이런 얘기 그만둡시다. 그자가 나타나 봤자 내겐 가렵지도 아프지도 않은 일이니까. 술맛 떨어지겠소."

녹음은 여기서 끝났다. 녹음기를 정리하며 김영욱이 말했다.

"더 이상 추궁했다간 손해 볼 것 같아서 그만두었습니다. 그러나 이만해도 그놈의 자백을 3분의 1쯤 받아 낸 셈 아닙니까? 요다음 기회엔 좀더 교묘하게 유도해 볼 작정입니다. 감쪽같이 걸려들게 하겠습니다."

나는 윤신애의 어머니, 즉 서종희의 어머니를 찾아가 보기로 했다. 서종희가 서울로 갔다는 소식을 들으니 안심하고 노녀를 찾아갈 수 있을 듯했다. 노녀는 저번에 봤을 때보다 급격하게 노쇠한 인상이었다.

"어디 편찮으신 데라도 있습니까?"

"몸은 괜찮습니다만 마음이 편치 않아서⋯."

그 이유를 묻기도 난처해 덤덤히 앉아 있으니 노녀는 푸념처럼 이런 말을 했다.

"죄 많은 년은 빨리 죽어야 하는데 딸 하나는 비명에 죽고 다른 딸

하나는 내 잘못으로 불행하게 만들었으니 어미로서 견딜 수 있는 일 아닙니까?"

"아주머니 잘못이었다니, 그게 무슨 말입니까?"

"종회는 선창수와는 어떤 일이 있어도 결혼하지 않으려 했지요. 그런 것을 내가 우겨 억지로 결혼시켰으니 끝이 좋을 리 있겠어요?"

노녀는 깊은 한숨을 쉬었다.

"억지로 결혼시켜야 할 까닭이 있었습니까?"

노녀는 다시 한숨을 쉬더니 천장을 쳐다보고 벽을 둘러보다가 뚜벅 말했다.

"내 팔자가 워낙 드세어서 …."

"혹시 윤신애의 아버지 때문에 무리를 하신 게 아닙니까?"

그러자 노녀의 얼굴에 공포의 빛이 돌았다.

"그런 걸 남 선생님이 어떻게?"

"우연히 들은 겁니다."

나는 대수롭지 않게 말했다.

"박정한 사람 …."

노녀는 그렇게 내뱉고는 눈시울을 닦았다.

"신애 아버지는 10월 사건 이후 쭉 숨어 살았어요. 그 때문에 제가 소엽산 부근으로 이사 간 거죠. 거기서 음식 장사를 하니까 사람 하나 숨기기에는 편했습니다. 경찰이나 수사기관의 움직임을 훤히 알 수 있었고 사람이 많이 드나드니 숨어 있는 사람과 연락하기도 편리했답니다. 그렇게 감쪽같이 7~8년을 지냈는데 꼬리가 기니까 밟힌 겁니다. 신애 아버지는 도망가고 저만 추궁받았죠. 그 사실을 아는 사람이 변 형사였어요. 항상 집에 드나들며 제게 누님, 누님 했는데 어느 날 돌연 그 사건을 들먹이데요. 범인을 은닉한 죄가 얼마나 무거운 것인가, 더구나 빨갱이를 숨겨 두었다가 도피시킨 죄는 사형이나 무기징역이 된다고 협박하데요. 얼마나 겁을 먹었는지, 저는 변 형사가 시키는 대로 하겠다며 살려 달라고 빌었지요. 바른대로 말합니다만, 남 선생님이 신애를 죽인 범인이 아니란 사실을 뻔히 알면서도 법정에 나가 증언하지 못한 까닭도 그것입니다. 종희를 선창수와 억지 결혼시킨 것도 그 때문입니다. 이래서는 안 된다고 느꼈을 때는 이미 늦어 있었습니다. 이 사정 저 사정에 얽혀 꼼짝달싹도 못 할 형편이 되어 버린 것입니다."

노녀는 넋을 잃은 듯 방금 불을 붙였던 담배를 두고 다시 새 담배에 불을 붙였다.

"그럼 진범이 누구인지 아주머니는 아시겠네요?"

"그걸 제가 어떻게 알겠습니까. 남 선생님이 범인이 아니라고 단정할 수는 있지만 진범이 누구인지는 모릅니다."

"짐작이 가는 데도 없습니까?"

"없습니다. 짐작이라도 한다면 제가 어찌 가만히 있었겠어요? 아무리 제 입장이 그때 곤란했다고 해도 가만있지 않았을 겁니다."

"그럴 테지요."

나는 덤덤히 앉았다가 다시 물었다.

"신애는 임신했다는데 상대가 누구인지 짐작 못 했습니까?"

"전혀 몰랐지요. 그년이 그런 맹랑한 짓을 했다는 건 꿈에도 상상할 수 없는 일이었지요."

"저는 신애에게 애를 배게 한 놈이 범인이라 보는데 그런 추정은 틀린 것입니까?"

"글쎄요."

노녀는 눈을 감고 한참을 있더니 말했다.

"애까지 배게 한 놈이 그런 짓을 했겠어요?"

"사건 당일, 윤신애를 불러낸 흔적은 없었습니까?"

"하도 오래된 일이라서 …. 그렇지! 신애가 그날 친구로부터 전화를 받고 나갔지요. 식당 경리직원이 처음 전화를 받고 신애에게 건네주었지요."

'신애가 친구 전화를 받고 소엽산으로 나갔다면 범인이 윤신애의 친구를 이용한 것은 아닐까. 이용당한 신애 친구를 찾아낸다면 혹시 …' 하는 생각으로 내 마음은 번져 나갔다.

"남 선생님!"

"예?"

"남 선생님이 억울하다는 건 누구보다 제가 잘 압니다. 신애 어미인 제가 그렇게 믿으면 그만 아닙니까? 남 선생님이 처음 부임하러 오셨을 무렵, 저런 총각을 내 사위로 삼았으면 하고 애달아했답니다. 신애가 아니라 종희 배필로 …. 좋은 집안의 아들이 기생 딸을 상대하겠느냐 싶어 그런 마음을 억누르고 말았지만 …."

"그때 진작 아주머니 마음을 알았더라면 …."

불같이 이런 말이 튀어나오는 바람에 나는 당황하여 얼른 다음과 같이 말을 바꾸었다.

"혹시 그때 그런 마음을 누구에게 밝힌 적이 있습니까?"

노녀는 다시 눈을 감더니 고개를 끄덕끄덕했다.

서종희에게 그런 마음을 밝혔다는 뜻인가. 놀랍다. 당시에 그 일이 성사되었다면 내 인생은 전혀 다른 각도로 전개되었겠지.

노녀가 그런 마음을 혹시 변동식에게 밝혔을까? 그래서 윤신애를 죽이려는 음모가 진행된 것은 아닐까? 윤신애 살해사건에 선창수가 관련됐다면 이 추정도 가능하리라.

"그런데 뜻밖의 일이 일어나고 보니 … ."

노녀는 또 한숨을 쉬고 말을 이었다.

"선생님의 심정을 모르는 바는 아니지만 모든 과거는 잊고 편안하게 지내세요."

나는 피식 웃으며 물었다.

"자기 딸을 죽인 범인이 누구인지 알고 싶지 않습니까?"

"… 알아 무엇 하겠습니까. 이제 와서 죽은 신애가 살아날 것도 아니고 … ."

나는 결연하게 다음과 같이 말했다.

"신애 어머니의 심정은 그럴지 모르지요. 그러나 저는 그럴 수 없습니다. 윤신애는 살아날 수 없겠지만 저는 살아나야 하겠습니다. 산송장으로 지낼 수는 없습니다."

노녀는 멍한 눈길로 나를 쳐다보았다. 나는 그녀에게 추궁하듯 물었다.

"아주머니는 제게 숨기는 게 있지요? 그 사정을 대강 짐작합니다만. … "

"…… ."

"바른말을 했다간 살아 있는 딸 서종희 씨에게 누가 미칠까 염려하는 것 아닙니까?"

노녀의 얼굴에 잠시 동요의 빛이 돋더니 곧 무표정한 얼굴로 돌아갔다. 그리곤 조용히 말했다.

"종희를 어떻게 아셨는지요?"

"우연히 알았을 뿐입니다."

"만난 적이 있습니까?"

"아닙니다."

나는 어쩔 수 없이 거짓말했다. 노녀는 굳은 표정으로 말했다.

"아까도 말씀드렸지만 저는 종희에게 큰 죄를 지었습니다. 그 애 아버지에게도 죄를 지었고…. 그러나 제가 남 선생님에게 숨긴 건 없어요. 그런 오해는 마세요. 한동안이라도 제 사윗감으로 봤던 분에게 뭘 숨기겠어요? 더구나 제 딸 때문에 무서운 고초를 당한 분에게 무엇 때문에 숨기겠습니까? 지금이라도 제가 도울 일이 있으면 뭐라도 해드리고 싶어요."

"그럼 가까운 시일 안에 협력받을 일을 말씀드리겠습니다."

"그게 뭔데요?"

"아주머니만 알고 계십시오. 지금 철저하게 조사하고 있습니다만, 20년 전 일이라 해도 밝혀내지 못할 이유도 없습니다. 수십억 원 비용을 들여서라도 해낼 참입니다. 단, 아주머니가 지켜 줄 것은 아무에게도 이런 말씀을 말라는 겁니다. 특히 변동식에게는요."

"변동식이라고요? 그놈은 제게 원수 같은 놈인데…."

호텔로 돌아와 S읍으로 가볼까 궁리할 때 전화가 걸려 왔다.

"김봉덕이란 여성분이 찾아오셨습니다. 전화 연결해 드릴까요?"

김봉덕? 누군가, 하고 잠시 의아했으나 곧 옛 제자임을 알았다. 이영애, 우선경과 더불어 트리오 멤버라는 기억이 살아났다.

"커피숍에서 기다리라고 하세요."

나는 벗어 놓은 윗도리를 도로 입었다. 대구에 있으면서 여태껏 김봉덕을 찾아보지 않은 것이 죄스럽다는 생각이 일어났다. 하경자를 찾으면서 김봉덕을 도외시한 것은 아무래도 내 실수였지만 하경자가 김봉덕의 이름을 거론하지 않은 것도 이상한 일이다.

그때쯤의 커피숍은 한산했기에 나는 김봉덕을 단번에 알아볼 수 있었다. 이영애, 우선경도 보였다. 그 트리오가 함께 나타난 것이다. 머리를 깎고 비구니가 됐다는 우선경, 이제는 머리칼을 다시 길러 여승女僧의 흔적은 보이지 않았다.

대강의 인사말을 주고받았으나 어색한 분위기는 쉽사리 풀리지 않았다. 우선경이 나 때문에 승려가 되어 20년 동안 사찰에서 지냈다는 사실의 심적 압력 때문이리라.

자세히 보니 우선경의 머리칼은 짧았다. 퍼머넌트 웨이브로 어색하지 않게 가렸는데, 꿈꾸는 듯한 표정의 옛 모습은 그대로였으나 수도생활의 흔적이 이끼처럼 긴 탓인지 여성으로서의 매력은 사라졌다. 한마디로 말해 우선경의 껍질만 남고 우선경은 온데간데없는 느낌이었다.

"선생님, 건강은 좋아 보이시네요."

김봉덕이 이처럼 말문을 열며 분위기를 띄우려 했다. 나는 전형

적인 중년 부인의 몸매와 얼굴이 된 김봉덕이 트리오 가운데 가장
행복하고 자족한 생활을 한다고 짐작했다.

"건강은 걱정 없소."

반末경어가 나온 것도 옛날 감성을 넘어선 중년 부인이란 느낌에
대한 반사반응 때문이다.

"영애한테 들었어요. 선생님이 대구에 계신다고 …. 어쩐지 혼자
찾아뵙기가 쑥스러워서 …."

김봉덕은 변명 삼아 말했다.

나는 우선경에게 시선을 돌려 입을 열었다.

"절에 있다더니 …."

우선경은 대답 대신에 고개를 다소곳이 숙였다. 이영애가 대신
말했다.

"1주일 전에 나왔어요."

우선경은 여전히 침묵했다. 나는 그 분위기가 불편해 자리를 옮
기자고 했다. 호텔 레스토랑의 칸막이 룸으로 들어갔다. 대화는 주
로 김봉덕과 나누었다. 김봉덕의 남편은 메리야스 공장을 경영한단
다. 벌써 대학생인 아들딸을 두었단다. 분위기가 약간 누그러지자
김봉덕이 물었다.

"선생님은 대구에서 지금 뭘 하십니까?"

나는 그들이 내가 뭘 하는지 모르는 걸 다행으로 여겼다. 나는 박
우형에게 우리 일을 비밀로 하자고 했는데 그는 자기 아내에게도 말
하지 않은 모양이다.

"무슨 사업이나 할까 하고 세상을 살펴보는 중이야."

"결혼은 안 하실 겁니까?"

역시 김봉덕의 질문이었다.

"당분간 그럴 계획 없어."

나는 잘라서 말했다. 그런 발언의 심리적 배경엔 우선경이 있었다. 그 모임의 분위기가 무거운 것은 우선경이 나 때문에 출가, 환속했다는 사실 때문이었다.

"빨리 가정을 가지셔야죠?"

김봉덕이 이렇게 말하자 나는 단호하게 대답했다.

"나는 현재 자유의 몸이 아니야. 감옥 생활의 연속일 뿐이다. 나를 감옥에 넣은 사건의 진상이 밝혀지지 않은 이상 나는 사회적으로 죄인이다. 죄인에게 가정이고 뭐고가 있을 수 있어? 나 하나가 죄인이면 그만인데 결혼을 해봐. 아내는 죄인의 배우자가 되지 않나? 아들은 죄인의 자식이고⋯. 나는 그러긴 싫어."

"그런 사정을 죄다 알고 그런 고통을 나눠 가질 배우자라면 되잖을까요?"

이영애가 조심스레 꺼낸 말이었다. 아무튼 나는 우선경이 있는 자리에서 그런 말을 하기 싫었다.

"그런 얘기는 그만하자. 하여간 나에겐 결혼 의사가 없으니까."

분위기는 다시 얼어붙었다. 나는 안타까운 눈초리로 우선경을 바라봤다.

'나를 위해 비구니가 된 제자, 나를 위해 청춘을 바친 여성! 왜 시키지도 않은 그런 짓을 했을까. 그런 일만 없었더라면 이 모임이 얼마나 즐거웠을까.'

그러면서도 나는 우선경과의 결혼 가능성을 타진해 보았다. 가능할까? 어림도 없다! 내키지 않았다. 지난 봄 S읍에서 우선경 사연을 처음 들었을 때라면? 그때도 썩 내키지는 않았다. 이미 서종희를 본 이후엔 내 마음에 우선경이 비집고 들어설 자리가 사라졌다.

나는 김봉덕의 전화번호를 알아 놓는 것으로 그 자리를 끝내고 방으로 돌아왔다. 한꺼번에 피로가 몰려왔다. 하경자도 나와 결혼하기를 노골적으로 원한다. 우선경은 당연히 그렇게 될 줄 믿고 머리칼을 길렀다. 나를 불쌍한 사람으로 보고, 나를 위해 희생하겠다는 각오를 하고 ….

우선경을 그런 상태로 돌려보낸 것이 아무래도 마음에 걸렸다. 우선경의 이야기를 자세히 들음으로써 고행苦行을 공감하고 앞날에 대해 걱정해 주어야 했다. 우선경의 입에서 청혼 제의가 나올까 봐 지레 겁을 먹고 허겁지겁 자리를 뜬 내 태도는 아무래도 온당치 못했다. 김봉덕에게 전화를 걸려다가 굳이 서둘 필요가 없어 우선 낮잠부터 잤다.

오후 5시쯤 전화벨이 울렸다. 김봉덕이었다.

"그렇잖아도 내가 전화를 걸 참이었소."

"우선경은 대구 시내에 계시는 고모 댁에 영애를 데리고 함께 갔습니다. 거기서 하룻밤 자고 내일은 제 집으로 오겠답니다. … 그리고 제 남편이 선생님을 뵙고 인사드리겠다고 합니다만. …"

"무슨 일 때문인지? 음 … 그럽시다. 시간과 장소는 그쪽에서 정하시고."

"곧 6시에 모시러 호텔로 가겠습니다."

김봉덕의 남편 유효철劉孝哲은 내 나이 또래의 건실한 기업인으로 보였다.

"집사람의 은사님은 제게도 은사님 아니겠습니까?"

이런 말을 하니 아내를 무척 사랑함을 금세 알 수 있었다. 유효철은 김봉덕으로부터 내 사연을 들은 듯 세상이 얼마나 겁나는가를 얘기하면서 자기도 한동안 빨갱이란 오해를 받아 죽을 고생을 했노라고 했다.

화제가 대구의 기업으로 이어졌다. 유효철은 대구 상공회의소 회원이어서 그 방면에 발이 넓었다. 나는 계림방적에 대해 물었다. 유효철의 말은 이랬다.

"아직은 잘 모르지만 그 회사는 옳은 주인을 만난 것 같습니다. 사주가 어떤 사람인지 모르지만 사장인 계 장군은 전에 대구에 계실 때 인심을 많이 얻은 분이지요. 그러니 우리 상공회의소 회원들도 그분 말씀이라면 무조건 듣습니다. 그런데 그 회사와 무슨 인연이라도?"

"계 장군님과 잘 아는 사이입니다. 그분 덕택에 그 회사의 비상임이사 자리를 얻었답니다."

"아, 그래요? 그럼 앞으로 선생님께서도 계림방적에 더 신경을 쓰셔야겠습니다. 그 회사는 뭐니 뭐니 해도 대구에선 굴지의 대기업 아닙니까?"

"사장님이 훌륭하다 해서 사업이 잘되는 건 아니잖습니까?"

"물론 그렇지요. 하지만 그 회사는 사장님이 훌륭할뿐더러 원래 사업이 잘되게 돼 있습니다. 기술력이 좋고 판로도 넓습니다. 먼저

경영인은 사업 의욕이 없는 데다 직원들을 비인간적으로 다뤄 평판
이 좋지 않았지요. 새 주인이 종업원들을 단합시킨다면 실적은 쭉
쭉 늘어 갈 겁니다."

그러다가 유효철은 말을 끊더니 찌푸린 표정이 되었다.

"그런데 한 가지 문제점이 있는 것 같습니다. 물론 사장님이 잘 처
리하시겠지만 … ."

유효철의 말은 참고가 되었다. 서창수가 서종희 소유의 주식을
위임받아 반기를 든다면 염직공장을 가동시키는 데는 적잖은 지장
이 있을 것으로 염려됐다. 나는 계 사장에게 전화를 걸어 그 점을 물
었다.

"대주주가 결정하면 그만이지 별 문제가 있을까만 시끄럽지 않은
것보다야 못하지."

"그럼 제가 손을 좀 써볼까요?"

"남 군은 그런 데 신경 쓰지 말라니까. 내가 알아서 처리할 테니."

"그럼 그렇게 알겠습니다."

나는 그렇게 말했으나 내일이라도 서울로 가서 서종희를 만날 작
정이었다.

밤중에 하경자로부터 전화가 왔다.

"우선경이 찾아왔다면서요?"

하경자의 말투엔 약간 불안한 빛깔이 섞여 있었다.

"우선경, 이영애, 김봉덕, 셋이서 함께 왔지."

"옛날 삼총사가 다시 모였네요. 그래, 우선경을 본 감정이 어땠어

요?"

"감정이 어떻다니? 옛날 생각이 나더구먼 ⋯ ."

"조금도 늙지 않았죠?"

"겉은 그대로인데 속은 시든 것 같더라."

"선생님을 위해 불제자佛弟子가 된 사람인데 감격스러웠죠?"

"글쎄."

"들은 이야기로는 선생님과 우선경을 결혼시키려고 그 삼총사들이 서두르는 모양인데요."

"괜한 소리!"

"괜한 소리가 아녜요. 사실이에요. 선생님도 영영 독신으로만 계실 건 아니잖아요?"

"그렇더라도 우선경하고 결혼할 생각은 없어."

"그렇다면 선경이가 너무 불쌍해요."

"내 마음이 복잡해. 선경의 성심을 모르는 바 아니야. 그러나 내 마음의 부담을 결혼이란 행위로 덜어 버릴 수 있을까? 하기야 20년 동안 징역살이도 견뎠으니 어떤 생활이건 견디지 못할까만 ⋯ . 그래도 결혼이란 사정이 다르잖아?"

"그렇습니다."

"그러니 경자가 삼총사들을 만나 잘 타일러 줘. 온당하게 오해가 없게, 피차가 서먹서먹하지 않게 ⋯ ."

"저는 그렇게 못 하겠어요. 제 입장도 있으니까요."

"하 군 입장이 어떻다는 거야?"

"제 마음을 모르세요?"

"……."

"저는 희망을 포기하지 않고 있어요."

하경자의 이 말이 비수匕首가 되어 내 가슴을 찔렀다. 20여 년 전 나는 많은 제자 가운데 하경자 하나에게만 특별한 관심을 가졌다. 그러나 그런 감정을 바깥으로 드러내지 않으려 무척 애썼다. 방학 중 주고받은 편지를 통해 서로 마음의 교류는 있었다. 하경자는 다시 만난 자리에서부터 옛날 그 마음을 소생시키려 애썼다. 그러나 내 마음은 이미 식었다. 그리고 담백한 교제를 거듭함으로써 하경자가 그런 마음을 포기하게끔 할 작정이었다.

"희망을 포기하지 않겠다…, 무슨 뜻이지?"

"몰라서 물으세요?"

"대강은 알지만…, 나는 모든 과거를 매장하고 싶어. 내가 당한 그 사건의 진상을 캐는 노력에만 집중하고 싶어. 그 진상을 밝힌다면 그때는 모든 과거를 장사 지내는 거야. 백지에서 출발하고 싶어. 경자, 어떻니? 나를 도와줄 수 없겠어? 사랑이니 결혼이니 하는 문제를 빼고 친구처럼 지낼 수는 없을까?"

"어렵겠어요. 20년을 기다려 왔는데요."

"내가 사형을 당했다고 생각하면? 영영 돌아오지 못할 곳으로 가 버렸다고 치면?"

"이렇게 돌아와 계시잖아요?"

"돌아온 건 산송장이야."

"그런 말씀 마세요. 저는 선생님의 지금 처지가 원망스러워요. 재력가가 아니라 초라한 형편으로 나타나셨다면 저는 누가 뭐라 해도,

선생님이 싫다 해도 선생님 계시는 곳으로 밀고 들어가서 찰거머리처럼 착 달라붙었을 거예요. 그런데 뜻밖에도 … 오해를 살까 해서 주춤해 버린 겁니다. 그러나 지금도 벼르고 있어요. 무슨 결단을 내려야겠다고요."

"그 결단을 나를 살리는 방향으로 내어 줘. 이런 내 심정을 우선경에게도 전해 줘. 부탁이다. 나는 마음이 복잡해 잠도 못 잘 지경이야. 대구를 떠날까 싶기도 해. 아무도 모르는 곳으로 도망칠까도 싶고. … 그 일, 그 일만 없으면 외국에라도 가버리고 싶어."

"선생님! 진정하세요. 최선을 다해 볼게요."

전화통 저편에서 흐느껴 우는 소리가 새어 나왔다. 나는 망연자실_{茫然自失}했다.

이튿날 김영욱이 찾아왔다. 그가 갖고 온 테이프는 요전 것보다 훨씬 사건의 진상에 가까워져 있었다. 김영욱의 유도질문이 교묘하게 이뤄졌기 때문이다. 옮기면 다음과 같다.

"변 형사는 이만저만한 수사관이 아니네요. 변 형이 대공_{對共}수사관으로 나섰다면 거물 간첩들도 꼼짝 못 했겠지요?"

"수사관으로서는 자신이 있지. 있고말고! 나는 진범으로 만들겠다고 마음만 먹으면 실수 없이 공소유지를 했을 뿐만 아니라 유죄 판결로까지 끌고 갔으니까."

"경찰관이 검거한 사건 가운데 60%를 공소유지할 수 있으면 성적이 좋은 편이라고 하던데요."

"웬걸, 작년도 통계를 보니 경찰관 검거 건수 가운데 유죄 판결은

30%밖에 안 되더라고."

"거기에 비하면 변 형은 멋있어. 수사관을 일찍 그만둔 게 잘못이지요."

"말 마소. 계급이 올라가야 일할 맛이 나지. 만년 순경이니 낯 들고 다니겠어요? 자식들이 자꾸 크는데…."

"내 가끔 생각하지만, 윤신애 살해사건 말입니다. 그것도 변 형이 아니었더라면 아마 공소유지를 할 수 없었을 겁니다."

"그야 그렇지. 사실 남상두란 놈은… 본인으로선 억울할 거요."

"변 형은 그때 남상두가 진범이 아니란 걸 알고 있었소?"

"그렇게야 어떻게 단언하겠소? 그자가 진범인지 아닌지 하나님이나 알까, 누가 알겠소? 다만 애매한 점이 많았던 건 사실이지. 빠져나갈 구멍이 많았으니까. 그걸 내가 틀어막아 버린 거지."

"바로 그겁니다. 빠져나갈 구멍을 없애 버린다는 것, 그게 중요한 일 아닙니까?"

"수사관에게는 수사도 중요하지만 공소유지가 더욱 중요하거든요. 안 그래요? 꿩 잡는 게 매라고, 아무리 수사를 잘해 봤자 공소유지가 안 되면 무슨 소용입니까?"

"그렇지요. 그런 점에서 변 형은 빈틈이 없었으니까. 그런데 그런 방법이 기업경영에는 적용되지 않던가요?"

"안 돼. 돈 버는 건 어떤 수사보다도 어렵더구만. 수사는 이런저런 증거를 모아, 제기랄, 증거가 모자라면 날조라도 해갖고 공소유지할 수 있지만 기업경영에서는 그게 안 통해. 일거리를 날조할 수는 없고, 돈을 위조할 수도 없는 거니까."

"그럼 변 형은 증거를 날조한 적이 있습니까?"

"공공연하게 어찌 그런 말을 할 수야 있겠습니까?"

"다 지나간 일인데 뭘 … ."

"유능한 수사관 치고 증거 날조 안 해본 사람 없을걸요."

"나 같은 사람은 간이 작아서 … ."

"김 형은 무골無骨 호인이니까. 호인은 수사관이 못 돼요."

그 다음은 사업에 관해 변동식이 김영욱에게 부탁하는 말의 연속이었다. 테이프를 챙기며 김영욱이 말했다.

"더 이상 유도하면 눈치챌 것 같아서 그 정도로 해뒀습니다."

나도 그럴 것이라 수긍했다. 아슴푸레하게나마 윤곽이 잡힐 듯하니 흥분하지 않을 수 없었다.

나는 발레연구소에 전화를 걸었다.

"누구세요?"

최정주의 약간 달콤하게 염색된 소리가 건너왔다.

"나, 남입니다."

"아! 남 선생님! 그동안 안녕하셨어요?"

"너무 오랜만이고 해서 식사라도 같이할까 하는데요."

"고맙기도 하셔라. 그런데 어쩌죠? 서종희가 없으니."

"서종희 씨, 어딜 갔습니까?"

"예. 지금 서울에 있어요. 오늘 아침에도 나더러 올라오라고 성화였는데 하루 벌어 하루 먹고사는 처지에 그럴 수가 있어야죠."

그 정도면 전화 건 목적은 달성했다. 서종희가 대구에 있는지 확인하려는 전화였으니. 그러나 그것으로 전화를 끝낼 수는 없었다.

"서종희 씨가 안 계시다니 섭섭하지만 도리가 없지요. 둘이서만이라도 …. 혹시 둘이서만 만나면 오해받을 위험이라도 있습니까?"

"그럴 경우 남 선생님에겐 있어도 제겐 없어요."

"그럼 좋습니다. 저는 좋으니까 오늘 밤 시간을 내시겠어요?"

"그렇게 하죠."

최정주는 조금 망설이더니 낮은 목소리로 물었다.

"한 사람, 더 데리고 가도 되겠죠?"

"예. 좋습니다."

"혹시 남 선생님의 신붓감이라도 되지 않을까 해서 물색해 둔 아가씨가 있는데요. 오늘 데리고 갈게요."

"고맙습니다."

"그러나 왠지 서운하네요. 청춘을 꽃피워 보지도 못하고 지낸 여자가 남의 청춘을 위해 중매인 노릇을 한다고 생각하니까요."

"최 여사는 아직 청춘이십니다."

"반갑네요. 그 말씀 …."

"저녁에 제 호텔로 오셔서 전화 주세요."

샤워를 하고 잠시 쉬었더니 프런트로부터 전화가 왔다. 최정주의 목소리였다.

"후회하는 마음이 들어서요."

"예? 호텔로 찾아온 것이 후회되신다고요?"

"아녜요. 그런 건 아니고 …. 얼굴을 보고는 말 못 할 것 같아서 전화로 하지요. 저도 솔직하게 말씀드리면 남 선생님께 호감을 가

238

졌거든요. 그러나 오르지 못할 나무, 쳐다보지도 말라. 이 속담을 알아요. 제 희망을 단절하는 건 좋은데 …, 서종희의 희망까지 단절하는 것은 죄악이 되지 않을까 해서 후회한답니다."

"도대체 무슨 말씀입니까?"

"오늘 함께 온 아가씨 …, 얘가 남 선생님과 만나면 무슨 일이 일어날 것 같은 예감이 드네요. 어쩌죠?"

"최 여사가 알아서 하시오."

나는 약간 퉁명스럽게 말했다.

"이것도 운명이겠죠? 레스토랑으로 올라가겠습니다."

레스토랑의 예약실로 들어갔다. 최정주는 25세가량의 젊은 여성을 데리고 나타났다. 그녀의 이름은 김순애. 평범한 이름이었는데 나는 그쪽을 예사로 바라볼 수 없었다. 눈부시다고 하면 좀 과장된 표현이겠으나 아무튼 김순애는 마음의 여유를 주지 않는 흡인력을 지닌 여성이었다.

마닐라 삼 비슷한 천으로 된 하얀 투피스를 입었고 가슴엔 인조 진주로 만든 큼직한 포도송이 브로치가 걸렸을 뿐, 팔에도 손에도 아무런 장신구가 없었다. 화장기라곤 전혀 없는 얼굴의 피부 빛은 월광색月光色이라고나 할까, 보통의 흰 빛깔과는 다른 밝은 빛으로 그윽한 광택을 띤 것이었다. 눈은 크지도 작지도 않았다. 얼마간의 수줍음을 담아 응시하는 버릇의 눈엔 아름다운 물상에만 관심이 있다는 듯한 귀족적인 풍모가 어른거렸다. 입은 영리하게 다물어져 있었다. 극히 말수가 적은 성품인 듯했다.

'이런 여성이 어떻게 대구에 ….'

내 심상에 오가는 상념이란 오직 이것뿐이었다.

"순애 양은 고등학교를 여기서 마치고 곧 영국으로 갔어요."

최정주는 식사를 하는 사이사이 말을 끼었다. 나는 되도록 눈길이 김순애 쪽으로 가지 않게 조심하면서 나이프와 포크를 놀렸다.

"발레 유학을 갔는데 직업 발레리나 되기를 단념했다는 겁니다."

"왜요?"

"서양인들 속에 서 있으니 체격적으로 맞지 않음을 발견한 겁니다. 순애의 체격도 동양인으로선 쭉 빠진 이상적인 몸매이지만 서양인에 비교하면 역시 ‥‥."

"그럼 앞으로 한국무용을 하실 작정인가요?"

나는 김순애의 대답을 직접 들으려 유도했다.

"미용체조 정도로는 할까 직업으로서의 무용은 안 하겠답니다."

"영국까지 유학하셨는데 아깝네요."

나는 이렇게 중얼거리며 김순애를 힐끗 보았다. 겨우 김순애의 입이 열렸다.

"아까울 것도 없어요."

최정주가 말을 이었다.

"얘는 원래 말이 없었는데 7~8년 동안 그곳에서 영어만 지껄이고 사는 바람에 한국말이 어려운가 봐요."

"설마 한국말을 잊은 건 아니겠지요?"

이렇게 내가 묻자 김순애는 애매하게 웃으며 대답 대신 고개를 숙였다.

"영국으로 또 갈 건가요?"

내가 묻자 최정주가 대신 대답했다.

"영국엔 안 갑니다. 빨리 우리말을 되찾고 시집가야죠."

나는 김순애의 가정이 궁금했다. 아버지는 뭣 하는 분인지, 집은 대구에 있는지…. 내 궁금증을 짐작했는지 최정주가 설명했다.

"순애 집이 전에는 대구에 있었는데 부모님이 돌아가시고 오빠 한 분이 서울에 계세요. 대구엔 순애 고모가 계신데, 순애가 대구에 오면 주로 제 집에서 지낸답니다. 당분간 발레교습소 강사로 일해 달라고 부탁할 작정입니다. 외교관인 아버지가 살아 계실 땐 유복하게 지냈는데…."

나라고 하는 인간은 어디까지 경박한 놈인지 모르겠다. 김순애를 만나자마자 내 운명이 결정지어진 것 같은 기분이 들었다. 서종희에게 몸과 마음이 달아오른 게 바로 지금까지 아닌가.

나는 최정주와 김순애를 내 승용차로 바래다주고는 김순애에게 내일 중으로 꼭 한 번 전화를 걸어 달라고 부탁했다. 만약 김순애의 전화가 오면 새로운 인생이 시작될 것이라는 기대감으로 흥분됐다.

호텔에 돌아와 멍하니 앉아 있는데 최정주로부터 전화가 왔다.

"아까 김순애를 데리고 나간 건 제가 의도적으로 한 일입니다. 순애는 어제 저를 찾아왔어요. 그때 서종희가 아무래도 수상하다는 생각이 들었어요. 돌연 별거 소동을 일으키고 서울로 간 데는 선생님이 계기가 된 것 아닌가, 종희와 선생님이 결합하면 축복해야겠지만 그렇게 되면 끝내 행복할 수는 없을 것이란 예감이 들더군요. 청춘을 다 지내 버린 남녀가 합쳐 어떻게 하겠다는 겁니까. 세상도 시끄러울 것이고요. 그러던 차에 순애의 존재가 눈에 들어오지 않

겠어요? 순애의 마음을 알 수는 없습니다. 선생님, 잘해 보세요. 순
애는 좋은 아이입니다. 그 애의 사랑을 받는다면 선생님의 과거가
얼마나 불행했든 간에 일시에 보상받을 겁니다. 종희의 들뜬 마음
을 가라앉힐 수도 있을 거고요. 저는 순애에게 선생님을 위한 사전
공작 같은 것은 일체 하지 않겠습니다. 다만 기회만을 만들어 드렸
으니 잘해 보세요."

호수의 파문

정확하게 이튿날 오전 11시에 김순애로부터 전화가 왔다. 말수가 워낙 적은 침착한 성품이었는데도 일단 말을 시작하면 주저하지 않고 요령 있게 잘하는 화법은 영국 생활에서 얻은 지혜일까.

"전화를 하라기에 했습니다만 … ."

"전화 부탁이 없었다면 안 하실 뻔했군요?"

"물론이죠. 용건이 없으니까요."

"그 말씀, 너무나 드라이하네요."

나는 쓴웃음을 지었다.

"사실에 드라이고 웨트고 있어요? 용건을 말씀하세요."

"그렇게 따지시니 할 말이 없군요. 아마 이 시간쯤엔 순애 씨의 목소리라도 듣고 싶어질 게 아닌가 해서 부탁드린 건데요."

"그럼 이 정도면 되겠죠?"

"아닙니다. 전화를 받고 보니 아이디어가 떠오릅니다. 어떠세요?

포항이나 어디 바닷가로 드라이브나 가시지 않겠습니까?"

"… 선생님과 단둘이서요?"

"정확하게 말하면 운전기사와 셋이죠. 바쁜 일이 없으면 같이 가시지요. 바다는 좋을 겁니다."

"해수욕 준비를 하고요?"

"그건 순애 씨의 기분에 달렸지요."

"그럼, … 전화를 끊으시고 10분만 기다려 주세요. 정주 언니에게 물어봐야 하니까요."

전화는 딸깍, 하고 끊어졌다. 나는 그 딸깍 소리가 만일 절연 선고를 한 애인의 전화 직후에 울린 소리라면 기막히게 처참할 것이라는 소년적 감상에 빠져들었다.

10분 후에 걸려 온 순애의 전화는 OK를 알렸다. 순애가 발레연구소에 있다는 말을 듣고 그쪽으로 픽업하러 가겠다고 알렸다. 대형 타월, 수영복 등을 챙겼다.

계 사장에게 드라이브 간다는 전화를 걸었더니 잘 놀다 오라는, 형이 아우에게 하는 것 같은 따뜻한 격려 말이 돌아왔다. 그리곤 물었다.

"누구하고 가는가?"

나는 조금 망설이다가 김순애의 이름과 경력을 털어놓았다.

"로열 발레단 발레리나와 해변으로 드라이브 간다고? 멋진데!"

"알맹이 없는 드라이브일 수 있습니다."

"로맨스를 성사시키려면 만난 순간부터 로맨틱하게 꾸며야 하는 거야. 그런 상황을 연속적으로 만들어 나가지 못하면 로맨스는 불발이야. 실패지. 전투와 마찬가지야. 전투는 이길 수 있는 상황을 구성하는 능력이거든."

"로맨스라는 평화적 스토리와 살벌한 전투가 공통점을 가졌다는 분석은 새로운 지식입니다. 큰 도움이 되겠습니다."

"성공을 빌겠네."

나는 계 사장의 충고를 충실히 활용키로 했다. 먼저 운전기사를 불러 승용차 안팎을 깨끗이 청소하고 차 안에 수선화가 든 작은 바구니를 두라고 지시했다. 그리고 백화점 식품매장에 들러 아이스박스 안에 생선, 고기, 과일 등을 넣고 야외용 버너를 준비했다. 빵, 맥주, 위스키, 와인도 챙겼다. 간이 텐트도 샀다.

이런 준비를 하고 최정주의 발레연구소 앞으로 갔다. 김순애는 옥색 바탕에 물방울무늬가 놓인 원피스에 하얀 모자를 쓰고 나타났다. 상아빛 구슬 핸드백까지 잘 어울렸다. 노 스타킹에 오렌지색 에나멜 구두를 신었다. 피카딜리광장에서 하이드파크 쪽으로 산책하는 런던 숙녀의 모습이었다.

배웅하러 나온 최정주는 웃으며 김순애에게 말했다.

"남자는 늑대야, 알았지?"

나도 웃으며 대꾸했다.

"여자는 백여우?"

"아무튼 제가 따라나서지 않는 것만으로도 두 분은 다행으로 생각하세요."

김순애와 승용차 뒷좌석에 나란히 앉아 포항을 향해 달렸다. 푸른 동해가 나타났다. 작은 어촌 마을을 지나갈 때 차를 세워 한적한 해변으로 내려갔다. 운전기사가 아이스박스와 버너를 들고 왔다. 바위와 바위틈에 그늘진 모래밭을 찾아 텐트를 쳤다. 운전기사는 마을에서 기다리라 하고 김순애와 단둘이 남았다.

나는 버너에 불을 붙여 요리를 시작했다. 김순애는 서슴없이 수영복으로 갈아입더니 푸른 물을 향해 달려갔다. 생선 매운탕을 끓이고 쇠고기 스테이크를 구웠을 때 김순애가 온몸에 물방울을 튀기며 돌아왔다. 수영복 차림 몸매를 보니 과연 발레리나였다. 이상적인 몸매를 정면으로 바라보니 눈이 부신다.

그녀는 타월로 몸을 감고 앉았다. 내가 차린 음식을 맛있게 먹더니 불쑥 말한다.

"선생님 부인은 참 행복할 것 같아요."

"그럴까?"

"그런데 선생님은 왜 아직 미혼이죠?"

"그 얘기를 하려면 아주 복잡해요."

"복잡해도 좋아요. 듣고 싶어요."

"결론만을 말하면 '나를 좋아하는 여성이 없었다'가 되겠지요."

"거짓말!"

나는 깜짝 놀라는 시늉을 했다.

"순애 씨는 이 세상에 거짓말이 있다는 걸 아시나요?"

"알다마다요."

"내가 오해한 것 같군요. 김순애 씨는 이 세상에 거짓말이 존재함을 모르는 사람으로 보았는데 …."

그늘이 바위를 덮을 무렵 우리는 바위 위로 올라갔다. 바다는 끝없이 푸르렀다. 황홀했다. 김순애는 먼 바다를 응시했다.

"저 바다는 런던까지 이어져 있겠지요?"

"런던 얘기는 하지 마세요."

"왜요?"

"얼마나 울었다고요. 짧은 다리 길이 때문에 … ."

"…… ."

"어느 날 연습을 마치고 샤워실로 갔는데 바로 옆 샤워실에서 대화가 흘러나왔어요. 미스 김의 기교는 월등하지만 다리가 짧기 때문에 주역을 맡지는 못할 거라고요. 누구 목소리인지 알아보려고도 하지 않았어요. 팩트였으니까요. 직업만으로 보자면 들러리 역役도 좋고 단역도 무방하겠지만 고국을 떠나 영국까지 와서 들러리 노릇만 한다면 무슨 의미가 있겠어요? 그래서 발레를 포기한 거예요."

"인생에 발레만 있는 게 아니잖아요?"

"그래요. 그렇게 깨달을 때까지는 꽤 오래 걸렸답니다."

"순애 씨는 스물다섯 살이라 했지요?"

"예, 그래요."

"나는 마흔여섯입니다."

"벌써 그렇게 됐어요?"

김순애는 놀란 토끼 눈으로 나를 응시했다.

"너무 나이가 많지요?"

"나이가 많다 해서 놀란 게 아녜요. 도무지 그렇게 보이지 않아서 놀란 거예요. 그런데 나이는 왜요?"

"순애 씨는 왜 내가 여태껏 미혼인지 궁금하시지요?"

"예."

"한마디로 말해 나는 불행한 사람이오. 그것이 이유의 전부라 할 수 있지요."

"불행에도 갖가지가 있잖아요. 어떤 불행인지 알고 싶어요."

김순애의 질문은 집요했다. 나는 20여 년 전의 사건을 설명했다. 김순애는 오른팔을 내게로 뻗어 왔다. 상아 빛깔의 피부에 수밀도처럼 솜털이 섬세한 팔이었다. 뻗은 팔을 내게 맡기고 중얼거렸다.

"게오르규의 《25시》 같네요."

"그 작품엔 역사가 있고 정치가 있기나 하지요. 그런데 내 경우엔 사악한 인간성밖에 없어요."

뻗어 온 팔을 뽑아 가며 순애가 물었다.

"그래, 앞으로 어떻게 할 거예요?"

"운運이 돌아오면 결혼도 해야지요."

"운?"

"지금 나는 그 사건의 진상을 밝히려 하고 있어요. 운이 좋으면 밝혀질 것이고, 운이 나쁘면 … ."

"진상을 밝히기 전엔 결혼하지 않겠다는 뜻인가요?"

"그래요. 살인자의 아내를 만들기가 싫고, 살인자인 아버지를 가진 아들을 만들기도 싫고 … ."

"진상을 밝히기가 얼마나 어렵겠어요?"

"그러니 김순애 씨, 부탁이오. 오늘 내가 한 말은 아무에게도 하지 마세요. 진상을 밝히는 노력에 지장이 될지 모르니 … ."

석양을 등지고 갈매기들이 날고 있었다.

"선생님 옆에 앉아 이렇게 동해를 바라볼 때가 있을 줄이야⋯."

"순애 씨 같이 젊고 상냥한 아가씨가 옆에 있으니 덧없이 철창 속에 묻어 버린 내 청춘이 불쌍하네요."

"사랑할 수 있는 기력마저 잃으셨나요? 열정이 없나요?"

"⋯⋯."

"없거든 만들어 보세요. 상대방이 젊어도 의식하지 마시고요. 제가 로열 발레단에 있을 때 시묘노스키라는 러시아계 첼리스트가 있었어요. 나이가 예순일곱인데 굉장히 쾌활했어요. 그 이유를 물었더니 '난 사랑할 수 있어. 그러니 이처럼 쾌활하다'라더군요."

"늙지도 젊지도 않은 놈이 뻔뻔스럽게 덤비다가 차이기나 해봐요. 꼴좋겠다!"

"그런 선입견이 틀렸어요. 또 영국 얘기지만, 영국에서는 선거 낙선과 사랑 고백 퇴짜는 결코 수치가 아니라는 말이 있어요. 선거도 사랑도 남의 마음을 얻는 것 아니겠어요? 자기 마음도 맘대로 할 수 없는데 남의 마음을 못 얻었다 해서 어떻게 수치일 수 있겠어요?"

"좋은 걸 배웠군. 그럼 나도 용기를 내보겠어!"

"그렇게 하세요. 당장 지금부터!"

"지금부터?"

"대상이 보이지 않나요?"

김순애는 생긋 웃었다. 나는 소년처럼 얼굴을 붉혔다.

"저를 옆에 두고도 아무렇지 않으세요?"

"아름답다고 생각해요."

"사랑할 수 있다고는 생각하지 않으시고요? 용기가 없으시군요."

김순애는 깔깔 웃었다.

바다 위로 그늘이 덮여 가고 있었다. 김순애는 두르고 있던 타월을 목 앞으로 당겨 올렸다.

"감기 들겠어요. 우리 갑시다."

나는 일어섰다.

"좀더 앉아 계셔요."

타월 밖으로 팔을 뻗어 순애는 나에게 앉으라 손짓했다. 나는 부스스 도로 앉았다.

"음악으로 치면 아다지오로 넘어가려는 판인데 벌써 일어서면 어떡해요?"

바다의 빛깔이 어둠에 덮여 시커먼 빛깔로 다가오고 있었다. 파도 소리는 높아 갔다.

우리 두 사람은 천천히 자동차 있는 곳으로 걸어갔다. 해는 어느덧 지고 태양의 여명만이 달콤한 그늘이 되어 산야를 감싸고 있었다. 자동차는 그늘진 산허릿길과 들길을 달리기 시작했다. 에어컨을 끄라 하고 창문을 살짝 열었더니 시원한 산바람이 사정없이 불어들어와 김순애의 머리칼을 휘날리게 했다. 그 머리칼 사이로 비친 순애의 옆얼굴은 일순 야성미로 빛났다.

순애의 팔이 살그머니 기어 오더니 내 손을 잡았다.

호텔에 도착한 것은 오후 9시. 순애의 목욕이 끝나기를 기다려 룸서비스로 시킨 샌드위치로 식사를 하고 나니 밤 10시 반. 그래도 순애는 방에서 떠날 기색을 보이지 않는다. 열심히 TV를 보다가 밤 11시 시보時報를 듣자 순애는 고개를 들었다.

"저, 여기서 자고 가도 되죠?"

"안 될 것도 없지요. 베드는 트윈이니까."

대답은 그렇게 했지만 나는 적잖이 당황했다. 순애는 나의 당황함엔 아랑곳없이 느닷없는 제의를 했다.

"선생님, 30분 동안만 나가 계실래요? 바에 가서 와인 한 잔 마시고 오셔도 좋고요."

"왜 그러지요?"

"스트레칭 해야 해요. 잠자리에 들기 전에 꼭 하는 운동이에요."

발레리나이니 그럴 만했다. 나는 옷을 챙겨 입고 나와 프런트로 가서 방 하나를 다시 얻었다. 스낵바에서 '온 더 록'으로 위스키를 한 잔 마셨다. 30분이 지난 후 새로 얻은 방으로 들어와 순애에게 전화를 걸었다.

"거기 어디예요?"

방을 따로 구했다 했더니 깔깔 웃음소리를 냈다.

"점잖은 신사가 되기도 꽤 힘드시죠?"

"점잖은 신사가 되려는 게 아니라 숙녀에게 평온한 침대를 제공하는 에티켓이오."

전화를 끊고 샤워하고 침대에 누웠다. 순애로부터 전화가 왔다.

"선생님과 제 사이는 약탈이 없고서는 성립될 수 없는 그런 사이란 걸 모르세요?"

"……."

당돌한 말에 나는 뭐라 대답하지 못했다.

"나이 스무 살의 거리는 열정의 날개를 달면 금세 도달하는 짧은

거리지만, 중매인이니 친척이니 하는 이성적理性的인 교통수단으로
는 20억 광년이나 걸리는 거리예요. 20년을 제가 거슬러 오를 수도
없고 선생님이 20년을 앞당겨 놓을 수도 없으니까요."

숨이 가빠 왔다. 스무 살 남짓한 계집애가 마흔이 넘은 사나이의
가슴을 산산이 뒤흔들어 놓았다. 가만히 있을 수는 없었다.

"그게 로열 발레단에서 익힌 논리인가요?"

"로열 발레단과 관계없이 정리情理의 문제예요. 프러포즈 하나 제
대로 못 하고 시들어 버리려는 청춘에 대한 동정심으로 하는 소리예
요."

김순애의 발언은 왜 이리 청량할까? 자칫 불결한 빛깔이 물들기
쉬운 사연을 그녀는 성가처럼 발음했다. 나는 결심하고 말했다.

"그 동정심을 받아들이겠소."

그런데 그녀는 머리카락 하나의 틈새를 주지 않았다.

"안 돼요. 오늘 밤은 거기서 주무세요. 용기는 스스로가 가꾸는
법이에요."

야무지게 한 방 맞은 기분이다. 나는 실없이 웃음을 짓고 자리에
들었다. 공상이 일었다. 그 공상은 김순애와 관련된 것이었다. 함
께 깊은 산으로 들어갈까? 먼 외국으로 떠날까? 《보물선》의 작가
스티븐슨이 숨어 살았다는 사모아에 김순애와 더불어 가는 꿈을 꾸
며 잠에 빠졌다.

전화벨 소리에 잠을 깼다. 창이 훤히 밝아 있었다. 김순애의 전화
였다.

"잘 주무셨어요?"

"순애 씨는 잘 잤어요?"

"선생님을 기다리느라고 한숨도 못 잤어요."

순애는 그렇게 말하고 깔깔 웃었다. 웃음소리로 봐 농담이 분명했다. 나도 농담을 했다.

"밤중에 노크했는데 아무 응답이 없던데?"

"아침부터 농담 공방은 그만두고 제 말을 들으세요. 아까 정주 언니에게서 전화가 왔어요. 제 목소리를 듣고서는 되게 놀라데요. 그리곤 선생님을 바꾸라 하데요. 그래서 아침 일찍 산책 나갔다고 해 뒀어요."

"왜 그런 말을 …."

"나중에 언니 전화를 받으시면 제 말이 거짓말이 되지 않도록 해 주세요. 아시겠죠?"

"왜?"

"기정사실로 만들어 두고 정주 언니의 동태를 보려고요."

"글쎄, 왜 그런 조작을 하는 거요?"

"따로따로 잤다는 말을 하기 싫어서요. 모처럼 의심하다가 따로 잤다는 사실을 알게 되는 것하고 이편에서 변명 삼아 미리 그런 사실을 알리는 것하곤 다르잖아요."

"뭐가 뭔지 모르겠소."

"아무튼 같이 잔 것으로 해둬요."

"그러지요. 그런데 커피나 같이하지 않겠어요?"

"저는 커피 마셨어요. 지금 나갈 참이에요. 어제는 여러 가지로 폐가 많았습니다."

"좀 기다려요. 곧 그리로 갈게요."

"오지 마세요. 저는 지금 떠나요. 내일이나 모레, 전화할게요."

김순애는 전화를 딸깍 끊었다. 나는 허겁지겁 옷을 주워 입고 그 방으로 달려갔다. 도어는 닫혀 있었고 노크의 반응도 없었다.

프런트까지 내려갔더니 순애는 키를 거기에 맡겨 두고 떠나 버리고 없었다. 식당에 들렀다가 방에 돌아왔다. 침대엔 주름 하나 없었다. 자세히 보니 창가 소파에 스페어 담요가 개켜져 있었다. 순애는 침대에서 자지 않은 것이다. 김순애가 침대에서 자건 소파에서 자건 상관없으나 왠지 마음에 걸렸다. 그래서 방 안을 서성거리는데 전화벨이 울렸다. 최정주의 전화였다.

"영국에서 공부하고 온 아가씨는 다르죠?"

"확실히 다르더군요."

"수줍어 말도 못 하는 아가씨라고만 알았는데 뜻밖이었지요?"

"말을 제대로 못 한다구요? 천만의 말씀입니다. 디즈레일리의 나라에서 교육받았기 때문인지 논리정연하고 다부지더군요."

"디즈레일리 … 가 뭐예요?"

"유명한 웅변가로 알려진 영국 수상 …."

"아, 그런가요? 저는 워낙 무식해서 …. 그건 그렇고 앞으로 어떻게 하실 작정이죠?"

"모든 문제는 김순애 씨에게 일임하기로 했습니다."

"단단히 반하신 모양이군요."

"솔직한 얘기로 반했습니다. 순애 씨가 내 심정을 알아주실지."

"무슨 말씀이에요? 하룻밤을 같이 지내고서 ⋯. 그쯤이면 만사가 결정 난 거나 마찬가지 아녜요?"

"최 여사는 영국 유학파 아가씨가 깜찍하다는 사실을 모르시는군요. 좀 알아주기 바랍니다. 어제 아무 진전도 없었습니다."

"그런데 왜 그 애는 안개를 피웠죠?"

"그건 모르겠습니다. 저는 다른 방에서 잤으니까요."

"참말이에요?"

"제가 왜 최 여사에게 거짓말을 하겠습니까?"

"그렇다면 이상한 아이인데요."

"이상할 것도 없습니다. 하여간 본인에게 물어보세요."

미국에서 온 성정애의 편지를 받았다. 치졸한 영어 글씨로 쓰인 봉투를 보니 가슴이 떨렸다. 심호흡을 하고서야 봉투를 뜯었다. 얇은 타이프라이터 용지에 깨알처럼 쓰인 것으로, 3장이나 되었다. 요지는 다음과 같다.

선생님의 편지를 받고 저는 벼락을 맞은 것처럼 놀랐습니다.

아아, 저는 대죄를 지은 여자입니다. 죽어 천벌을 받아 마땅합니다. 선생님, 용서해 주십시오. 저는 선생님을 한시도 잊은 적이 없습니다. 이 무슨 짓궂은 장난입니까? 제겐 용기가 없었던 겁니다.

고국을 떠나 미국에서 산다는 것, 그것도 천대받는 흑인의 아내가 되어 산다는 것이 어떠한 상황인지 아무도 상상하지 못할 겁니다. 지옥의 생활이라 할 것입니다. 그러나 저는 지옥에 익숙해 있습니다. 제 남편은 얼마나 질투가 심한지 고국에 돌아간다는 건 엄두도 내지 못합니다. 더욱이 비행기 표까지 보내온다면 저는 아마 맞아 죽을 겁니다. 그 정도로 강짜가 심합니다.

제 딸에게 걔 아버지가 선생님이라고 속인 사실을 용서하세요. 그러나 이름은 들먹이지 않았습니다. 그러니 그 사진이 그냥 걔 아버지인 것처럼 묻어 놔주십시오. 선생님 사진을 네 아버지라고 주었을 때 제 마음이 어떠했겠습니까? 선생님을 사모하는 마음이 어떠했기에 그렇게까지 했겠습니까? 걔 진짜 아버지는 제 원수입니다. 생각만 해도 치가 떨리는 그런 원수입니다. 그래서 그놈을 걔 아버지로 하기 싫었던 겁니다. 자식에게 무슨 죄가 있겠습니까?

제가 이런 팔자가 된 것도 오로지 그놈 때문입니다. 제 사정을 이해하시고 걔가 그 사진을 아버지라고 믿도록 내버려 두십시오. 세상엔 같은 얼굴도 간혹 있고, 그 사진은 선생님 젊은 시절 얼굴이니 모른 척하면 될 것 아니겠습니까?

선생님, 저는 대죄인입니다. 언젠가 떳떳이 고국으로 돌아갈 날이 있으면 뵈옵고 다시 사죄드리겠습니다.

편지에서 '대죄를 지었다'고 하는 것이 나를 모함한 사건에 그녀가 관련 있다는 것인지, 명한숙에게 아버지라고 속인 사실 때문인지 분간할 수 없었다. 세 번을 되풀이해서 읽었으나 마찬가지였다.

나는 그 편지를 계창식 사장에게 가져가 보였다. 그는 뚫어지게 편지를 읽고 중얼거렸다.

"아무래도 이 여자가 사건의 열쇠를 쥐고 있는 것 같아."

"그렇게 보이지요? 그런데 귀국할 수 없다고 하니 … ."

"어때? 남 군! 미국으로 가서 성정애를 만나 보면?"

"예? 미국으로 가서요? 음 … , 그러나 저 같은 사람에게 여권이 나오겠습니까?"

"그건 내가 책임질게. 관계기관에 읍소하겠네."

"선배님께 그런 폐까지 끼쳐서야 … ."

"남 군의 사업을 돕는 일도 중요하지만 그 사건 진상을 밝히는 일이 더욱 중요하다고 보네. 한 달 안으로 갈 수 있도록 할 터이니 그리 알고 준비하시게."

계 사장은 현역 때 부관이었던 권중달이라는 사람을 지금은 비서실장으로 쓰고 있다. 권 실장을 불러 지시했다.

"남상두 이사께서 미국 가시는 여권을 만들도록 필요한 절차를 밟으시게."

곧 미국으로 간다며 구질구질하게 시간을 보내고만 있을 수 없었다. 호텔로 돌아온 나는 먼저 김영욱을 불러 변동식을 만나거든 완곡한 방법으로 성정애란 이름을 거론해 보라고 이르고 나서 하경자를 불렀다. 하경자는 학창 시절에 성정애와 절친했던 아이를 찾아보겠다고 약속했다. 내 주변은 갑자기 바빠졌다.

한참을 바쁘게 날뛰다 보니 너무 서둘러서는 안 된다고 반성하게 됐다. 마음을 가라앉히려, 젊은 김순애의 심리상태를 이해하기 위해, 청년 작가들의 작품을 읽었다. 겸손한 마음으로 읽으면 교훈이 보이는데 도도한 기분으로 읽으면 별 가치가 없는 내용이었다.

한마디로 말해 김순애는 요정妖精 같다. 완전히 손아귀에 들었다고 생각하면 어느새 빠져나가 저 언덕으로 날아가 버린다. 날아간 나비를 어쩌랴 싶어 되돌아서면 바로 그 길을 막아서 생긋 웃는다. 그러니 순애와 맞붙어 거래를 계속하다간 숨이 가빠 올 지경이다. 부득이 거리를 두지 않으면 안 되겠다.

어느 날 최정주가 김순애에 대해 묻기에 다음과 같이 대답했다.

"감상용이지 공연할 상대자는 아닌 것 같소."

"그럼 감상만 하실 거예요? 만약 순애가 결혼을 요구하면 선생님은 응하실 거예요?"

"그런 요구를 할 까닭이 없지 않습니까?"

"그럴 가능성이 충분히 있어요."

"김순애는 어떤 경우에도 자기가 먼저 청혼할 여자가 아니오."

"그렇다면요?"

"운명에 맡길 수밖에 없지요."

김순애가 가장 싫어하는 말이 '운명'이다. 최정주가 내 발언을 김순애에게 전달했던 모양이다. 이튿날 김순애에게서 전화가 왔다.

"운명이란 말을 함부로 쓰는 사람은 선천적인 패배주의자거나 형편없는 독선주의자라는 사실을 알고 계시죠?"

"설명을 들어야 알지 결론만 갖고 어떻게 알 수 있겠어요?"

"그럼 가르쳐 드릴까요? 이미 패배주의자니까 실패를 당연하게 생각하는 버릇이 든 것이죠. 모든 결과를 운명이라고 우길 참으로 마음대로 한다는 거죠. 남의 뜻은 아랑곳없이 마음대로 해놓곤 실패하면 운명 탓을 하니, 그런 게 형편없는 독선주의자 아니겠어요?"

"그렇다면 난 전자前者에 속합니다. 나면서부터 패배주의자 … ."

"세상에 주의主義도 얼마나 많은데 하필이면 그 패배주의 골라잡으시느라고 수고하셨습니다."

김순애는 깔깔대고 웃었다.

"웃으니까 팍스 테라pax terra입니다."

"팍스 테라가 뭐예요?"

"지상에 평화가 있다는 말이지요."

"아는 것도 많으세요."

"이래 봬도 전과자가 되기 전엔 인기가 없지도 않은 선생이었으니까요."

말해 놓고 얼굴이 화끈거렸다. 상대방에 따라 전혀 생각지도 않았던 어휘가 튀어나온다는 건 새삼스런 발견이다. 공자나 소크라테스 앞에서는 이런 말이 결코 발음되지 않았을 테니까.

성정애의 편지를 받았으니 그녀의 딸 명한숙을 만나야 했다. 연락했더니 명한숙은 은행원 유니폼 차림으로 달려왔다. 점심시간이니 사복을 갈아입을 시간도 없었겠다. 경양식집에서 카레라이스를 주문하고 마주 앉았다.

명한숙의 얼굴을 세심히 살피면서 그녀와 닮은 남자가 있을지 궁리했다. 그녀의 실제 아버지는 내가 아는 사람일까? 닮은 남자가 떠오르지는 않았다. 대신 성정애의 얼굴이 어른거렸다. 그러자 내 가슴이 어두워졌다.

'명한숙에게도 그 어머니를 사로잡은 음습한 운명의 사슬이 있을

지 모른다.'

카레라이스 맛도 모른 채 식사를 끝내고 말을 꺼냈다.

"한숙이 엄마한테서 편지가 왔다."

명한숙이 깜짝 놀라며 몸을 떨었다.

"자네 어머니 주소를 용케 알아냈지. 편지를 보냈더니 답장이 왔구나."

그래도 한숙은 말이 없었다.

"자네 안부도 묻고 날더러 잘 부탁한다 하더라."

여전히 한숙은 입을 다물었다.

"주소를 써주지. 편지를 해봐라."

그러자 한숙이 얼굴을 찌푸리며 거칠게 말했다.

"제겐 엄마가 없습니다. 엄마 없어도 됩니다."

그러나 말과는 달리 눈에 눈물이 핑 돌고 있었다.

"사람에겐 어쩔 수 없는 사정이란 게 있다. 엄마를 심히 탓하지 말아라."

이 말에 한숙은 고개를 숙이고 흐느끼기 시작했다. 나는 돌연 주위를 살폈다. 젊은 여성을 울려 놓고 앉아 있는 꼬락서니가 거북했던 것이다.

"철 안 든 아이도 아니고 울긴 왜 울어?"

나는 냅킨을 몇 장 뽑아 한숙 앞에 밀어 놓았다. 한숙이 눈물을 닦고는 뜻밖의 소리를 했다.

"저는 선생님이 제 아버지가 아니란 걸 다행으로 생각해예."

나는 얼떨떨했다.

"다행이라니? 사실을 사실대로 알면 그만이지."

그러자 또 하는 말이 해괴했다.

"저는 선생님을….."

"……."

"사모하고 있어예."

나는 아찔했다. 그러나 곧 사모한다는 말엔 갖가지 뜻이 있음을 깨닫곤 점잖게 타일렀다.

"사모하느니 어쩌니 하기보다 나를 아저씨라고 생각하고 혹시 곤란한 일이 있으면 의논하러 와."

"아무튼 저는 사모하고 있어예."

말꼬리는 들릴 듯 말 듯 사라졌으나 한숙의 눈에는 열기가 담겨 있었다. 나는 그 눈을 피했다. 명한숙이 나를 보는 눈은 여자가 남자를 보는 눈이었다. 나는 뭐라 형언할 수 없는 권태로움을 느꼈다. 아직 소녀티가 남은 여체가 발산하는 에로티시즘처럼 남자를 우울하게 하는 것은 없다. 그런데 그게 중년 남자들의 시들어 가는 감각을 자극한다는 얘기를 들은 적이 있다. 그러나 그런 건 내 결백으로서는 견딜 수 없는 일이었다.

나는 냅킨으로 손을 닦고 자리에서 일어서며 말했다.

"어쩌면 나는 미국에 갈지 모른다. 그러면 한숙이 어머니를 만나게 될 거다. 무슨 전할 말이라도 없나?"

"없어요!"

명한숙은 딱 잘라 말했다.

"그래도 자네 어머니는 딸을 걱정하는 글을 내게 보냈는데 자네는 그처럼 매정스럽나?"

내 말엔 자연히 비난하는 투가 섞였다. 한숙은 고개를 들더니 내 눈치를 훔쳐보곤 말했다.

"선생님께 왔다는 그 편지, 제가 읽어 볼 수 없나요?"

나는 잠시 망설였다. 흑인 남편과의 갈등을 토로한 글을 넘기기가 곤란했다. 그러나 무슨 대단한 비밀이라도 있는 양 거절할 수도 없었다. 사실 그대로 알아 두는 게 낫다고 보고 주머니에서 편지를 꺼내 한숙에게 건넸다.

명한숙은 평온한 표정으로 읽더니 아무 일도 없었던 것처럼 내게 도로 돌려주었다.

"읽은 감상은?"

"예상했던 그대롭니다."

"그럼 전할 말이 없단 말이지?"

"죽어도 한국에 나올 생각은 하지 말라는 말은 전해 주세요."

"왜?"

"검둥이로부터 누님이라는 소리 듣기 싫어예."

어이가 없는 대답이었다. 나는 쓴웃음을 지으며 경양식집을 나왔다. 거리의 더위가 사정없이 나를 에워쌌다. 나는 도망치듯 에어컨이 장치된 승용차 안으로 기어들어 갔다. 명한숙이 따라와 차창 옆에 섰다.

"선생님, 지금 어디에 계십니까예?"

"T호텔 ⋯."

"놀러 가도 되겠습니까예?"

"하도 바쁘니까 놀러 와도 만날 수 없을 거야."

당황한 끝에 이렇게 말하고 차를 출발하게 했는데 자동차를 향해 명한숙이 소리를 높였다.

"내일이나 모레 저녁에 찾아가겠어예."

운전기사에게 계림방적으로 가자고 말해 놓고 대구 시가지를 살폈다. 최정주 발레연구소 앞을 지날 때 서종희와 김순애의 모습이 눈앞에 어른거렸다.

계림방적에 도착하니 김영욱이 반색했다. 어젯밤 변동식을 만나 대화를 녹음했단다. 내용은 다음과 같다.

"김 형! 계림방적에선 염색공장도 같이 할 모양인데 그러면 경원염직은 손을 들어야 할 판이오. 업체 사이에 의리라는 것도 있는데 어찌 그럴 수 있소?"

"내가 뭘 알겠소. 사업주가 하는 일인데 … ."

"옛날 관행을 그리 무시할 수 있소? 우리도 가만히 있을 수는 없소. 이왕 죽을 바에야 끽소리 한 번은 해야 할 것 아닌가?"

"끽소리건 깩소리건 나는 모르는 일이오."

"김 형이 잘 조절 좀 해봐요."

"어떻게요?"

"계림방적의 규모가 커져 일거리가 많이 생길 때까지는 염직공장 가동을 보류하고 그걸 우리에게 돌려야지."

"모처럼 자본을 투자해서 시설까지 해놓고? 그건 잘 안 될걸."

"그렇게 안 하면 결국 계림방적이 손해 볼걸 … ."

"어째서?"

"우리 선창수 사장이 김 형 회사의 주식을 20%나 가졌다는 사실은 알지요?"

"그래서 어떻게 한다는 거요?"

"소주주의 권리를 최대한도로 주장하고 나서면 약간 시끄러울 거요. 털어서 먼지 안 나는 곳은 없으니까. 그나저나 좋은 게 좋다고, 이때까지 계림방적은 염색을 경원에 맡기고도 수지를 맞출 수 있었으니까 그런 식으로 해나가도록 김 형이 힘써 주시오."

"알았소. 힘닿는 데까지 노력해 보겠소."

"아닌 게 아니라 경원염직은 난리가 났소. 계림방적과의 사이가 원만하지 않으면 우리는 파산이오, 파산! 벌써 사채를 쓸 수 없게 됐소. 경원이 위험하다는 소문이 항간에 싹 퍼진 거요. 김 형, 아무쪼록 잘 부탁하오."

"세상일, 미리 걱정해서 뭣 하겠소? 변 형은 왕년에 명형사 아니었소? 그때 실력을 발휘하면 안 될 일이 없지 않겠소?"

"말 마시오. 사업은 마음만 갖곤 안 되는 것이더군. 눈치 갖고도 안 되고."

"참, 변 형! 성정애란 여자의 이름을 들은 적이 있소?"

"성정애? 난데없이 그 여자 이름이 왜 튀어나오는 거요?"

"기억은 있습니까?"

"글쎄요. 기억에 있는 것도 같고 없는 것도 같고…."

"거 윤순앤가 하는 여학생의 친구였지, 아마?"

"그, 그래? 그, 그 여자가 어쨌단 말입니까?"

"그 여자는 지금 미국에 있는데 대구에 있는 어떤 사람에게 편지를 보낸 모양입니다. 기왕에 죽을죄를 지었다면서, 무슨 일인지 모르지만 뭔가 큰 죄를 지은 모양이지요? 참회하고 자수라도 하겠다는 내용이었답니다만⋯."

"그 편지를 받은 사람이 누굽니까? 그 사람을 만날 수 없겠소?"

"⋯⋯."

"그 사람이 누군지, 어디에 있는지 꼭 알아봐 줘요."

"예⋯."

녹음기를 끄고 나서 김영욱이 말했다.

"성정애에게 무슨 열쇠가 있는 게 분명합니다. 그런데 성정애 편지를 받은 사람이 누군지 가르쳐 주겠다고 대답했습니다만⋯."

"음⋯, 그렇다면 하경자를 내세웁시다."

"그것 좋은 생각입니다."

"성정애 편지의 겉봉을 보이고, 물론 내 이름은 덮어 두고⋯."

이렇게 합의하고 나는 곧 하경자를 불렀다. 하경자는 두말없이 그 일을 맡아 주었다. 김영욱은 하경자에게 녹음기 조작법을 가르치고 세부계획을 전달했다.

"내일 오전에 댁에 계세요. 변동식에게 댁의 전화번호를 일러 줄 테니까요. 성정애 씨의 동기동창인 데다가 그 편지의 겉봉만 보이면 그자는 의심하지 않을 겁니다."

그 자리에서 김영욱은 변동식에게 전화를 걸었다. 통화 내용을 설명했다.

"지금 경황이 없는 모양입니다. 당장 만나게 해달라고 안달하더군요. 내일 오전에 전화하라고 했지요."

하경자가 불안한 듯 몸을 움츠리며 말했다.

"어쩐지 가슴이 떨려요."

김영욱이 하경자에게 용기를 북돋아 주었다.

"묻는 말에 요령 있게 대답만 하면 됩니다. 가끔 넘겨짚을 줄도 아시면 더욱 좋겠지만 그런 것까지야 어디 … ."

"남 선생님을 위해서 최선을 다해 보겠습니다."

김영욱이 바깥에 나가자 하경자는 내게 물었다.

"선생님, 이 일을 거뜬히 해내고 나면 제게 상을 주십니까?"

"주고말고!"

"어떤 상을 주시겠어요?"

"경자가 청하는 대로 주지."

"정말이죠? 약속하시죠?"

"정말이지. 약속하겠네."

"제 소원은 한 가지뿐이에요. 상을 주시려면 그걸 주세요."

그 말뜻은 나와 결혼하자는 것이리라. 그래서 나는 경자의 입에서 명백한 의사표시가 나오지 못하게 해야겠다는 본능적인 방어작전으로 나갔다.

"경자가 맡은 역할을 어느 정도로 했는가, 그 결과를 보고 나서 상賞문제를 논해도 될 것 아냐?"

호텔로 돌아와 발레연구소에 전화를 걸어 김순애를 찾았다.

"남 선생님! 전화를 안 하시기로 작정하신 줄 알았어요."

"그럴 작정이었소."

"그런데 왜 전화를 거시죠?"

"앞으로 다시 볼 기회가 없을 것 같아서 … ."

"왜요? 어디로 가세요?"

"그렇소."

"어디로 가시는데요?"

"순애 씨가 그걸 알아서 뭘 하시겠소? 앞으로 보지 못할 거라는 사실만 알리면 그만이지."

"그런 게 어딨어요? 저는 알아야 해요."

"꼭 알고 싶거든 오늘 저녁 호텔로 오시오."

"예, 그럴게요."

저녁에 김순애를 기다리는데 노크 소리가 들렸다. 당연히 김순애인 줄 알고 문을 열었다가 크게 당황했다. 명한숙이 나타난 것이다. 명한숙은 살갗이 훤히 비치는 '시스루' 옷을 입고 짙은 화장까지 했다. 익숙지 못한 화장이어서 부자연스러웠다.

"이 밤에 웬일이지?"

"아직 9시도 안 된 걸요."

"9시면 벌써 밤이다. 숙녀가 밤에 호텔로 오는 법이 아니란다. 할 얘기가 있으면 내일 하자. 점심때도 좋고 저녁에도 좋고 … ."

나는 어떻게든 명한숙을 얼른 돌려보내야만 했다.

"중요한 얘기가 있어 왔어예."

"그러니까 중요한 얘기는 내일 듣겠다는 것 아니니?"

"온 김에 하고 가겠어예. 한 시간만 쫌을⋯."

명한숙은 자리를 찾아 앉으려는 태도였다.

"그럼 여기서 나가자. 커피숍이나 레스토랑으로⋯."

"거기는 싫어예. 여기가 좋아예."

어리광을 부리는 듯한 명한숙을 쫓아낼 수도, 끌어낼 수도 없는 형편이었다.

"그럼 할 수 없구나. 10분만 시간을 줄게. 10분이면 대연설도 할 수 있는 시간이니까."

나는 소파에 앉으며 명한숙을 건너편에 앉혔다. 명한숙은 자리에 앉고서도 우물쭈물했다. 나는 조바심이 났다.

"빨리 말해 봐."

한숙은 그러는 나를 원망스럽게 쳐다보더니 불쑥 말했다.

"선생님, 사업하시지예?"

"응, 그래. 그래서?"

"선생님 회사에 취직하고 싶어예."

"왜? 지금 있는 은행이 어때서?"

"선생님을 가까이서 모시고 싶어서예."

"나는 사업한다고 해도 사무실에 나가지 않는다. 그리고 내가 사장도 아니고."

"선생님이 사장님께 말씀하면 될 거 아니라예?"

"그래도 나와 같이 있지는 못하지. 내가 회사에 안 나가니까."

"그래도 좋아예. 선생님과 같은 회사에 다닌다는 것만으로도 좋으니까예."

"생각해 보지."

그렇게 말하고 일어섰다. 그 문제로 시비를 벌이다간 명한숙이 돌아가는 시간이 늦어질까 싶어 얼른 그렇게 말했는데도 한숙은 일어서지 않았다.

"생각해 볼 게 아니라 그렇게 해줘예."

"사장님께 의논해야 할 게 아닌가?"

"그리고 선생님, 미국 가신다 켔지예?"

"그렇다."

"저를 데리고 가주실 수 없어예?"

명한숙의 제안은 질서가 정연했다. 첫째, 내 회사에 취직한다. 그리고 내가 미국으로 갈 땐 비서로 데리고 간다. 거꾸로 말해도 좋다. 어머니가 보고 싶어 미국으로 가야겠다. 그러니 데려다 달라. 미국으로 가려면 무슨 명분이 있어야 하니 비서라는 타이틀이 필요하다. 내 비서가 되기 위해선 먼저 내 회사에 취직해야 한다.

"제 말에 틀린 데가 있어예?"

시간을 절약하기 위해 이 제안에도 나는 "생각해 보겠다"고 대답했다. 그리고 명한숙이 뭐라고 말을 계속하려는 즈음에 노크 소리가 났다. 김순애다, 하는 직감이 왔다. 나는 "들어오세요"라는 말에 앞서 명한숙을 일으켜 세우며 말했다.

"내일 만나자. 손님이 왔어."

명한숙을 도어까지 데리고 갔을 때 노크 소리가 다시 났다.

"예!"

대답과 함께 나는 도어를 열었다. 김순애는 깜짝 놀라 눈이 화등

잔만 하게 커졌다. 명한숙이 어떤 표정으로 김순애를 보았는가는 알 수 없었다. 멈칫 선 명한숙의 등을 밀어내듯 하고 김순애를 맞아들였다.

　김순애는 방에 들어오긴 했으나 어색한 눈길로 주위를 두리번거렸다. 명한숙에게 잘 가라는 말을 할 겨를도 없이 도어를 닫고 김순애를 응접탁자 쪽으로 데려가서 앉혔다. 그때 내 표정은 어색했을 것이었다. 김순애는 입을 야무지게 닫고 장난스러운 눈빛이 되며 나를 아래위로 훑어보기 시작했다. 나도 하는 수 없이 웃는 얼굴이 되며 담배를 집어 들었다. 그때 또 노크 소리가 들렸다.

　"누구십니까?"

　내가 문을 열었더니 명한숙이 서 있었다. 웬일이냐고 묻기도 전에 명한숙은 또박또박하게 방 안에까지 들리도록 발음했다.

　"내일 만나자는 말씀인데 몇 시쯤 제가 이리로 올까예?"

　어처구니가 없었다. 얼른 대답이 나오지 않았다.

　"저도 밤 10시쯤 올까예?"

　"내일 오전 중으로 전화를 걸어요. 그때 말하지요."

　그렇게 말하고 도어를 닫아 버렸다.

　돌아와 소파에 앉는 나를 보며 김순애는 웃음을 머금었다. 야릇한 표정이었다. 나는 굳이 설명하지 않기로 했다.

　덤덤한 침묵이 흘렀다. 전화벨이 울렸다. 전화기는 바로 옆 탁자 위에 있었다. 송수화기를 집어 들었다. 명한숙이라면 따끔하게 대응해야겠다고 작심했다.

　뜻밖에 서종회였다.

"선생님, 그 더운 대구에서 뭘 하십니까? 선생님이 서울에 오시길 아무리 기다려도 오시지 않네요."

"대구는 더워도 호텔은 시원합니다."

나는 김순애를 의식하고 되도록 침착하게 대답했다.

"언제쯤 상경하시나요?"

"글쎄요."

"선생님이 서울에 오시지 않는다면 제가 있을 곳을 바꿀까 해요."

민망스럽도록 서종희의 말소리는 수화기 바깥으로까지 울렸다.

"아직 예정은 없습니다만 곧 서울 갈 일이 생길 것 같습니다."

"선생님이 계시지 않는 서울은 너무나 무의미합니다. 그렇다고 해서 제가 대구로 가면 저를 완전히 소외시키시고…. 그렇다 해서 선생님이 부담을 느끼시지는 마세요. 그저 그럴 뿐입니다. 죄송해요. 이런 쓸데없는 소리를 해서요."

"천만에요."

"그런데 선생님, 이상한 소리를 들었어요. 20여 년 전 저와 결혼할 뻔한 남자가 최근에 대구에 나타났다는 겁니다. 결혼할 뻔했다는 말은 과장이고요, 어머니 의중에 있었던 사람이래요. 물론 당사자는 모르고 있겠죠. 너무너무 훌륭한 분이래요. 그러나 아득히 지나간 일인걸요. 인생이란 이상도 하죠? 자기도 모르는데 자기에게 가장 중대한 일이 진행되려다가 중단된 일이 있었다는 사실을 생각하면 기분이 이상해져요."

나는 마음의 동요가 노출되지 않게 신경 쓰며 담백하게 물었다.

"그런 얘기를 누구한테 들었습니까?"

"이모님으로부터요. 이모님은 서울에 사신답니다. 어머니가 편찮으시다는 소리를 듣고 대구에 다녀오셨거든요. 어머니가 그렇게 말씀하시더랍니다. 그때 어머니 마음속에 점찍어 둔 신랑감이 있었는데 어쩌다 그 사람을 놓치고 나니 종희가 불행하게 되었다고요. 그러면서 통곡하시더란 소리를 들으니 저도…."

"그럼 그 사람을 한번 만나 보시면 어떻겠어요?"

"이름도 밝히지 않고 있는 곳도 말씀하시지 않고 그저 그런 일이 있었다고만 한 얘긴데 어디…."

"이름을 알고, 계신 곳을 알면 만나 보실 용의는 있습니까?"

"만나 뭘 하겠어요?"

"꼭 뭘 해야 합니까? 자기와는 관계없는 명승과 고적을 애써 찾아다니는 게 인생 아닙니까? 그런 고적, 아니 자기와 관련이 있었던 유서由緖를 찾아보는 셈 치고 만나 볼 수도 있잖습니까?"

"상대방은 그런 사실을 전혀 모르는데도요?"

"사람에겐 텔레파시란 게 있어서 그 사람도 어렴풋이나마 감지하고 있을지도 모르지요."

김순애에게 신경이 쓰였지만 전화를 끊을 수 없었다. 김순애는 검은 망사로 된 장갑을 낀 손을 하얀 구슬 핸드백 위에 가지런히 올려놓은 자세로 조각상처럼 앉아 있었다. 입언저리에 엷은 미소를 띠고….

"어머니께 그분의 이름을 알아내 한 번쯤 만나 보세요."

"그럴 용기까진 없어요."

"옛날에 〈무도회의 수첩〉이란 외국영화가 있잖았습니까? 옛날 인연의 남자들을 차례로 만나는 기분이 되어 보는 거죠."

"저는 아무도 만나기 싫어요, 선생님 이외엔⋯. 서울 오시면 그 호텔에 머물고 있겠습니다. 에어컨이 잘 나와 바깥에 나가기 싫어요. 책 읽고 음악 들으면 하루가 갑니다. 많은 것을 생각합니다."

"이왕이면 만사를 좋도록 생각하십시오."

"고맙습니다. 그렇게 하겠어요. 그럼 실례했습니다. 전화가 지루하셨죠?"

"천만에요."

"안녕!"

"안녕히 주무세요."

전화를 끊고 나도 모르게 한숨을 쉬었다.

김순애의 입언저리엔 아직도 엷은 웃음이 남아 있었다. 입은 다물어진 그대로. 나는 무슨 얘기를 시작하나 하고 궁리했다. 어색하지 않고 자연스러운 화제가 없을까 하고⋯.

그런데 또 전화벨이 울렸다. 약간 짜증스런 기분으로 송수화기를 들었다. 하경자였다.

"아직 주무시지 않았어요?"

"응, 그래."

"저, 지금 로비에 있어요. 방으로 가도 될까요?"

"안 돼. 지금 손님이 계셔."

"손님?"

하경자의 목소리도 수화기에 넘쳐흘렀다.

"그래, 손님이야."

"그럼 어떻게 할까요?"

"내일 만나자. 내일 오전 중이라도 좋아."

"저는 지금 흥분해 있어요. 그때까진 기다릴 수 없는데요."

"뭔데, 그게?"

"변동식을 만났어요. 빅뉴스예요! 결정적인 단서를 잡았거든요. 그래서 지금 흥분한 거예요."

"결정적인 게 뭔가?"

"녹음기에 다 담겨 있어요. 그래서 밤인데도 찾아왔어요."

난처했다. 김순애를 그냥 두고 로비에 내려가 볼까 했으나 순애의 얼어붙은 듯한 입언저리 미소가 마음에 걸렸다.

"하여간 오늘 밤엔 안 되겠다. 내일 오전 10시쯤에 와요."

"……."

대답이 없는 것은 불만의 표시였다.

"그렇게 해. 내일 오전 10시!"

얼른 이렇게 말하고 전화를 끊었다.

"아이구, 재미있어!"

김순애는 자지러지게 웃음을 터뜨렸다. 김순애의 돌연한 웃음에 나는 적이 당황했다. 그러잖아도 당황해야 할 만큼의 정황이 되어 있기도 했다.

나는 전화를 들어 룸서비스를 불러 놓곤 순애에게 물었다.

"마실 것 뭘 가지고 오라 할까요?"

"뭘 먹여 입을 봉하려는 거예요?"

"술이 고프면 스낵바에 갑시다. 우선 주스나 합시다."

과일 주스를 주문했다. 주스가 오기까지 덤덤히 앉아 있었다.

주스를 한 모금 마신 김순애가 말문을 열었다.

"선생님 생활은 짐작보다 훨씬 화려하네요."

"나름대로 화려하겠지."

"나름대로가 아녜요. 국제 수준으로 봐서도 상당해요."

"국제 수준?"

"초저녁엔 하이틴 소녀와의 데이트, 밤이 조금 으슥해서는 20대 처녀와의 데이트, 그 사이를 누벼 매력 있는 중년 여성과의 로맨스 향기 푹신한 전화 대화, 그것도 두 차례나…. 그만하면 국제 수준으로 봐서도 1류 플레이보이 아녜요?"

"플레이보이?"

나는 어색하게 웃었다.

"그건 그렇고, 저는 안심했어요."

"무슨 안심을?"

"남 선생님을 대단히 외로운 분으로 알았거든요. 그런데 이제 보니 결코 그런 분이 아니군요. 그래서 안심했다는 겁니다."

"내가 외로운 사람이면 어쩔 작정이었소?"

"선생님 곁에서 떠나려 했어요. 외로움은 전염되는 거니까요. 저는 외로운 건 싫거든요."

"……."

"우리, 내려가 스낵바에 가서 한잔 합시다."

나는 위스키소다를, 순애는 페퍼민트를 주문했다. 나는 계기를 잡아 본론으로 들어갔다.

"나는 미국에 갈지 모릅니다."

"미국에? 여권이 나오지 않는다면서요."

"여권 문제가 해결될 모양입니다. 제 신상에 결정적인 사실을 아는 사람이 미국에 있는데 그분을 만나러 ⋯."

"여자? 남자?"

"여자."

"사랑했나요, 그 여자?"

"아닙니다. 그런데 미국에 함께 갔으면 하는 분이 있어요."

"왜 데려가고 싶은 거죠?"

"통역이 있어야지요. 제가 영어를 거의 못하니까."

"그 이유뿐인가요?"

"동행자가 있으면 심심하지도 않을 거고 ⋯."

"호화스런 여행을 하시겠다는 말씀 아녜요?"

나는 세 번째 위스키 글라스를 비우곤 단도직입적으로 물었다.

"순애 씨의 여권은 아직 살아 있지요?"

순애는 또 깔깔대고 웃었다.

"여권이 살아 있는가를 묻지 말고 제 마음이 살아 있는가를 물어보세요."

야무지게 한 방 얻어맞은 셈이다. 용기를 내서 말했다.

"함께 미국으로 갔으면 하는데, 어떻습니까? 응낙하시겠습니까, 거절하시겠습니까?"

"예스냐 노냐를 분명히 하란 질문인데, 선생님의 미국 여행 목적이 구체적으로 어떤 것인지 모르고는 대답할 수 없잖아요? 미국에 가서 누구를 협박하자는 것인지, 싸움을 할 것인지 말이에요."

순애의 지적은 타당했다. 나는 대강을 간추려 설명했다.

설명 직후 정면 거울 속에서 순애가 나를 지켜보는 눈망울을 보았다. 깊은 눈빛이었다. 나는 얼른 고개를 딴 곳으로 돌려 버렸다.

"선생님의 그런 심리상태를 영어로는 옵세스트obsessed라고 표현합니다. 강박관념에 사로잡혀 있다, 어떤 생각에 사로잡혀 있다는 뜻이죠. 그런데 그건 나쁜 거예요."

김순애의 말투는 처량하게 물들어 갔다.

"선생님은 제 말을 조금도 귀담아들어 주시지 않으셨군요. 해변에서 드린 말씀인데요, 사람은 과거에 사로잡혀선 안 된다고…, 과거가 어두울수록…. 선생님 자신이 결백하다고 믿으면 될 게 아녜요? 그 밖에 무슨 증인이 필요해요? 그런 일로 미국까지 가서 그 여자를 만나 어떻게 할 거예요? 법정에 끌어내 재판할 건가요?"

"순애 씨, 그런 건 아니오."

나는 변명할 말을 찾았다.

"순애 씨 말을 듣고 모든 걸 포기할까도 생각했소. 그런데 이미 일을 시작한 거요. 나 때문에 적잖은 사람들이 동원되었고 지금 S읍에서는 20여 명의 인력이 진상을 캐기 위해 동분서주하고 있어요. 그런데 어떻게 중단할 수 있겠어요? 미국 여행은 견문을 넓히는 목적도 있어요. 순애 씨가 안 가겠다면 나도 가지 않을 수 있소. 순애 씨와 함께 태평양을 넘어 보았으면 하는 소망이 간절해요. 나는 희망을 찾아가는 거지, 과거를 찾아가는 건 아니오."

고개를 숙인 채 듣는 순애의 모습이 맞은편 거울 속에 있었다. 그 표정이 너무도 엄숙해 나도 입을 다물었다.

"선생님을 따라 미국에 가는 것은 어렵잖아요. 저도 좋아요. 그러나 거기까지 찾아가서 그 여자의 자백을 받아내는 것에 무슨 의미가 있을까요? 모든 일을 밝혀낸다고 해서 선생님의 불행한 과거가 없던 일이 될 수 있을까요?"

일리가 있는 말이었다. 그러나 나로서는 오래된 이 매듭을 풀지 않고서는 도저히 앞으로 나아갈 수 없는 심정이었기에, 그 말에 아무런 대꾸도 할 수 없었다.

"가야겠어요."

"바래다주겠소."

나는 호텔의 차를 불러내 순애를 태웠다. 최정주의 발레연구소 앞에서 차를 세웠다. 2층과 3층에 불이 켜져 있는 것을 보니 최정주가 집에 있음을 알 수 있었다.

"잠깐 들러 차나 한잔 하시지 않으시겠어요? 정주 언니가 대환영할 텐데요."

생긋 웃는 김순애의 치아 하나가 가로등에 반짝했다.

"그럴 여유가 없을 것 같소."

마음의 여유가 없다고 덧붙이려다 말고 돌아서며 나는 드디어 다음처럼 말했다.

"아까의 제안, 철회하겠습니다."

" ......?"

"같이 미국 가자는 제안 말입니다. 가만히 생각해 보니 제가 너무 뻔뻔했네요. 철회할 테니 고민하시지 말고 잘 주무세요."

김순애의 표정도 살피지 않고 대답도 듣지 않고 나는 자동차를 탔다. 운전기사에게 일렀다.

"대구교도소를 한 바퀴 돌고 호텔로 갑시다."

　곳곳의 망루에서 강렬한 서치라이트가 뿜어져 나왔다. 교도소는 두꺼운 벽 너머로 침묵했다. 수천 명의 호흡이 무더운 열기를 더욱 무덥게 할 터였다. 나는 이곳에서 3년을 지낸 후 안양교도소 등 7~8군데를 전전했다. 그중 가장 인상 깊은 곳이 대구교도소였다. 징역 초년생인 탓도 있었겠지만 대구교도소 생활은 내 피부와 혈관에 깊은 흔적을 남겼다.

　나는 전과자란 낙인 때문에 교도소 지배권에서 벗어나지 못함을 절감했다. 저 속에서 억울한 누명을 쓰고 복역하는 사람이 있는 한 나에게 진정한 해방은 없다는 심경이었다.

　나는 김순애, 서종희를 잊고 사업에 열중해야 한다고 굳게 결심했다. 그러려면 내일 하경자가 녹음한 것을 듣고 작전을 세워야 한다. 서둘러 미국으로 가서 성정애를 만나야 한다. 내 하루하루의 실상을 일기장에 적어 넣어야 한다.

　호텔에 돌아오니 자정이 가까운 0시 10분 전이었다. 운전기사에게 두둑한 팁을 주고 방 안으로 들어와 일기장을 펼쳤다. 내 결심을 적었다.

　아침에 하경자를 불렀다. 녹음기에서 흘러나온 변동식의 목소리는 그의 혼란된 기분을 여실히 나타냈다. 둘의 대화를 정리하면 다음과 같다.

"성정애가 미국 어디에 있는지 가르쳐 주시겠습니까?"

"그렇게 할 수는 없습니다."

"왜요?"

"편지에 아무에게도 말하지 말라고 했으니까요."

"나, 변동식과 성정애는 특별한 관계입니다. 나라는 사실을 알면 정애는 주소를 가르쳐 줘도 무방하다 대답할 겁니다. 그러니⋯."

변동식의 말은 애원에 가까웠다.

"성정애와 당신은 어떤 관계였죠?"

하경자가 날카롭게 물었다.

"그저 친하게 지낸 사이입니다만⋯."

"20년 전 친구라는 사실로 정애가 주소를 알려 주어도 괜찮다고 할까요? 곧 귀국할 것이라 하니 그때 만나 뵙도록 주선해 드리지요."

"그러기 전에, 아니 귀국하기 전에 꼭 알아야겠는데요. 사례는 얼마든지 하겠습니다."

"사례? 호호호! 사례를 주기까지 하며 알고자 하는 사람이면 보통 사이가 아니었겠네요?"

"추측은 어떻게 하셔도 좋습니다. 주소나 가르쳐 주십시오."

"잘은 모르지만 성정애는 중대한 결심을 하고 돌아오는 것 같습니다. 성정애가 기왕에 저질러 놓은 일이 있는가 봐요. 그 죄를 속죄하지 않고는 살 수 없다는 심경인 모양입니다."

"정애 씨가 그런 중대 결심을 했다니 더욱 마음에 걸립니다. 제가 힘이 되어 주어야겠다는 심정입니다. 설혹 20년 전에 무슨 나쁜 짓을 했다고 해도 법률적으로는 시효가 끝난 겁니다. 혹시 정애 씨는 그걸 모

르고 고민하는 것 아닐까요? 그래서 제가 편지하려는 겁니다. 안심시
켜 주기 위해서요. 알 것을 알면 그런 고민을 안 할 것 아니겠습니까?
그리고, 여기 ….”

“무슨 봉투예요?”

“사례금입니다.”

“필요 없어요. 이제 나가 주세요.”

“누굴 놀리시는 겁니까?”

“왜 소리를 지르시죠? 남의 집에 와서 무슨 짓이죠? 그만 돌아가세
요.”

“가겠소. 그 대신 각오를 단단히 하시오. 나도 앉아서 죽는 걸 기다
릴 사람은 아니니까!”

하경자는 녹음기를 끄며 물었다.

“이만하면 큰 수확이죠?”

나는 얼른 판단할 수 없었다. 내 사건으로서가 아니라 성정애와
변동식 사이에 무슨 특수한 관계가 있었을 수도 있기 때문이다.

그런데 오후에 계 사장과 김영욱이 같이 녹음을 듣고 나서 판단을
내렸다. 김영욱이 먼저 언급했다.

“남 이사님 사건 이외의 사건으로 변동식이 그처럼 당황할 까닭이
없어요.”

계 사장이 말을 이었다.

“그만한 증거를 입수했으면 미국으로 건너갈 바탕이 마련된 셈이
네. 사건 진상은 그 성정애가 쥐고 있다.”

나는 미국행 준비를 위해 오후에 바로 서울로 가겠다고 밝혔다. 여권은 1주일 후쯤 나온단다. 나는 김영욱에게 S읍에서의 방증 자료를 철저히 수집해 달라고 신신당부했다. 그 무렵 좀더 파고들면 밝혀질 증거가 몇 개 나타나기도 했다. 기차표를 사놓고 최정주에게 전화를 걸었다.

　"당분간 뵐 수 없게 되었습니다."

여 로
旅 路

동대구역까지 계 사장, 김영욱이 전송해 주었다. 내가 당분간 대구를 떠난다는 사실에 대한 예우인가 보다. 기차에 오를 무렵 김영욱이 말했다.

"S읍에서의 일은 진척이 있는가 봅니다. 남 이사님이 돌아오실 때까지는 좋은 수확이 있을 겁니다."

"여러 모로 수고가 많소."

"미국 가시면 대강 얼마나 체류하십니까?"

"두 달쯤…?"

계 사장이 말을 이었다.

"두 달이니 석 달이니 굳이 정해 놓을 필요가 없네. 천천히 미국 구경이나 하고 오시게."

"알겠습니다."

기차가 움직이기 시작하자 나는 버릇대로 책을 펴들었다. 공교롭게도 저자는 감옥살이 경험자였다. 무슨 정치적인 이유로 10년 징역을 선고받고 복역하다 2년 7개월 만에 풀려나온 경력을 가졌다. 어느덧 책에 정신이 빨려 들어갔다. 같은 경험을 한 사람이 아니면 느끼지 못할 공감이 우러났다. 그런데도 처참한 그 상황을 가능한 한 부드럽고 침착하게, 때로는 유머까지 섞어 가며 그려 나간 것을 보고 그 저자는 매우 깊은 심성을 가진 분이라 짐작했다.

'서울 가면 이 저자를 만나 뵈어야겠다. 김 교수를 사이에 넣으면 가능하지 않겠는가?'

오후 4시 50분, 열차는 정시에 서울역에 도착했다. 짐이래야 조그마한 캐리어 가방 하나밖에 없었다. 에어컨이 풀가동되는 기차에서 내렸기에 여름의 열기가 후끈했지만 서울로 돌아왔다는 안도감으로 내 마음은 가벼웠다. 기차 속에서 읽은 책을 통한 앙양감도 있었다. 나는 천천히 플랫폼을 걸었다. 바쁜 일이 없으니 앞을 다투어 나가야 할 이유도 없었다. 광분한 듯 빠져나가는 승객들에게 앞을 양보하면서 느릿느릿 걸어 오르막 계단 밑에 섰을 때였다.

위를 쳐다보니 멀리 왼편 난간에 기대서서 웃고 있는 여성이 언뜻 눈에 띄었다. 김순애를 닮은 얼굴이었다. 어젯밤 대구에서 헤어진 김순애가 거기에 와 있을 이유가 없었다.

'세상엔 닮은 여자도 있겠지.'

이런 기분으로, 그리고 여성을 너무나 뚫어지게 바라보는 것도 실례여서 나는 고개를 푹 숙이고 계단을 올라갔다. 계단을 다 올라갔을 때 내 앞으로 성큼 다가서는 사람이 있었다. 김순애였다. 연녹색 블라우스에 베이지색 슬랙스 차림의 순애가 장난꾸러기 같은 웃음을 짓고 서 있었다.

"어떻게 된 거요?"

"어떻게 되긴? 여기 이렇게 있지 않아요?"

순애를 보니 포기한 보석이 다시 손에 잡힌 듯한 느낌이 들었다.

"날아 오셨나?"

"맞아요. 선생님이 열차로 서울 가셨다는 소식을 듣고 대구 비행장으로 갔죠. 아슬아슬하게 탑승권을 사서 비행기 타고 김포공항에 도착했답니다. 공항에서 서울역으로 부리나케 왔죠."

"서울 거처는 어딘가요?"

"회현동에 제 집이 있어요. 남들이 세 들어 살지만 제가 거처할 방은 하나 남겨 뒀어요."

회현동에 가기에 앞서 C호텔로 커피나 한잔 마시러 갔다. 김순애는 커피잔을 입술에 갖다 대곤 컵을 놓고 먼 눈빛이 되며 물었다.

"외국여행은 몇 번째죠?"

"이번이 처음이오. 난생 처음 …. 그래서 조금 불안해요."

"불안할 것 전혀 없어요. 어딜 가도 사람 사는 곳이죠. 그러나 긴장은 되겠죠. 사방을 둘러봐도 금발에 파란 눈인데 검은 눈동자로 있다는 건 …."

나는 같이 갈 의향이 없느냐고 다시 묻고 싶었지만 어제까지만 해도 김순애를 잊겠다고 다짐하였기에 입을 닫았다.

"미국에 가면 그 여자를 만나는 것으로 용무는 끝나나요?"

"그렇소. 그리고 나선 좋은 가이드를 찾아 나이아가라 폭포에 가보고 싶어요."

"나이아가라 폭포! 좋지요. 어릴 때 아버지와 함께 가봤어요. 아버지는 한동안 주미駐美 한국대사관에서 근무했답니다."

김순애의 거동으로 봐 내가 무슨 말을 하기를 기다리는 듯했지만 나는 짐짓 모르는 체했다. 그러니 분위기가 서먹서먹해졌다. 나는 메모지에 내 집 전화번호를 적어 순애에게 건네주고 일어섰다.

"나는 가봐야겠소. 어머니가 기다리고 계시니까."

김순애는 젖은 눈빛으로 나를 쳐다봤다. 그리고는 무슨 말을 할 듯하다가 말았다. 일어설 기척은 보이지 않았다.

"그럼 먼저 실례하겠습니다."

나는 계산서를 들고 카운터로 나왔다. 그래도 김순애는 움직이지 않았다. 같이 가자는 말을 기다렸다가 그 제안이 없자 실망했는지 몰랐다.

호텔에서 나올 때 얼핏 서종희의 얼굴이 떠올랐다. 서종희가 바로 그 호텔에 유숙하고 있는 것이다. 그렇다 해서 김순애를 커피숍에 앉혀 놓고 서종희에게 연락할 수는 없었다. 나는 호텔에서 나와 버렸다.

집으로 가자 어머니는 내 인사를 받기가 바쁘게 젊은 여성의 사진을 꺼내 보여 주었다.

"공부하느라 혼기를 놓친 처녀란다. 미국 가기 전에 한 번 봐두면 어떻겠니?"

어머니 권유를 뿌리칠 수 없어 이튿날 그 여성과 맞선을 보았다. 의과대학을 나와 인턴, 레지던트 과정을 밟다 보니 서른을 넘겼다는 그녀는 내게 과분할 정도로 지적知的이며 온순한 성품을 가진 여성으로 보였다. 그러나 내 마음은 끌리지 않았다. 나는 어머니에게 솔직하게 그 마음을 전하고 모든 일이 해결되기 전에는 결혼하지 않겠다고 밝혔다.

여권은 예정대로 나왔다. 나 같은 처지의 전과자는 여권을 얻기가 하늘의 별따기나 마찬가지인데 계 사장의 보증에 힘입은 것이다. 미국 가는 비자를 받고 준비물을 챙기는 도중에 서종희를 두 번 만났다. 서종희는 내가 미국에 간다고 하자 서글픈 표정을 지었다.

두 번째 만났을 때 서종희가 내게 돌연 물었다.

"남 선생님은 제 어머니를 아시는지요?"

나는 당황했다. 당황했지만 어쩔 수가 없었다. 시인할 수밖에.

"언제부터?"

"벌써 20여 년 전부터 ⋯ ."

"그런데 왜 제겐 그 말씀을 하지 않으셨나요?"

입장이 난처해진 나는 되물었다.

"종희 씨는 제 얘기를 어머니에게서 들었습니까?"

"아아뇨."

"그런데 어떻게?"

"뭔가 짚이는 게 있어 물어본 겁니다. 제 짐작이 맞았어요."

"무슨 짐작을 하셨는데요?"

"말씀드렸잖아요? 어머니가 사윗감으로 고른 총각이 있었는데 그분이 최근 대구에 나타났다고 ⋯ . 이모님에게 그 얘기를 들었을 때 이상한 기분이 들었죠."

" ⋯⋯ ."

"남 선생님 얼굴이 떠오르더군요. 맞죠?"

"그 얘긴 지금 하지 않기로 합시다. 제가 미국에 가는 것은 그때 어느 사건의 진상을 밝히는 데 도움이 될까 해서입니다."

"말씀하시지 않아도 대강 짐작하겠어요."

서종희는 침울한 표정이 되었다.

"저도 모르고 종희 씨도 몰랐는데 어머니 마음속에는 우리의 결합에 대한 염원이 있었더군요. 저는 종희 씨 어머니에게서 직접 들었습니다. 그럴 가능성이 있었다는 인연으로 우리는 이렇게 만난 겁니다. 진상이 밝혀질 때까지 비밀을 지켜 주셔야 합니다."

"비밀이란?"

"짐작하시잖아요?"

"아리송해요. 뭐가 뭔지 … ."

"그러시다면 제가 귀국할 때까지 저에 관한 얘기는 누구에게도 입밖에 내지 않으시면 됩니다."

얘기가 이렇게 되고 보니 할 말이 없어져 덤덤히 앉아 있었다. 그러다 서종희가 불쑥 물었다.

"선생님은 신애를 좋아하셨나요?"

뜻밖의 질문이어서 나는 망연히 종희의 얼굴을 봤다.

"놀라지 마세요. 어머니가 마음에 둔 사윗감이 선생님이란 사실을 알고 나니 뭔가 짚이는 게 있어서 묻는 거예요."

"윤신애는 내가 가르친 학생이었습니다. 교사로서의 감정 이상은 아니었다는 게 솔직한 대답입니다."

"그것뿐이었어요?"

"그것 말고 또 있다면 요리점의 딸이어서 약간의 관심이라기보다는 걱정 같은 걸 했을까요?"

"그래서 자주 접촉한 건가요?"

"자주는 접촉이 없었죠. 아니, 학교 이외의 장소에선 전혀 접촉이 없었습니다."

"그런데 어떻게 선생님께 그 무서운 죄를 뒤집어씌울 수가 … ."

"사실을 잘 모르고 하시는 말씀인 것 같습니다."

"그래요? 저는 선생님이 신애를 죽였다고는 그 당시에 믿지 않았어요. 지금 선생님을 만나고 보니 제 짐작이 옳았다고 봐요. 하지만 오해받을 처지에 있지 않았나 해요. 그게 궁금해요."

"나와 윤신애 사이엔 아무것도, 아무 일도 없었소. 오해받을 건더기도 없어요. 그날 제가 소엽산 길을 자전거를 타고 드라이브했다는 사실밖엔요."

나는 설명하려다 그만두었다. 오해를 풀려고 노력하면 할수록 오해는 더욱 깊어질 수 있기 때문이다.

"그 사건과 미국 여행이 무슨 연관이 있는지 도무지 이해가 가지 않네요."

나는 드디어 성정애와 명한숙의 이름을 밝혔다.

"뜻밖에도 명한숙이란 소녀를 알게 되었고 그 때문에 성정애란 여자가 등장한 겁니다. 무슨 까닭으로 성정애는 하필이면 제 사진을 딸에게 주면서 아버지라고 했겠습니까? 뭔가 속죄하는 뜻이 있는 것 같았습니다. 왜 성정애는 딸에게 진짜 아버지의 이름을 대주지 않았을까요? 거기엔 반드시 무슨 사정이 있을 것 아닙니까? 하여간 어떤 열쇠를 성정애가 쥐고 있는 것만은 확실합니다. 저는 그것을 밝히려 미국에 갑니다. 만일 그렇게 해서 문제가 풀린다면 저는 섭리攝理를 믿을 작정입니다. 섭리의 힘이 아니고서야 어떻게 달성공원에서 명한숙을 만났겠습니까?"

"명한숙, 명한숙 … ."

서종희는 두세 번 중얼거리더니 고개를 갸웃한다.

"결혼한 지 한두 해쯤 지났을 때 아버지가 집 살 돈을 제게 주셨답니다. 거액이었죠. 그 일부를 남편이 갖고 갔어요. 따지고 물었더니 명 아무개에게 갚아야 할 돈이 있었다나요? 영수증까지 보였어요. 영수증 이름이 명씨였어요. 그 때문에 격렬하게 싸웠죠. 그래서 아직껏 명씨란 성이 있다는 걸 기억하죠. 명한숙의 아버지, 그러니까 의부나 양부가 되겠는데, 그분의 이름이 뭔지 아세요?"

"적어 놓은 게 있을 겁니다."

나는 수첩을 뒤졌다. 있었다.

"명대진입니다."

서종희는 눈을 동그랗게 떴다.

"바로 그 이름이에요. 명대진, 틀림없어요."

"그렇다면 명한숙의 이모부와 종희 씨 남편 사이에 무슨 거래가 있었던 거겠죠."

"그땐 사업을 막 시작했을 때고, 그것도 자기가 자본을 대서 하는 것도 아니었는데 … , 무슨 거래인지?"

서종희는 열심히 실마리를 풀어 보려고 궁리했지만 20년 전의 일이니 기억이 어렴풋했다.

나는 그 이상 그 주변의 얘기엔 접근하지 않는 게 현명하다고 판단했다. 내가 살피는 중심인물이 자기 남편이란 사실을 서종희가 알아차리면 내게는 불리할 따름이었다.

"하여간 미국에 다녀와서 과거 인연에 대해 종희 씨 어머니를 모셔 놓고 이야기해 보십시다. 어쨌건 저는 그 인연을 그대로 묻어 두곤 지나가지 않을 겁니다."

여행 준비에 바빴다. 그날 밤 김순애로부터 전화가 왔다.

"출발 날짜는 잡으셨어요?"

"모레 오후 2시, 노스웨스트 항공으로 … ."

"좀 만나 뵐 수 있을까요?"

시계를 보니 오후 9시 30분이다.

"시간이 좀 늦은 것 같은데 … ."

나는 난색을 표했다. 일부러 해본 수작이다.

"밤 9시 반을 늦은 시간이라고 생각하시면 할 수 없죠."

김순애의 말투가 드라이하게 바뀌었다.

"그런데 지금 어디 계십니까?"

"어디 있긴요. 회현동 집이죠. 시간을 내주시면 나갈 참이었죠."

"그럼 곧 L호텔로 오세요. 스낵바에서 기다리겠습니다."

" … 그보다 알고 싶은 게 있어요. … 저도 미국 비자 받아 뒀어요."

"…… ."

"제가 꼭 동행했으면 하세요?"

나는 굳게 결심한 날의 밤을 상기했다. 그 결심에 의하면 그 문제는 이미 물 건너 간 일이었다. 그런데 내 입에서 엉뚱한 소리가 튀어 나왔다.

"같이 가주신다면 그런 영광이 없겠습니다만 …."

"그럼, 오케이라는 답을 드리겠습니다!"

김순애는 명랑한 목소리로 말했다.

"모레 오후, 노스웨스트 티켓도 준비하겠으니 공항에서 만나요!"

그렇게 말하고 김순애는 전화를 끊었다. 내 대답도 듣지 않고.

처음으로 태평양을 건너는 감회와 미국 첫 방문의 기분은 이곳엔 기록하지 않기로 한다. 그것은 너무나 방대하고 깊은 기록이 될 것이기 때문이다. 그러나 태평양 상공에서 나눈 김순애와의 대화만은 빼놓을 수 없다.

날짜변경선을 지날 때였다. 김순애가 말을 걸어 왔다. 믿기지 않겠지만 우리는 그때까지 거의 말없이 있었다.

"선생님, 인간의 의지란 건 참 대단하죠?"

나는 애매하게 웃기만 했다. 무슨 말을 하려고 그런 거창한 서두를 꺼냈을까. 조금 사이를 두고 순애가 말을 이었다.

"수백 명의 승객을 싣고 하늘을 날도록 만든 인간의 의지 …."

"위대하지요!"

나는 안심하고 대답했다. 그랬는데 뜻밖의 말이 잇달았다.

"인간의 의지란 보잘것없기도 하죠?"

"……?"

"어떤 우연이 작동하기만 하면 천년을 쌓아 놓은 인간 의지의 흔적도 유리조각처럼 산산이 부서지는걸요. 그런 우연 속에 살면서 인간의 의지를 뽐내 봤자 아녜요?"

"그렇다고 해서 의지를 포기할 수야 없잖소."

창문이 부옇게 떠올라 있었다.

"해가 뜨는 거예요. 태평양 상공에서 해돋이 광경을 본다는 건 대단한 일이에요."

시계를 보았더니 오전 2시다.

"밤 2시에 해가 뜨나?"

엉겁결에 한 소리였다.

"지구가 자전하는 속도를 앞질러 비행기가 날기 때문에 일출시간을 일찍 맞이하는 겁니다. 지구는 둥글어요."

김순애는 장난꾸러기처럼 웃었다.

이윽고 하얀 구름의 바다가 시야에 나타났다. 그 구름이 장밋빛으로 물들기 시작했다. 그 너무나 장엄한 광경에 나는 숨을 죽였다. 무슨 까닭인지 이태백李太白이 생각났다.

'이태백이 이 광경을 본다면 웅혼한 시를 짓지 않겠는가?'

시심詩心이 없는 나는 기껏 이태백의 이름이나 상기할 뿐이란 자조自嘲가 들었다.

두둥실 태양이 구름 저편에 떠올랐다. 이때 순애가 말했다.

"맹세해요!"

" …… ?"

"저 태양을 향해 맹세하세요!"

"뭘? 사랑을?"

"이 광경을 잊지 않겠다는 맹세죠. 순애와 함께 이 광경을 보았다는 사실을 기억하겠다고 맹세하란 말이에요."

"맹세하겠소."

나는 눈을 감았다.

"눈을 뜨시고요."

나는 다시 눈을 떴다. 조금 후에 순애는 내 손을 잡았다. 그리고 속삭였다.

"저도 맹세했어요."

나는 순애의 가느다랗고 긴 손가락 하나하나를 만져 보고 꼭 쥐었다. 행복을 손아귀에 넣은 기분이다.

"이로써 과거는 잊을 수 있죠?"

나는 고개를 끄덕였다.

"과거에 사로잡혀 살기엔 앞날은 너무나 짧아요. 그렇잖아요?"

"그렇소."

"그럼 됐어요. 아이오와에 가서 성정애를 만나도 여행자가 도중에 옛 친구를 찾아본다는 가벼운 기분이면 돼요. 그것은 과거에 사로잡힌 노릇은 아니니까요."

"무슨 말인지 알겠소."

"워낙 현명하시니까⋯."

나는 흐뭇한 기분으로 다시 창밖을 보았다. 거기엔 단순 명료한 것이 얼마나 호화스러운지를 보여 주는 장대한 드라마가 펼쳐져 있었다.

돌연 눈 아래에 해안선이 보이기 시작했다. 산의 모양이나 나무

294

모양, 흙빛은 한반도 산하와 다를 게 없었다.

로스앤젤레스.

힐튼 호텔에 방을 잡았다. 샤워를 하고 한숨을 자고 나도 오후의
시간이 남았다. 나는 김순애의 방에 전화를 걸까 말까 망설이며 담
배를 피워 물고 호텔 창문으로 거리를 내다봤다. 백인들의 멀쑥한
키처럼 쭉 빠진 도시다. 인정이 개재될 틈서리가 없는 곳이다.

노크 소리에 이어 김순애가 나타났다. 베이지색 투피스에 하얀
모자를 썼다. 구두도 흰색, 빈틈없는 몸맵시, 로스앤젤레스 거리에
내세워도 조금도 손색이 없는 차림이며 몸매다.

"아이오와에 갈 비행기를 예약했어요. 시카고에서 비행기를 갈아
타야 해요. 출발은 내일 오후 1시. 늦잠을 잘 수가 있겠어요, 오늘
밤엔."

순애의 말투가 아주 비즈니스 라이크하다.

"좀 쉬지 않고?"

"쉬었어요. 그러나 비서가 할 일은 해야죠. 저는 비서 자격으로
따라왔으니까요."

아닌 게 아니라 아까 프런트에 등록할 때 김순애는 남상두의 개인
비서라고 기입하고 나를 쓰게 웃겼다.

"잠깐 거리로 나가 보시지 않겠어요? 선셋 스트리트나, 할리우드
나…."

나는 김순애가 안내하는 대로 이곳저곳을 돌았다. 산성山城이란
데도 가보았다. 일본인들의 세력을 느꼈다. 선셋 스트리트엔 히피
들이 여기저기 모여 있었다.

할리우드의 메인 스트리트에서는 아무런 인상도 받지 못했다. 그러나 그들의 주택가는 아름다웠다.

"선생님, 저런 집 짓고 살고 싶지 않으세요?"

"아니, 나는 한국식 집에서 살 거야."

그것은 나의 본심이었다. 높은 지붕의 네 귀에 풍경風聲을 단 전통 한옥에서 마고자 한복 차림으로 울타리 밑에 국화를 심어 놓고 남산을 바라보며 살고 싶다는 상념이 밀물처럼 내 가슴을 채웠다.

저녁 식사는 힐튼 호텔 1층에 있는 한국 식당에서 했다. 식사 후에 곧장 방에 들어가기는 아쉬워서 바깥으로 나와 인근을 산책했다. 호텔로 돌아와서는 스낵바로 갔다. 나는 스카치를, 순애는 슬로 진을 마셨다. 스낵바에서 나올 때 순애가 지나가는 말로 입을 열었다.

"오늘 밤쯤 프러포즈를 하시면 혹시 … ."

"프러포즈엔 격식이 없어도 될까?"

"격식은 자기가 생각해 내야죠."

나는 우선 로비에 가서 앉자고 제안했다. 각양각색의 인종 틈에 끼어 프러포즈의 격식을 고안해 볼 참이다. 그러자 이 혼잡한 틈바구니에서 프러포즈하는 게 국제적인 격식이라는 생각이 들었다.

"김순애 씨!"

"예?"

"나와 결혼해 주시겠어요?"

"당신이 원하신다면 … ."

"진심으로 원합니다!"

"저도 원합니다!"

"다음 절차는?"

"방으로 돌아가시죠."

방으로 돌아가 도어를 닫기가 바쁘게 순애가 매달려 왔다. 서로 익숙하지 못한 키스였지만 열정만은 표현할 수 있었다.

순애는 술에 취한 듯 소파에 몸을 던지듯 앉으며 말했다.

"또 한 가지 절차가 남아 있어요."

"그게 뭔데요?"

나는 같이 침대로 가자는 소리로 착각하고 얼굴을 붉혔는데 순애의 말은 이랬다.

"서울에 국제전화를 하세요. 어머니께 날짜와 시간을 정확하게 전하며 우리의 약혼을 알리세요."

나는 시키는 대로 했다. 어머니는 당황하신 모양이었지만 아들이 좋아서 하는 일이면 여부가 있겠냐며 축복의 말씀을 하셨다.

다음은 순애의 차례였다. 순애는 숙부에게 보고했다.

"작은 아버지! 축하해 줘요!"

"축하하고말고, 축복해!"

숙부의 말이 전화기로부터 넘쳐 나왔다.

그리고 다시 포옹했다. 아까보다도 긴 키스가 이어졌다.

순애는 룸서비스로 샴페인을 주문했다. 룸서비스 맨들의 기지는 대단했다. 몇 사람이 나타나더니 방을 꽃으로 장식하고, 찬란한 촛대를 중앙에 일렬로 세운 식탁을 밀고 들어왔다. 샴페인과 간단한 안주가 얼음 박스와 함께 운반되어 왔다.

시키지도 않았는데 3인조 바이올리니스트들까지 들어왔다.

"여로에서 맞이하시는 두 분의 약혼식을 충심으로 축하합니다."

나이가 지긋한 서비스 맨이 인사를 하자 기다리고 있던 웨이터들이 샴페인을 기분 좋게 터뜨렸다. 바이올린 연주가 흘러나왔다. 나는 꿈인지 생시인지 구분 못 하는 기분이 되었다.

나는 내 잔을 김순애의 입에 옮겨 주고 순애는 자기 잔을 내 입에 갖다 댔다. 이렇게 이역만리 로스앤젤레스의 하늘 아래서 나와 김순애의 약혼 파티는 국제적으로 검소하면서도 화려하게 진행되었다. 악사들과 룸서비스 맨들이 나가고 방 안이 조용해지자 순애가 속삭였다.

"우리 같이 목욕을 해야죠."

대담한 제안이었지만 응하지 않을 수 없었다.

두 남녀는 목욕탕에서 알몸이 되었다. 순애의 누드는 명장明匠의 조각처럼 아름다웠다.

"순애의 육체는 예뻐."

나는 자신도 모르게 탄성을 올렸다.

"육체만 예쁜 줄 아세요?"

수줍게 앞가슴을 가리며 순애가 말했다.

"마음은 이 육체의 백 배쯤 아름다워요."

내가 샤워하는 동안 순애는 탕 안에 들어갔다. 재스민 가루를 뿌려 탕을 채운 거품이 그지없이 향기로웠다.

"서양 사람들은 멋있어요. 이 거품은 화장품용으로도 유익하지만 바다 거품에서 탄생한 아프로디테 신화를 모방한 것이기도 해요."

"순애는 아는 것도 많아."

"천사가 알아야 할 것은 죄다 알고 있는걸요."

"아마 그런 것 같아."

샤워를 끝내고 몸을 닦고 있을 때 순애가 물었다.

"앞으로 뭐라고 부를까요?"

"마음대로."

"뭐라고 부를지가 고민이에요. 여보는 싫고, 당신이란 말도 어색하고. 서방님, 아아 징그러워. 선생님은 서먹서먹하고."

"박식한 천사가 그 정도 문제로 고민이야?"

"정말 뭐라고 불러야 하죠?"

"남상두, 아니 남상두 씨라고 불러요."

"나이가 마흔여섯이나 되는 분에게 이름을?"

"마흔여섯이 아니라 예순여섯이라도 나는 순애의 것이니까."

"아무래도 남상두 씨는 뭣해요."

"그럼, 남 군이라 부르면?"

"남 군? 그것 참 좋네요!"

"그럼 남 군이라 불러요."

"됐어요, 남 군!"

"응."

"그럼 남 군은 저를 어떻게 부를 참이에요?"

"순애, 순애라고 부르지. 시골 처녀 냄새가 나는 좋은 이름이야. 순애!"

의식儀式은 동물적인 욕정마저도 숭고하게 한다. 김순애가 스스로의 나신을 부끄럼 없이 내 눈앞에 나타낸 것은 신성한 의식을 행한다는 의식意識 때문이라는 걸 나는 알았다.

　나는 무엇보다도 김순애의 활달함이 마음에 들었다. 김순애를 사랑할 수 있으리란 자신을 얻었다.

　김순애는 육체적으로 하나의 몸이 되려고 하기 직전 약간의 부끄럼을 보였으나 그런 의식의 의미가 보람을 충분히 다할 수 있게 하기 위한 준비를 잊지 않았다. 그 치밀할 만큼 세밀한 태도가 자기로서도 어색했던지 순애는 내 목을 안으며 속삭였다.

　"소꿉장난이 아니잖아요."

　나는 조심스럽게 순애의 깊은 곳에 접근했다. 이 아름다운 여성이 내 반신半身이 된다는 의식은 나를 한량없이 기쁘게 했다. 컨슈메이션consummation의 그 순간, 나의 행복감은 절정에 있었다.

　성애性愛를 사랑의 컨슈메이션(완성)이라고 하는 표현은 함축성이 깊다. 그것은 동시에 컨퍼메이션confirmation(확인)이기도 했다. 이처럼 완성과 확인을 지니고 순애는 어린아이처럼 내 품에 안겨 눈을 감았다. 잠든 것처럼 그녀의 숨소리는 부드러웠다.

　비행기를 타 보고서야 알았다. 미국이 얼마나 넓은지를. 비행기 아래에 끝없이 넓은 사막이 펼쳐졌다.

　"미국이 넓긴 넓군. 실감이 나네."

　"기껏 그런 감상이에요? 남 군?"

　"기껏이 아니라 감상의 한 조각이지."

　"로스앤젤레스와 시카고의 시차가 3시간이에요. 남 군!"

　"왜 자꾸 남 군이라 부르지?"

"남 군이란 호칭이 어색하지 않게 단련하려고요. 남 군!"

나는 어이가 없어 웃었다.

"이 여행의 목적이 뭐죠? 남 군?"

"김순애와 남 군과의 사랑의 여행!"

"그걸 잊어선 안 돼요. 지금 우리는 허니문으로 현재의 행복을 미래에까지 뻗기 위한 여행을 하고 있어요. 알겠죠? 남 군?"

"알겠어."

"옛날 억울한 징역살이, 아직도 분해서 못 견딜 지경이에요?"

"그렇진 않아."

"되레 잘된 일이었다는 생각은 없고요?"

"차츰 그런 생각으로 기울어 들 것 같아. 하나님은 순애 같은 천사를 내게 보내 주기 위해 미리 혹독한 시련을 겪게 하지 않았을까, 이런 상념이 드네."

"그래요. 바로 그거예요!"

시카고엔 오후 8시에 도착했다. 위도가 높은 곳이어서 그런지 그 시간인데도 대낮처럼 훤했다. 아이오와의 녹스빌까지는 그리 멀지 않다고 한다. 버스나 기차로 몇 시간이면 도달한단다. 시카고에서 하룻밤을 묵기로 했다.

나는 시카고를 칼 샌드버그의 《시카고 시집》을 통해서 알고 있다. 그 가운데 애송시 몇 편이 있어 택시 안에서 몇 구절을 읊었다.

"남 군, 영시를 줄줄 암송하다니 다시 봐야겠어!"

김순애는 익살 섞인 애교를 부렸다.

김순애는 시카고에 두 번 와 봤단다. 마리나 시티 근처의 쉐라톤

호텔로 숙소를 정했다.

"옛날 알 카포네가 설쳤다는 롯슈가街에 가 볼까?"

순애는 단번에 승낙했다. 택시 기사에게 그곳에 가자 했더니 싱 긋 웃으며 차를 몰았다. 갱의 냄새조차 없이 평화스러운 거리였다. 카포네가 설쳤다는 바 몇 군데도 들렀으나 평온할 뿐이었다.

호텔로 돌아오자 김순애는 내 귀에 속삭였다.

"허니문은 이틀째 밤이 가장 중요한 거예요."

순애는 영국에 있을 때 동료 발레리나들로부터 들은 얘기를 했다. 그들은 결혼하기 전에 부부생활에 관한 모든 지식을 마스터한다는 것이다.

"제 의상을 맡았던 올드미스는 어찌나 델리키트한 사항까지 아는 지, 결혼력이 몇 번이나 되는가 하고 물었더니 글쎄 결혼은커녕 처 녀성을 그대로 지니고 있다고 하잖아요."

"결혼을 못 한 데서 오는 욕구불만을 그런 지식을 모으는 것으로 충족하는 것 아닐까?"

"그들은 에로 영화를 보고 남자들의 비밀을 아나 봐요."

"순애도 에로 영화 본 적 있나?"

"꼭 한 번 있어요. 그런데 그건 좋은 경험이었어요. 어젯밤 당황 하지 않은 건 그 덕분이었어요."

"남 군도 에로 영화 본 적이 있어요?"

"나도 꼭 한 번 봤지. 그런데 추잡하더군."

"제가 본 영화는 추잡하지 않고 아름답기까지 했어요. 등장하는 남자는 남 군처럼 청결했고 여주인공은 나처럼 순결했고…."

"그런 에로 영화도 있어?"

"스웨덴 영화인데, 제목은 〈인생의 첫날밤〉이었어요."

"인생의 첫날밤이라면 탄생한 날의 밤 아닌가?"

"그 영화는 그렇게 해석하지 않았어요. 내레이션이 처음 있었는데, 어머니 뱃속에 있을 때의 사람은 식물적 존재라나요. 이성異性을 알기까지의 사람은 동물적 존재이고, 이성을 아는 그 순간이 인생의 첫날밤이란 거예요."

"그럼 수도사나 신부들은 모두 동물이란 얘기 아냐?"

"그렇게 꼬지 마세요. 그 영화는 보통 사람을 얘기하는 거예요."

"그래, 스토리는?"

"약혼식을 올린 남녀가 호텔로 가요. 그리고는 샴페인을 곁들인 식사도 해요. 그 식사는 바이올린 연주 속에서 진행돼요."

"그리고는 남녀가 같이 목욕탕에 들어가지?"

"어떻게 아셨어요?"

"어젯밤 순애가 인도한 순서가 그랬잖아?"

그러자 순애는 내 목에 매달렸다.

"그런 짐작을 하셨군요. 부끄러워요."

"그때 짐작한 게 아니라 방금 순애가 에로 영화를 봤다는 얘기를 하기에 짐작한 거요. 사실 나는 어제 느닷없이 목욕탕에 같이 가고 할 땐 약간 당황했거든."

"닳아먹은 여자라고 생각했어요?"

"그런 생각까진 안 했지만 당황한 건 사실이야. 그랬는데 그 얘기를 들으니까 명쾌해지는군."

어제의 순애와는 달리 말투가 조용조용해졌다.

"그 스웨덴 영화를 보고 처음엔 뱀의 유혹에 빠진 이브와 같은 마음이 되었죠. 이브의 심정은 이브가 알 수밖에 없다는 마음, 이를테면 제가 여자라는 자각을 한 거죠."

순애가 말을 끊었을 때 음료라도 시킬까 물었더니 마저 이야기하겠단다.

"저도 사랑하는 남자를 만나면 사랑을 육체적으로 증명할 첫날밤을 꼭 그렇게 하고 싶었답니다. 그런 밤을 기다렸죠. 그러니까 몸과 마음은 언제나 열기를 동반하고 있었죠. 그 영화에서 받은 감동은 컸어요. 남녀가 사랑한다는 건 참으로 아름답다는 생각을 가지게 되었죠."

성정애와의 재회는 나에게 역사적인 사건이 되었다. 아이오와주 녹스빌에서 만난 경위를 적어 둔다. 김순애가 먼저 녹스빌 전화번호부에서 템플러의 자택 전화번호를 찾아냈다. 전화를 걸어 한국에서 온 사람인데 성정애를 만나고 싶다 하니 용무를 꼬치꼬치 캐묻더란다. 자기 아내가 홈시크니스homesickness가 너무 심해 한국인을 만나면 곤란하다고 발뺌했다. 오히려 홈시크니스 완화에 도움이 된다고 하니 자기 집이 누추해 난처하다고 거절했다. 그래서 녹스빌의 대표적인 호텔인 유니온 호텔 커피숍에서 만나는 것으로 겨우 합의했다. 단, 대화할 때 한국어는 안 되고 영어로만 하자는 조건을 붙였다. 영어에 능통하고 교섭력이 뛰어난 김순애가 미국에 오지 않았으면 어림없을 뻔했다. 남편은 극심한 의처증 환자로 보인다고 김순애는 추정했다.

유니온 호텔에 성정애 부부가 찾아왔다. 성정애의 외모 곳곳에는
모진 세월을 겪은 흔적이 있었다. 피부는 쭈글쭈글하고 몸피는 두
툼했다. 화장기 없는 얼굴은 병자病者 분위기를 풍겼다. 옷도 대형
마트에서 싸구려로 팔리는 허름한 원피스를 입었다.

성정애의 남편은 해리 템플러라고 자기 이름을 밝혔다. 외모를
보니 선량하기 짝이 없는 얼굴이었다. 그는 나와 악수하면서 사과
부터 했다.

"멀리서 온 손님을 제 집에서 환대하지 못해 정말 죄송합니다."

나는 성정애의 여고 시절 스승이었다며 만날 수 있어 다행이라 말
했다. 김순애가 통역해 주었다. 김순애는 내 아내라고 자신을 소개
했다.

"미스터 템플러! 내 남편은 영어를 못합니다. 오랜만에 만난 제자
와 한국말로 대화도 못 하게 되었습니다. 귀하가 영어만으로 대화
한다는 조건을 내세우는 바람에."

그러자 해리 템플러는 멋쩍은 웃음을 띠며 대답했다.

"죄송합니다. 지금 보니 제 아내를 유혹하거나 납치해 갈 사람들
로 보이지 않으니 한국말을 해도 좋습니다."

성정애는 처음 대면했을 때 "선생님!" 하고 외친 후 내내 눈물을
찔끔거리고 있었다.

장소를 커피숍에서 레스토랑으로 옮겼다. 우아한 독방에서 좀 고
급스런 코스 요리를 주문하고 대화를 이어 갔다. 나는 성정애에게
나직한 목소리로 말을 걸었다.

"정애가 나를 도와주어야겠다. 내 운명은 자네에게 걸려 있다 해도 과언이 아니야."

"죄송합니다. 선생님!"

정애의 말소리는 기어들어 갔다.

"먼저 결론만 말해 줘. 윤신애가 죽었을 때의 구체적인 상황을 자네는 알고 있나?"

너무나 단도직입적인 질문이어서 감정을 위장할 겨를이 없었던가 보다. 놀란 눈을 동그랗게 뜨고 고개를 끄덕였다.

그날의 대화로는 그로써 족했다. 구체적인 상황은 다시 만나 물어야겠다. 나는 되도록 부드러운 표정을 지으려 애쓰며 자세한 이야기는 나중에 하자고 되풀이해서 말했다.

김순애는 템플러를 완전히 사로잡은 모양이었다.

"귀하 부부를 한 달간 한국에 초청하고 싶어요."

이런 제안까지 했다. 그날은 헤어졌고 이튿날 아침, 템플러는 출근길에 성정애를 우리가 묵는 호텔에 데려다주었다. 그의 태도는 며칠 전과는 판이하게 바뀌었다.

"스승님 부부와 실컷 회포를 풀고 있어. 저녁 퇴근길에 데리러 올 테니까."

커피를 마시고 약간의 잡담을 한 뒤 김순애는 자연스럽게 자리를 비켜 주었다. 순애는 자리를 피하며 응접탁자를 눈으로 가리켰다. 그 아래에 녹음기를 장치해 두었다는 신호였다.

"선생님은 행복해 보여요. 아름다운 부인 때문인가 보죠?"

"행복하기는 해. 그러나 내겐 어두운 구름이 둘러싸고 있어. 그

구름을 몰아내지 않고는 앞으로 떳떳하게 살 수가 없어."

"그게 뭔데요?"

"너도 알잖아. 나는 전과자 아닌가. 그래서 큰 회사를 차려 놓고도 사장 노릇도 회장 노릇도 못 한다."

"…… ."

"넌 알지? 내가 윤신애를 죽이지 않았다는 걸!"

"알아요."

"그걸 어떻게 알았지?"

"…… ."

"난 그걸 알고 싶어. 그걸 법원에 가서 말만 해주면 나는 청천백일의 몸이 돼. 회사 사장도 될 수 있고. 그렇게 되면 자네 남편을 우리 회사 전기기사로 모셔 가서 한 달에 5천 달러 월급을 줄 수 있어."

어제 들은 이야기로는 템플러의 주급은 300달러. 그러니 월급 5천 달러는 거금이었다. 나는 갖가지 말을 했다. 그러나 성정애는 그 이상 입을 열지 않았다.

"모처럼 내가 이 먼 곳까지 와서 부탁하는 거다. 나를 위해 성의를 다해 줄 수 있잖을까? 그만한 보수는 줄 테니까."

"저는 한국에 돌아갈 수 없어요."

"음…, 그럼 자네 딸에게 왜 나를 개 아버지라고 했지?"

"선생님, 정말 죄송해요."

"죄송할 건 없어. 그 이유만 알고 싶어."

"개 아버지는 세상에서 가장 나쁜 사람이에요. 개를 낳은 것도 죄스러운데 그 악인을 네 아빠라고 말할 수 없었어요. 그래서 …."

"그 사람 이름이 뭐지?"

"이름을 들먹이기도 싫어요."

"내가 아는 사람?"

"……."

"어느 때건 사실은 밝혀져야 한다. 사실을 밝히지 않은 데서 모든 불행은 비롯되는 거야."

"그러나 그 이름만은 들먹이기가 죽기보다 싫어요."

성정애는 단호하게 말했다.

"그 이름을 밝히지 않아 한숙이가 받을 상처를 생각하진 않니?"

나는 자칫 신경질적이 될 나 자신을 달래며 조용히 말했다.

"선생님껜 죄송해요. 그러나 선생님 이름을 들먹인 것도 아니고, 더욱이 한숙이가 선생님을 만나게 될 줄은 꿈에도 몰랐어요."

성정애는 넋을 잃은 사람처럼 이렇게 중얼거렸다.

"정애야! 너는 네 사정만 고집하는구나. 내 처지는 조금도 고려하지 않네. 네 딸 생각도 안 하고. 한국 법원에 가기 싫으면 안 가도 좋아. 여기서만이라도 말할 수 있잖은가. 무슨 소리를 해도 너를 탓하지 않을게. 그러니 속 시원히 말해 줄 수 없을까?"

"……."

"설혹 옛날에 잘못이 있었다 해도 법률적으로는 아무 일 없게 됐어. 시효 때문에 20년쯤 지나면 아무 일 없었던 것처럼 되는 거야."

정애의 눈이 그 순간 반짝 빛났다. 나는 말에 힘을 주었다.

"그런 사정은 세계 어느 나라나 공통적이야. 네 남편에게 물어봐. 시효라는 게 뭐냐고."

"옛날에 빨갱이였던 사람도 괜찮을까요?"

성정애가 엉뚱한 반문을 했다.

"빨갱이라니?"

"제 아버지가 빨갱이였어요. 빨치산에 가담했답니다. 제가 학생일 때, 또 그 후에도 쫓기는 몸이었어요. 지금은 생사를 모릅니다."

"20년 전 얘기면 빨갱이 아니라 그보다 더한 죄를 지었어도 아무일 없어."

"그럼 만일 살아 계신다면 떳떳이 찾아볼 수도 있겠네요?"

"아무렴, 찾아볼 수 있지."

그러자 성정애는 두 손으로 얼굴을 가리고 울기 시작했다. 그 동작과 소리가 너무나 처량했다.

"우리 아버지 불쌍해요. 어머니도 불쌍하고요. 그리고 저도 불쌍해요."

성정애는 울음소리를 높여 통곡했다.

'성정애가 진정하기를 기다려야지.'

녹스빌에 며칠 머무는 동안 템플러와 자주 만났다. 특히 김순애와 템플러 사이엔 특수한 우정 같은 게 생긴 듯했다. 나는 성정애로부터 직접 진상을 듣기가 매우 어렵다고 판단하고 순애에게 템플러를 타일러 보라고 부탁했다. 그렇다 해서 아무것도 모르는 템플러에게 20년 전 사건을 털어놓는다는 것은 서툰 짓이었다.

템플러가 성정애의 솔직한 고백을 권유하도록 분위기를 만들었다. 순애는 그 일을 잘했다.

"템플러 씨, 20년 동안 누명을 쓰고 징역살이를 한 사람이 있다면 당신은 어떻게 하시겠어요?"

"그분을 동정합니다."

"출옥한 후에도 그분은 전과자 딱지 때문에 떳떳한 시민생활을 못 한답니다."

"그래선 안 되죠. 그래선 안 됩니다."

"만약 템플러 씨가 그분의 무죄를 증명하는 조그만 증거라도 갖고 있다면 어떻게 하시겠습니까?"

"증거를 밝혀 억울한 사람을 도와야지요. 그게 시민의 의무이자 인간으로서의 모럴입니다."

"그 억울한 사람이 바로 제 남편입니다. 남편이 교사로 일할 때 여학생을 살해했다는 누명을 썼는데요, 당신 부인 성정애가 내 남편이 범인이 아니라는 사실을 확실히 아는 세 사람 가운데 하나예요. 그런데 부인은 그 문제에 대해서는 언급하지 않으려 합니다. 그 이유는 당신을 사랑하기 때문입니다. 당신이 그녀의 고국 방문을 불허하니 그녀는 순종하는 것입니다. 또 번잡한 사건에 말려들었다해서 당신이 화를 낼까 봐 두려워한답니다. 이와 함께 그런 증인이 되었다간 자기의 과거가 탄로 나고, 그 때문에 당신의 사랑을 잃을지 모른다는 불안감이 있답니다. 정의로운 템플러 씨, 당신은 과거일 때문에 부인을 사랑할 수 없게 될 경우를 상상할 수 있습니까?"

"오, 노우! 나는 과거를 묻지 않습니다. 아내와 나는 길거리에서 만나 사랑을 맹세했습니다. 과거를 묻지 않지요."

"그러면 당신 부인이 내 남편을 위해 증언해도, 그 증언의 내용이 어떻든지 사랑이 파괴되는 경우는 없으리라고 확신합니까?"

"확신합니다. 뿐만 아니라 나는 그런 용기 있는 아내를 가졌다는 사실을 자랑으로 여기겠습니다."

"그럼 오늘 저녁, 귀가하시거든 부인께 용기 내라고 말하세요. 부인은 당신의 사랑을 잃을까 입을 열지 않았습니다."

"해보겠습니다. 미세스 남!"

성정애의 고백

이튿날 아침 템플러로부터 전화가 왔다.

"내 아내는 미스터 남의 무죄를 증명하기 위해 최선을 다할 것을 약속했습니다. 모든 진상을 얘기할 뿐 아니라 필요하다면 한국 법정에 설 각오입니다. 정의가 본연의 빛을 발하도록 힘쓰는 것은 당연한 일입니다. 그런데 제가 바라는 것은 아내의 고백을 저는 듣지 않는 것입니다. 비밀이란 필요한 사람 이외엔 밝힐 이유가 없기 때문입니다. 20년 동안 침묵한 제 아내는 대죄를 지은 셈인데, 고백함으로써 용서해 주십시오. 이 전화가 끝나는 즉시 아내는 당신들의 숙소로 갈 것입니다."

김순애는 전화 내용을 또박또박 통역해 주었다.

순애와 나는 미국식으로 살짝 안고 가볍게 키스했다. 나는 룸서비스 맨이 가져다주는 커피를 마시며 설레는 가슴을 진정시켰다. 순애는 녹음기를 세팅했다. 인구 10만가량의 시골 도시 녹스빌에

정이 드는 것 같다.

　막상 성정애가 진상을 밝힌다니 그녀의 고뇌가 얼마나 클까 짐작하여 듣는 일이 고역일 것 같았다. 그 심경을 김순애에게 넌지시 밝혔다.

　"헌 상처를 건드려 무슨 소용이 있겠소. 정애가 얼마나 괴로울까. 정애가 오면 안 듣겠다고 말할까 하는데 ….."

　"남 군! 훌륭해요. 그러니 내 남편이지. 남 군은 벌써 무죄예요. 하나님은 알고 있어요."

　노크 소리가 들려 문을 열었더니 성정애가 초췌한 얼굴로 나타났다. 김순애가 내 대변인처럼 말했다.

　"남편이 정애 씨의 얘기를 듣지 않으시겠대요. 정애 씨가 괴로울 것이라고. 정애 씨 부부의 행복도 소중하니 우리 일엔 신경 쓰지 마세요."

　성정애는 두 손으로 얼굴을 가리고 복받쳐 오르는 울음을 어찌할 수 없다는 듯 몸부림쳤다.

　"아닙니다. 저는 말해야겠어요. 모든 걸요. 제가 고백하지 않았다 하면 제 남편이 용서하지 않을 겁니다."

　성정애는 굳은 각오를 한 듯했다.

　"선생님이 듣지 않겠다 하셔도 저는 말해야겠어요. 저도 사람 구실을 해야지 않겠습니까? 나쁜 놈은 나쁜 놈대로 정체를 밝혀야지요. 어떻게 20년 동안이나 진실을 감추고 살았는지 ….. 제가 몹쓸 년이란 걸 선생님을 만나고 나서야 깨달았어요."

　나는 성정애의 울부짖음을 보자 정말로 듣기 싫어졌다.

"정애가 꼭 이야기하겠다면 순애 당신이나 들어 두세요."

나는 이렇게 말하고 호텔을 나와 택시를 잡아타고 교외로 나갔다. 광대한 곡창지대가 눈앞에 끝없이 펼쳐졌다.

몇 시간을 산책하고 시골 마을을 구경하니 오후 3시가 됐다. 호텔로 전화하니 김순애가 얼른 돌아오라고 간청했다.

"저는 지금 큰 충격을 받았어요. 혼자서 감당하기 어려우니 빨리 오세요!"

"성정애는?"

"갔어요."

서둘러 호텔로 돌아갔더니 김순애가 퀭한 눈망울로 응시했다.

"무슨 이야긴데 그처럼 쇼크를 먹었소?"

"우리 남 군이 불쌍해서요. 막연히 알 때는 몰랐는데 구체적인 진상을 듣고 보니 충격이 엄청났어요. 성정애의 얼굴에 침을 뱉을까 하다가 겨우 참았어요. 그런 악녀가 어디 있겠어요? 갈기갈기 찢어 놓고 싶은 충동마저 일었어요."

"욕설이라도 퍼부었소?"

"욕설을 퍼부으면 안 되나요? 그런 마녀를 어떻게 용서해요? 저는 남 군처럼 관대하지 못해요."

"그래서 어떻게 했소?"

"그 여자가 남 군에게 한 짓을 생각하면 도저히 그냥 내보낼 수는 없었어요. 그러나 저는 욕설을 하지도 않았고 내쫓지도 않았어요. 제가 멍청히 앉아 있는 동안 나가 버렸어요."

나는 힘없이 소파에 털썩 앉았다. 김순애는 자리를 옮겨 앉더니 녹음기를 틀었다.

"들어 보세요, 남 군!"

김순애는 그렇게 말하고 눈물을 훔치며 고개를 숙였다.

성정애의 고백이 흘러나왔다.

저는 불쌍한 여자예요. 죄가 많은 여자예요.

제 아버지는 공산주의자였습니다. 흔히 말하는 빨갱이로, 쫓기는 처지였습니다. 붙들리면 총살당한다 했습니다. 저는 친척 집에서 자랐습니다. 그러다 고3 어느 날 거지꼴을 한 사람이 나를 찾아와 이런 말을 하더군요.

"네 아버지가 소엽산 대추나무골 용바위 근처의 동굴에 숨어 있으니 우선 먹을 것과 돈 얼마를 갖다주어라."

먹을 것과 돈을 조금 마련해서 동굴을 찾아갔더니 과연 아버지가 계시더군요. 얼마나 울었는지 모릅니다. 빨갱이라도 아버지는 제게 좋은 분이었지요. 아버지는 열흘 후에 한 번 더 와달라고 하더군요. 그래서 열흘 후에 가서 아버지를 만나는데 갑자기 누가 동굴로 들어와 아버지를 덮치려 했습니다. 저는 그 사람에게 덤벼들어 다리를 잡고 죽기 살기로 놓아주지 않았습니다. 그 사이에 아버지는 달아났지요. 그 남자는 권총을 빼내 나를 후려치기까지 했습니다.

"이 계집애가 무슨 힘이 이렇게 세!"

사내는 내 손목에 수갑을 채웠습니다. 그때 저는 죽을 각오를 했습니다. 사내는 저를 윽박질렀습니다.

"오늘 밤 일은 못 본 것으로 할 테니 순순히 말을 들을 거냐?"

저는 저항할 의지를 잃고 고개를 끄덕였습니다. 아버지를 살리려면 심청이처럼 돼야지요. 돌아오는 길에 누군가 한 사람이 더 있음을 알았습니다. 두 사람이 나누는 얘기를 들었습니다.

"자네 공로 만들어 주려다가 나는 공연히 헛수고만 한 게 아닌가?"

"형님, 성급하게 생각하지 마이소. 좋은 일이 있을 테니까."

며칠 후 저는 우연히 윤신애가 체육 선생과 방과 후 체육용구 창고에서 나오는 모습을 목격했습니다. 윤신애의 얼굴이 벌겋게 달아오른 것을 보고 두 사람 사이에 무슨 일이 있었음을 눈치채고 얼른 그 자리를 피했습니다. 바로 그날 저녁 체육 선생이 제 하숙집에 찾아와서 밖에서 불러냈습니다.

"나는 소엽산에서 있었던 네 아버지 일을 죄다 알고 있다. 그러니 오늘 낮 네가 본 일을 누구에게 말했다간 큰코다칠 거다. 앞으로 윤신애와 각별히 지내라."

그때부터 윤신애와 의식적으로 친해지려 했어요. 가끔 신애와 함께 소엽산 동굴로 갔답니다. 거기서 체육 선생과 친한 사내와 저는 관계를 가졌습니다. 그 사내는 공교롭게도 제 아버지를 추적하던 그 경찰관이었습니다. 윤신애는 체육 선생과 관계를 하고 …. 얼마나 추잡한 일입니까? 그러나 저는 졸업하면 경찰관인 그 사내와 결혼하는 줄 알았기에 별 죄의식이 없었습니다. 횟수를 더해 감에 따라 모험심으로 흥미 같은 게 솟았고 윤신애와는 비밀결사 동지 같은 의식이 생겼습니다. 소엽산으로 오라는 말이 뜸하면 기다려지기도 했습니다.

그 무렵 우리 반 학생들은 거의 모두가 남상두 선생님에게 홀딱 반해서 사족을 못 썼답니다. 나와 윤신애는 우리 비밀 때문에 그런 경향에서 초연할 수 있었지요.

어느 봄날 체육 선생이 저에게 윤신애를 데리고 동굴로 오라고 했어요. 해가 질 무렵이에요. 사람 눈에 띌지 모르니 따로따로 오라 하데요. 제가 동굴 앞에 가니 윤신애와 체육 선생은 이미 도착해서 그 안에서 육체관계를 맺는 것 같았습니다. 조금 있다가 그 안에서 싸우는 소리가 들렸습니다. 윤신애가 임신했다고 체육 선생에게 책임지라 하고 체육 선생은 그 아이가 남상두의 새끼 아니냐면서 윽박지르더군요. 대구에 가서 낙태하라는 소리도 들리고…. 둘이서 치고받고 싸우는 것 같더니 곧 체육 선생이 동굴 밖으로 후닥닥 뛰어나오더니 저에게 들어가 보라고 하더군요.

컴컴한 동굴에 들어가 윤신애를 불렀더니 대답이 없더군요. 손을 더듬어 윤신애를 발견하고 흔들었더니 꼼짝하지 않더군요. 겁이 덜컥 나서 밖으로 나오니 체육 선생이 보이지 않데요. "선생님, 선생님" 하고 불렀더니 건너편 바위틈에서 체육 선생이 나오데요. "선생님, 윤신애가 이상해요" 했더니 뭣이 이상하냐고 물으며 함께 동굴 안으로 들어갔지요. 체육 선생이 성냥불을 밝히더니 "아이구" 하면서 놀라더군요. "신애가 죽어 있어"라고 말하더군요.

체육 선생은 제가 윤신애를 죽인 게 아니냐고 엉뚱하게 죄를 덮어씌우려 하더군요. 제가 완강하게 부인하자 자기 말만 들으면 아무 탈이 없을 것이라 호언장담했습니다. 이 사건이 탄로 나면 체육 선생과 제가 공범이 된다면서. 하숙집에 돌아와 아무 일이 없다는 듯 잠을 잤는데 새벽녘에 누가 봉창을 두드리더군요.

그 경찰관이었습니다.

"너, 큰일을 저질렀더군! 네가 신애를 죽였건 아니건 일단 네가 그 현장에 있었다는 사실이 밝혀지면 큰일 난다. 너는 오늘부터 아프다 하고 학교에 나오지 마라. 무슨 일이 있으면 내가 연락할 테니 이 집에서 꼼짝 마라."

하지만 제가 꾀병을 꾸밀 필요는 없었습니다. 그날의 충격으로 몸져 누웠기 때문입니다.

성정애의 충격적인 고백은 그 후로도 계속 이어졌다. 신애의 죽음을 내게 뒤집어씌운 과정은 다음과 같았다.

윤신애 살해사건으로 S읍 전체가 발칵 뒤집어졌는데도 성정애는 아무것도 몰랐다. 며칠 동안 고열에 정신이 혼미했기 때문이다. 1주일 후 의식을 회복하고 나서야 윤신애 살해범으로 남상두 선생이 체포됐다는 사실을 알았다.

'남 선생님은 억울하다!'

이렇게 외치고 싶었으나 용기가 나지 않았다. 그 경찰관이 가끔 찾아와서 잠자코 있으라고 협박했다. 어느 날 체육 선생이 성정애를 찾아왔다. 그는 상의 안주머니에서 조그만 노트를 꺼내 놓았다.

"그게 뭡니까?"

"이건 윤신애의 일기다."

성정애는 끔찍한 것을 본 기분으로 몸을 떨었다.

"윤신애는 나쁜 년이다!"

체육 선생은 증오에 찬 소리를 뱉었다. 성정애는 왜 그런가 하고 체육 선생의 얼굴을 봤다.

'그 불쌍한 윤신애를 … 자기가 죽여 놓고는 … .'

성정애는 체육 선생에 대한 미움이 끓었다.

'그런데도 윤신애의 죽음을 나에게 뒤집어씌우려는 괘씸한 사람!'

그런 마음이 들면서도 성정애는 속수무책이었다.

"신애의 일기를 보니 온통 남상두 얘기만 써놓았더라. 신애가 애를 뱄다고 하는데 그건 남상두 아이일지도 몰라."

"신애는 그런 애가 아니에요. 남 선생님과는 육체관계가 없었어요. 난 그걸 잘 알아요."

"쉬잇!"

체육 선생은 손가락을 입에 갖다 댔다. 그리고 일기책을 내밀며 말했다.

"이것 읽어 봐."

성정애는 떨리는 손으로 일기장을 펼쳐 읽었다. 군데군데 남상두 선생님에 대한 사모의 정이 기록되어 있었다.

성정애 또한 남 선생을 사모했다. 그러나 일기엔 쓰지 않았다.

"이 일기를 보니 내게만 몸을 바친 게 아니다."

체육 선생은 단정적으로 말했다. 절대로 그럴 리 없다고 반박하고 싶었으나 성정애에겐 그럴 기력이 없었다. 잠자코 있었다.

"이 일기 때문에 남상두는 상당히 불리한 입장에 놓였다."

"남 선생님이 곧 풀려나올 줄 알았는데 그럼 어떡하지요?"

"정애야! 남상두가 범인이 되어야 우리가 사는 기라. 이 바보야!"

"…….."

"눈 딱 감고 잠자코 있는 거야."

"그럴 수는 없어요."

"그럴 수 없으면 네가 사형장으로 갈 테야? 네 아버지, 네 어머니와 동생은 어떻게 될 거고?"

"……."

"이 일기장만 갖곤 남상두가 약간 불리하다는 것뿐이지 결정적으로 남상두를 범인으로 만들 수가 없어."

"……."

"조그마한 노력만 하면 된다. 이 일기 중간에 비어 있는 곳이 많아. 여기에다 윤신애 글씨를 닮게 몇 마디만 써넣으면 되는 거다."

성정애는 괴로워하며 고개를 벽 쪽으로 돌렸다. 체육 선생은 정애의 어깨를 잡고 자기에게 돌렸다.

"남상두와 윤신애 사이에 육체관계가 있었다는 것을 암시하는 글 몇 줄이면 돼. 그렇게만 하면 너와 나는 안전지대에서 살 수 있어. 어때? 내가 시키는 대로 할 테야?"

"나는 못 해요. 절대로 그렇겐 못 해요!"

체육 선생은 얼른 손바닥으로 성정애의 입을 막았다. 이윽고 후닥닥 나갔다.

성정애는 한참 맥없이 누워 있었다. 잠시 잠이 들었을까, 누가 봉창을 두드렸다. 정애와 연애관계에 있는 경찰관의 신호였다. 정애는 간신히 일어나 주인집 동정을 살피고 나서 사뿐히 나가 사립문을 소리 없이 열었다.

그 형사는 자기 신발을 들고 정애 방으로 들어왔다.

"넌 참 큰일이다. 왜 체육 선생이 시키는 대로 안 했니? 내가 있으니 걱정 말고 시키는 대로 해!"

아까 체육 선생이 내놓은 일기장을 꺼내 공백 부분을 펼쳤다. 그리고는 정애를 부드럽게 안았다. 정애는 그 가슴에 이마를 대고 울었다.

"울긴 왜 울어? 내가 있는데….."

형사는 다정하게 속삭였다. 드디어 성정애는 형사의 강요와 회유에 굴복하고 말았다. 형사는 노골적으로 요구했다.

'아아, 나는 남 선생님과 육체관계를 맺었다.'

이렇게 쓰라고.

"그렇게 쓸 수는 없어요!"

이렇게 반항한 것이 고작이었다.

"여학생이 어떻게 자기 일기에 그와 같은 노골적인 문장을 써요?"

이유를 말했을 때 비로소 형사는 다음과 같이 쓰는 데 동의했다. 글씨는 마침 윤신애 것과 비슷했다.

'나는 남상두 선생님 품에 안겼어. 그리고 애무해 주더라. 우선경을 찾아가서 이렇게 말해 버릴까. 우선경은 미칠 거다. 미치고말고….'

이렇게 쓰면서도 성정애는 이것이 어떻게 이용될지를 몰랐다. 일기장을 호주머니에 넣으며 형사가 말했다.

"정애는 집으로 돌아가 있어. 졸업장은 대신 누가 받아 줄 거야. 명심할 것은 평생 침묵을 지켜야 한다는 점이야. 네가 일기장에 글을 썼다는 사실이 밝혀지면 너는 그야말로 마지막이다. 증거날조

죄, 위증죄에 걸릴 뿐 아니라 윤신애 살해죄를 몽땅 뒤집어써야 한
다. 알겠나?"

그러나 다음 말은 다정했다.

"이 사건이 끝나면 연락할게. 그때 우리 장래에 관해 의논하자."

그 이튿날 성정애는 S읍에서 산 하나만 넘으면 되는 고향 마을로
돌아갔다. 남상두가 1심에서 사형선고를 받았다는 사실을 안 것은
그해 가을이었다. 그때 성정애의 배는 만삭이었는데 뱃속 아이에
대해 의논하면 형사는 협박했다.

"어떤 놈 애를 배 갖고 내게 뒤집어씌우려 하느냐? 네가 질이 나쁜
년임을 잘 안다. 서툴게 굴면 알지? 네 애비 생명이 붙어 있을 줄 아
나? 내가 입을 열기만 하면 너 어떻게 될지 알기나 해?"

정애는 이중으로 배신을 당했다. 정애가 아기를 낳았을 때 누구
에게도 아이 애비 이름을 댈 수 없었던 것도 공산주의자 아버지 때
문이기도 했지만 영원히 애비 이름을 꺼내고 싶지 않은 혐오감 때문
이기도 했다.

"이상한 일도 다 있네."

성정애의 고백을 모두 들은 나는 무심결에 이렇게 말했다.

"무엇이 이상하다는 거예요?"

"대부분이 감옥에서 내가 상상한 그대로야."

"그런데 그땐 왜 이의를 제기하지 않았어요?"

"증거가 있어야지."

"앞으로 어떻게 하시겠어요?"

"글쎄. 그 녹음테이프를 재심을 청구하는 자료로 삼아야겠지만 체육 선생이니, 형사니 하는 보통명사가 있을 뿐 누구를 지칭하는 고유명사는 한마디도 없잖은가."

"참, 그렇군요!"

김순애는 놀란 표정이 되었다.

"왜 그처럼 놀라지?"

"다시는 그 여자를 보기가 싫은데 또 만나야 한다고 생각하니 질려서요."

"사건이 진행되면 성정애를 한국에 불러내는 거야. 그런데 지금 그 여자를 미워해서 그녀 감정을 상하게 하면 아무것도 안 돼요. 그러니 꾹 참아요. 친절하게 대해요. 일이 끝날 때까지."

"알겠어요. 그런데 고유명사를 들으려면 이곳에 다시 한 번 불러야 될 게 아녜요?"

"그건 어려울 것 없어요. 내일이라도 떠난다면서 오늘 밤 식사라도 같이하자고 템플러 씨에게 연락하면 될 거요."

내 의도대로 진행되었다.

그날 밤 그들 부부를 부른 자리에서 김순애는 성정애의 고백을 덧붙여 녹음했다.

"고백 도중에 체육 선생이라는 말이 여러 번 나왔는데 이름이 뭐죠?"

"선창수입니다."

"경찰관, 즉 형사의 이름은?"

"변동식입니다."

그 말이 끝나고 그들 부부에게 성찬으로 대접하곤 연락이 있으면 부부가 함께 한국을 방문해 달라고 부탁했다.

"오케이."

템플러는 담담하게 대답했다.

녹스빌을 떠나는 날, 성정애는 공항까지 나와 전송하며 울었다. 나는 힘껏 그녀를 위로했다. 템플러에게도 당부했다.

"당신 부인을 소중히 여기시오."

템플러에게 한국 올 때 여비로 쓰라고 5천 달러를 주었다. 그는 극구 사양하다 마지못해 받았다.

비행기에서 녹스빌 시가지를 내려다보았다. 망망한 들에 잘 정리된 농장, 숲, 언덕, 멀리 보이는 수로水路 등이 펼쳐졌다. 김순애가 풍경을 함께 보다가 불쑥 말했다.

"그런 지독한 악녀가 사는 곳으로선 아깝도록 아름다워!"

나는 순애의 어깨를 가볍게 안아 주며 타이르듯 말했다.

"사람이란 용서할 줄도 알아야 하오."

"그러나 저는 용서 못 해요. 멀쩡한 선생님을 사형장에 몰아넣고도 뻔뻔스럽게 살아가는 악질을 어떻게 용서해요?"

"당초에 그런 걸 따지지 말라고 한 건 순애가 아니었던가?"

"그땐 긴가민가했죠. 그런 걸 따지는 것 자체가 남상두 씨의 신경을 피로하게 만든다고 걱정했죠. 지나간 일을 소상하게 밝히기 어려우니 싸잡아 과거는 잊어버리자고 했던 거예요."

시카고에서 이틀을 묵었다. 그동안 한국으로 전화했다. 계 사장은 녹음테이프 복사본을 보내오면 그것을 근거로 여태 조사한 다른 자료와 함께 재심을 청구하는 준비를 하겠단다.

"이제 마음 푹 놓고 여유 있게 미국 구경을 하고 오시오."

테이프 복사본을 한국으로 보내는 일을 마치고 나와 김순애는 미시간호湖에서 뱃놀이도 하고 박물관도 구경했다.

시카고에서 뉴욕으로 날았다. 꿈속에 그리던 뉴욕 거리…….

나는 자유의 여신상을 바라보며 눈물을 흘렸다. 그 쓰라린 감옥 생활의 어느 밤, 나는 문득 자유의 여신상을 꿈속에서 본 적이 있다. 그림엽서에서 봤을 뿐인데 어쩌면 세부의 조각까지 선명하게 보였는지 모른다. 그리고는 가끔 자유의 여신상을 자유에의 갈망과 더불어 생각했는데 지금 그곳에 올 줄이야! 닦아도 닦아도 멎지 않는 내 눈물을 보자 김순애가 까닭을 물었다. 나는 비로소 그 비화悲話를 얘기했다.

"짐을 풀지도 않고 여기로 오자고 서둔 남 군의 심정을 이제야 알았어요."

김순애도 함께 울어 주었다.

센트럴 파크에서 하루를 거널었다. 그리니치 빌리지에서도 하루를 지냈다. 우범지대라고 기피하는 할렘도 나에겐 파라다이스의 한 표현이었다. 온갖 인종이 득실거리는 브로드웨이의 잡답雜沓 속을 거닌 것도 기억에 남는다. 그곳에서 순애와 어깨동무하며 거니는 기분은, 그것이야말로 자유였다. 행복이었다.

카네기홀에서 들은 루빈슈타인의 피아노 연주, 링컨 센터에서 관람한 러시아 볼쇼이 발레단 무용, 현대미술관에서 본 피카소의 〈게

르니카〉, 메트로폴리탄 미술관에서의 그 황홀한 미美의 향연, 나는 뉴욕에서 나의 고향을 느꼈다. 나의 도시를 느꼈다.

나는 뉴욕에서 비로소 20년 감옥생활에서 밴 암울한 마음을 청소할 수 있었다. 나는 진정으로 새로운 인간이 되었다. 이 모든 은총이 김순애를 광원光源으로 한 것임을 깨달았다.

뉴욕에서 1주일을 보낸 후 버펄로로 갔다. 거기서 나이아가라 폭포를 보았다. 어릴 적에 배운 지리 지식을 30년 후에 재확인하는 재미란 기막혔다.

버펄로에서 워싱턴 DC로.

"우리, 미국 대통령을 만나 볼까나?"

"그 사람 말고도 볼 게 수두룩한데 뭣 때문에 그런 시간낭비를 해요? 그렇잖아요, 남 군?"

이런 농담이 자연스럽도록 우리는 활달, 활발했다.

모성애

조국의 산하는 벌써 추색秋色에 물들어 있었다. 두 달 남짓한 여행에서 돌아왔는데도 조국의 땅은 한량없이 반가웠다.

공항엔 형님 부부를 위시해서 계 사장, 회사 간부들이 환영하러 나왔다.

"공적은 없으면서 폼만은 개선장군 같네요."

이렇게 말하고 웃었더니 계 사장이 내 어깨를 툭 치며 말했다.

"개선장군 아닌가!"

공항에서 집으로 바로 달렸다. 어머니는 큰 방문을 활짝 열어 놓고 기다리고 계셨다.

"어머니! 며느리를 데리고 왔습니다."

어머니는 김순애의 큰절을 받더니 말했다.

"이렇게 아리따운 며느리를 맞을 줄 어떻게 알았겠나!"

대단히 만족스런 표정이었다. 어머니는 순애를 가까이로 오라 하더니 손을 잡고 또 감탄했다.

"어떻게 손이 이처럼 예쁠 수가!"

"손뿐이 아니라 마음도 예뻐요."

"그래야지, 마음이 예뻐야지."

"어머니! 저를 딸처럼 생각해 주세요. 저는 며느리로서는 자신이 없어요."

"애야! 시어머니 무섭다는 얘기를 어디서 들은 모양이구나."

어머니는 웃고는 일부러 말을 엄하게 꾸몄다.

"안 된다! 나는 너를 며느리로서 아주 혹독하게 부려 먹어야겠다. 상두를 내가 어떻게 키웠다고. 상두 때문에 내가 얼마나 울었다고. 그런 상두를 호락호락 네게 넘겨줄 것 같니? 이만하면 됐다고 내 마음에 믿음이 설 때까지는 안 된다, 안 돼! 며느리 노릇을 잘해야 이 다음에 시어머니 노릇을 잘하는 거야. 알겠니?"

"예. 알았습니다."

순애는 기어들어 가는 소리를 했다.

"혹 떼려다가 혹을 붙였구나."

내가 옆에서 껄껄대고 웃었다.

"저놈이 벌써 제 아내 역성을 드는구나."

어머니는 장난스럽게 말하시곤 물었다.

"곧 혼례식을 올려야 하지 않겠니?"

"일이 대충 끝나면 올리겠습니다."

나는 비로소 미국에서 있었던 일을 보고했다.

아아, 그때 어머니의 기뻐하시는 모습! 어머니는 눈을 감으시더

330

니 눈물을 하염없이 흘리셨다.

"됐다, 됐어! 이젠 안심하고 죽을 수가 있구나!"

어머니는 김순애가 거처할 방을 자신의 방 바로 옆에 정해 놓고 선언했다.

"결혼식도 올리기 전에 신부를 시가에 재우는 건 경우에 없는 일 같지만 옛날 시골에는 민며느리가 있었느니라. 그러니 너는 민며느리다. 부모님이 안 계시다니 도리가 있니? 결혼식을 안 했다 해서 바깥에 둘 수는 없다."

어머니는 농담이 아니라 실제로 순애를 며느리로서 훈련시킬 작정인가 보았다. 둘만의 시간을 가졌을 때 내가 물었다.

"큰일 나지 않았어? 어머니가 야무지게 훈련시킬 모양인데 … ."

"걱정 마세요. 그 혹독한 발레리나 훈련도 받았는데요."

"발레리나 훈련과는 다를걸?"

"발레리나 훈련은 제 예술을 위한 것, 며느리 훈련은 제 사랑을 위한 것. 후자後者가 더 의미가 있기에 흔쾌히 감수하겠어요."

"순애의 생각이 그만큼 깊으니 안심하겠소!"

"그런데 고민이 하나 있어요."

"무슨 고민?"

"남 군이라고 부를 수 없잖아요. 하루에 수십 번씩 부른 남 군 호칭을 발성하지 못하면 소화불량에 걸릴 것 같아요."

"소화불량에 걸린다면 큰일이지만 내겐 희소식인데?"

"희소식? 왜요?"

"젊은 여자가 어른 남자에게 남 군이라 부르면 이상하잖아? 미국에선 그냥저냥 견딜 수 있었지만⋯."

"그럼 왜 미리 말하지 않았어요?"

"토라질까 봐 겁이 나서."

"지금은 겁이 안 나요?"

"안 나."

"어머님 빽이 있다, 그 말이에요?"

"하하!"

나는 기분 좋게 웃었다. 그러자 순애는 나를 흘겨보았다.

"어머님이 남 군 편인 줄 아세요? 어림도 없어요. 어머님은 내 편이니까 엉뚱한 자신감일랑 갖지 마세요."

"어느 사이에 그런 자신감을 가졌어?"

"자신감이 아니라 제 촉이에요. 어머님은 정말로 훌륭하시고 현명하시기에 며느리 편이 되어야만 며느리가 자기 아들에게 잘해 줄 거라고 아시거든요. 두고 보세요. 제가 이 집안에서도 남 군, 남 군하고 부르도록 어머님 허락을 받아 낼 테니까요."

"그건 어려울걸!"

나는 단언하다시피 말했다.

그런데 사태는 뜻밖의 방향으로 전개되었다. 대구에 내려가려는 아침이었다. 사랑에서 늦잠을 자고 있는데 미닫이 여는 소리에 이어 "남 군!" 하는 목소리가 들렸다.

눈을 떠보니 순애였다.

"어머니가 들으면 어쩌려고 그래?"

"걱정 말고 일어나세요. 어머님께 승낙받았으니까요."

순애는 벙글벙글 웃었다.

"뭐라고? 그럴 리가 없지."

순애가 일어서더니 창을 열곤 뜰을 거니는 어머니에게 소리쳤다.

"어머님! 남 군이라고 불러도 좋다고 하셨죠?"

어머니는 온화한 미소를 띤 채 안채 마루로 올라섰다.

나는 세수를 하고 어머니 방으로 들어갔다.

"어머니, 참말로 남 군이라 불러도 좋다고 허락하셨어요?"

"그 소리가 듣기 싫으냐?"

나는 우물쭈물했다.

"네가 듣기 싫으면 몰라도 그렇지 않다면 괜찮지 않느냐? 어린 아내의 어리광은 어느 정도 받아 줘야 하느니라. 나이 차이가 있다는 생각을 잊어버리게 평교간처럼 지내는 것도 좋고. 중요한 건 정 아니겠느냐? 말은 점잖고 정이 없는 것보다 말이 약간 약하더라도 정이 있는 게 낫지."

나는 정말 놀랐다. 어머니의 이해심을 측량할 수 없었다.

"어머니의 현대감각은 대단하십니다."

"현대감각이 뭐냐?"

내가 나름대로 설명을 드렸다.

"나를 맹추로 알았던 모양이구나. 나는 네 기분을 좋게 할 수만 있다면 무슨 짓이라도 하겠다. 네 기분을 좋게 하자면 우선 네 아내의 기분을 좋게 해야지. 그리고 우리 여자의 형편에 대해 나는 너무나 한이 많다. 남편에게 농담 한마디 못 하고 숨죽여 살았지. 젊은 여자가 나 같은 한을 지녀서야 되겠니? 남편을 친구처럼 알고 살아야지. 며느리가 너를 남 군이라고 부르고 싶다 말했을 때 눈물이 나더라. 너무나 부러워서. 그래, 내 한을 푸는 셈 치고 그렇게 부르라고 했다."

재심청구 준비가 됐다는 통지를 받고 그날 나는 대구로 내려갔다. 순애는 서울의 집에 남았다. 대구에서 내가 할 첫 번째 일은 재심청구를 위해 수집한 기록을 일람하는 것이었다. 훑어보니 조사사업이 헛되지 않음을 알았다.

명목은 S읍을 중심으로 한 씨족관계 조사라 했지만 그 사건에 관한 인물들의 행적 등이 광범위하게 조사되어 있었다. 놀라운 것은 선창수와 윤신애의 관계, 변동식과 성정애의 관계를 목격한 사람들의 증언이었다. 뿐만 아니라 사건 당일 내가 자전거를 맡긴 가게의 주인이 아직 살아 있어 다음과 같이 진술했다.

"남 선생이 어떤 여학생이 지나가는 것을 보고, '이상한데' 하는 말을 중얼거리며 그 여학생을 따라 소엽산 중턱에까지 가는 걸 보았소. 왜 저러는가 하고 나는 그곳을 계속 주시했는데 남 선생은 중턱 한군데에 서 있을 뿐 오도가도 않더군요. 나는 다시 가게로 들어왔는데 그 뒤 또 나가 보니 남 선생이 내려오고 있더군요. 저녁밥 먹으라고 해서 안집에 들어갔는데 밥 먹고 나와 보니 남 선생의 자전거가 없었습니다. 훗날 사건 얘기를 듣고 남 선생이 그런 끔찍한 짓을 저지르지는 않았을 것이라 믿었지만 내가 말할 자리도, 겨를도 없고 해서 그만두었지요. 여태껏 언짢은 기분입니다."

이 밖에도 내 무죄를 증명할 만한 증언이 더러 있었다. 그런데 내가 재판을 받을 때는 이런 증언이 하나도 없었다. 증인으로 채택조차 안 되었던 것이다.

그러나 이런 증언도 성정애의 고백이 없었더라면 아무 소용이 없었을 것이다. 수십 명이 서둘러서 한 조사도 성정애의 고백이 있어야 진실의 빛을 발하는 셈이다. 구슬이 서 말이라도 꿰어야 보배란 말이 있다. 성정애의 고백이야말로 구슬꿰미와도 같았다.

나는 그 서류들을 밀쳐놓고 바깥을 내다보았다. 저물어 가는 가을의 한나절이 저녁노을 사이에 서성거리고 있었다.

전화벨이 울렸다. 발레연구소 최정주였다.

"김순애를 납치해 갔으면 후문을 알려 줘야 할 게 아녜요?"

"후문은 이미 아실 텐데요. 하하하!"

로스앤젤레스에서 호텔 종업원 입회 아래 약혼식을 올린 그 이튿날 김순애가 최정주에게 편지 쓰는 모습을 보았기 때문이다.

"그래, 순애는 지금 어디에 있죠?"

"서울 저희 집에 있습니다."

"결혼식도 안 올리고?"

"그렇게 됐습니다."

"그러나저러나 한턱 내셔야죠?"

"그래야지요. 크게 한턱 내겠습니다. 하하하!"

법원에 재심청구를 하기에 앞서 나, 계 사장, 김영욱, 그리고 정한기 변호사 등이 한자리에 모여 회의를 했다. 먼저 계 사장이 변호사에게 물었다.

"정 변호사님, 자신 있습니까?"

"걱정입니다. 수집한 증거로는 심증을 줄 수는 있어도 결정적인 판결을 얻어 내는 덴 부족합니다."

"성정애의 녹음테이프가 있는데도요?"

"유력한 증거는 되겠지요. 그러나 그 증언에 나타난 사람들이 부인하면 증거능력을 잃을 염려가 있습니다. 게다가 경찰이나 검찰이 호락호락 승복하지 않을 테니 난관이 있겠지요. 일관성 있는 명백한 반증자료가 없는 한 기존 판결을 뒤엎기는 매우 어렵습니다."

"그럼 큰일 아닌가?"

"하는 데까지는 해봐야지요."

들어 보니 어처구니가 없어 내가 변호사에게 물었다.

"변호사님께선 자신이 없다는 말씀입니까?"

"이 정도로는 어렵습니다. 마음은 뻔한데 마음대로 안 되는 것이 법률 문제입니다. 99개 증거를 모았는데 1개 증거가 부족해서 목적을 달성하지 못하는 경우도 있습니다. '의심스러운 것은 처벌하지 않는다'란 원칙이 있는데, 이 원칙이 피의자에게 적용되는 경우는 드물고 확정판결을 유지하는 데는 결정적입니다. 즉, 애매한 증거로는 원심을 깰 수 없다는 뜻이지요."

"지금 우리가 제출하려는 증거는 애매한 것이 아니잖습니까?"

"우리 심증으로는 애매하지 않아도 법률적으로는 모두 애매한 증거뿐입니다. 선창수가 범인이라 돼 있는데 선창수가 범인이란 증거는 이 테이프뿐입니다. 그런데 어떤 사람의 고백만으로 특정인에게 유죄 판결을 내릴 수는 없습니다."

"그럼 선창수를 법정에 끌어내면요?"

김영욱이 물었더니 정 변호사는 사무적인 말투로 대답했다.

"선창수를 법정에 끌어낼 수단이 법률엔 없습니다. 더욱이 애매한 증거로는 시효가 지난 사건의 재심을 위한 강제 출두가 어렵습니다."

"무슨 방법이 없겠습니까?"

"가장 수월한 방법은 진범 선창수의 자백을 받는 것이지요."

계 사장이 난처하다는 표정으로 말했다.

"그자가 순순히 자백을 하겠소?"

그러자 김영욱이 눈을 부릅뜨며 말했다.

"자백을 시켜 보겠습니다."

여러 사람이 이구동성異口同聲으로 김영욱에게 물었다.

"어떻게?"

김영욱은 자신 있게 답변했다.

"그 방법과 수단은 제게 맡겨 주십시오."

그러자 정한기 변호사도 표정에 생기가 돌며 말했다.

"선창수 자백을 받아내신다면 저도 협력하지요. 범죄 사실은 이미 시효가 지났지만 위증은 현재의 범죄가 될 수 있으니 그런 사정을 묘하게 이용하면 혹시 … ."

김영욱은 벌떡 일어서며 말했다.

"쇠뿔은 단김에 뺀다고!"

김영욱은 전화기를 들어 변동식을 불러냈다.

"변 형! 중대한 일이 발생했소. 변 형의 신상에 관계된 일인데 빨리 만났으면 하오. 가능하다면 선창수 씨도 함께 만났으면 하오. 곧 연락이 안 되면 변 형부터 먼저 만나도 되오. 어떻소, 사정이?"

변동식의 대답은 들리지 않았다.

"그럼 좋소. 오후 5시에 그곳으로 가리다."

김영욱은 전화가 끝나자 성정애 녹음테이프 복사본을 갖고 가겠다고 했다. 계 사장이 서랍에서 테이프를 꺼내 건네주었다.

김영욱과 정 변호사가 떠난 후 나와 계 사장이 마주 앉게 되자 이렇게 탄식했다.

"진실을 가려내는 일이 이렇게 어려워서야 어디 …."

"그래도 문턱까진 가지 않았습니까?"

"하기야 법률적인 처리 논리가 남았다 할 뿐이지 사건은 해결된 거나 마찬가지니까. 그건 그렇고…, 법적 문제 해결까지 기다릴 필요 없이 올해 안으로 결혼식을 치르도록 하시게."

"예? 예 …."

나는 호텔로 돌아와 발레연구소로 전화했다. 최 여사에게 서종희를 만나게 해달라고 부탁했다. 1시간쯤 후 서종희에게 전화가 왔다.

"곧 호텔로 찾아뵙겠어요."

두세 달 보지 않은 동안 서종희는 수척해진 것 같았다. 두 사람 사이에 무슨 일이 있었던 건 아니지만 잠시 미묘한 시간이 흘렀다.

"약혼하셨다니 축하합니다."

"감사합니다. 모든 게 서 여사 덕분인 줄 압니다."

"제 덕분이라고요?"

서종희는 놀라는 표정이었다.

"그렇습니다. 서 여사를 만나지 않았더라면 최 여사를 몰랐을 테고 그랬더라면 어떻게 그 사람을 … ."

"까마귀 날자 배 떨어지는 얘기네요."

서종희는 화사하게 웃었다.

나는 묘한 인연으로 얽히고설킨 서종희와의 관계를 새삼스럽게 인식했다.

"서 여사! 실례입니다만, 너그럽게 용서해 주십시오. 저는 이렇게 서 여사를 대하고 있으니 이상한 기분이 듭니다."

"왜요?"

"김순애라는 존재가 없었더라면 저는 어쩔 수 없는 비애에 사로잡힐 뻔했거든요."

"…… ."

"댁의 어머니로부터 저를 사위로서 은근히 기대하셨다는 얘기를 들었을 때 저는 가슴이 메는 듯했습니다. 저도 모르게 그리고 당신도 모르게 흘러가 버린 로맨스의 존재를 알았다는 건 충격이었습니다."

"어머니 말씀은 마세요. 불쌍한 노모를 지금 탓한다는 건 말도 안 되지만 저는 어머니를 용서할 수 없다는 기분이 될 수도 있어요."

"어머니를 탓하지 마십시오. 설혹 잘못이 있었다기로서니 잘못을 한 어머니의 마음은 어떻겠습니까?"

"저도 모르는 바는 아녜요. 그러나 저를 윤신애의 아버지를 위해 희생시켰다고 생각하니 용서할 수 없어요."

"그건 무슨 말씀입니까?"

"윤신애의 아버지는 공산당원이었던가 봐요. 그 사람을 체포하지 않는다는 조건으로 저를 선창수에게 넘겼으니까요."

서종희는 구체적인 설명을 보탰다. 그건 나의 짐작과 대동소이大同小異했다. 현재 관계가 있는 남편을 살리려 먼저 남편의 딸을 팔아 먹은 거나 다름없었다. 선창수와 변동식이 상대방의 약점을 최대한 이용했을 것이다.

"그렇더라도 어머니를 탓하지 마십시오. 그리고 … 서 여사는 윤신애를 누가 살해했는지 아십니까?"

"그걸 제가 어떻게?"

"남상두가 죽였다고 생각하십니까?"

서종희는 아무 말 없이 나를 쳐다봤다. 당황과 공포와 의혹이 섞인 미묘한 빛깔의 눈으로. 얼마간의 침묵이 흘렀다.

"저는 미국에 다녀왔습니다."

새삼스럽게 무슨 말을? 하는 표정이 서종희의 얼굴에 서렸다.

"미국에 간 목적은 … 윤신애를 누가 죽였는지 확인하러 갔지요."

"범인이 미국에 있던가요?"

"사실은 그 얘기를 하려고 오늘 서 여사를 보자고 한 겁니다."

나는 녹음기를 꺼내 성정애의 고백이 들어 있는 테이프를 꽂았다.

"힘드시겠지만 조금만 참고 들어 주십시오. 이 목소리의 주인공은 성정애라고 해요. 죽은 윤신애의 친구입니다."

서종희는 눈을 감고 오른팔로 턱을 괸 자세로 들었다. 한 시간쯤 흘렀다. 테이프를 돌려 꽂아야 했다. 서종희가 내게 물었다.

"체육 선생, 체육 선생이라고만 하는데 그게 누구예요?"

"끝까지 들어 보십시오. 알게 될 겁니다."

다시 테이프가 발성하기 시작했다. 서종희는 이번에도 눈을 감았다. 테이프 마지막 부분에서 '선창수'라는 말이 나온 것과 서종희가 소스라치게 놀라 일어선 것은 거의 동시였다. 서종희의 얼굴이 핏기가 가시고 백지장처럼 되었다.

"앉으시지요."

나는 서종희를 부축하여 다시 소파에 앉히고 컵에 물을 따라 건넸다.

"아아…, 이럴 수가….."

서종희는 신음하듯 중얼거렸다.

"이제 남상두란 사람을 이해하시겠지요? 그러나 오해하지는 마세요. 어떤 힌트를 얻을까 해서 서 여사에게 접근한 건 사실이지만 서 여사를 이용할 의도는 없었습니다. 너무나 우아한 데 놀랐습니다. 저는 서 여사의 행복한 가정을 파괴하지 않기 위해 제 결백을 밝히는 일을 포기할까도 고민했습니다. 그러나 한편으로는 야속하다는 마음도 들었지요. 그 가정을 부숴야 한다는 파괴본능도 꿈틀거렸지요. 어떻게 이부異父이긴 해도 동복同腹인 동생을 죽인 인간을 남편으로 삼을 수 있느냐 하는 감정이었지요. 물론 서 여사는 몰랐을 테지만….."

서종희는 고개를 떨군 채 있었다. 그러나 나는 다음 말만은 해야 했다.

"저는 재심을 청구해야 할 입장입니다. 서 여사의 남편을 상대로 하는데 말없이 할 수 없어서 이렇게 미리 알려 드리는 것입니다. 가장 평온한 방법은 선창수 씨가 자수하거나 자백하는 거지만 쉽게 응하지 않을 겁니다. 결국 세상을 시끄럽게 해야 할 겁니다."

서종희는 고개를 번쩍 들었다.

"자수를 시키겠습니다. 자백도 시키겠습니다. 자기가 지은 죄에 대한 책임을 져야죠. 지금 별거 중입니다만 상관없습니다. 그는 자수 않고는 배길 수 없을 거예요."

서종희가 성정애의 고백 테이프를 듣던 시간에 선창수와 변동식도 그 테이프를 듣고 있었다. 그때 상황을 김영욱은 다음과 같이 설명했다.

선창수의 얼굴에선 핏기가 가셨다. 변동식의 얼굴은 벌겋게 상기되었다. 이들은 멍청히 앉아 있었다. 무슨 말을 하려는데 신경이 마비된 듯 입만 벙긋거릴 뿐이었다.

김영욱이 천천히 입을 열었다.

"이쯤 되었으면 두 분이 놓인 사정을 짐작할 수 있겠지요?"

선창수의 얼굴에 악기惡氣 같은 게 돋아 나오는 듯하더니 군데군데 붉은 반점이 피었다. 그러나 쉽사리 말은 나오지 않았다.

변동식의 얼굴은 검붉게 변했다. 독기가 오른 증거였다.

김영욱이 말을 계속했다.

"이 테이프는 남상두 씨가 직접 미국에 가서 녹음해 온 겁니다. 재심 재판이 열리면 성정애도 귀국할 예정입니다."

그때 변동식이 소리를 질렀다.

"그년은 지금 어디에 있소?"

"미국에 있다 하잖았소?"

"거짓말이다! 이건 전부 조작이다. 이따위 테이프를 믿을 사람이 어디 있겠어? 괜히 헛고생 말라고 하시오!"

"거짓인지 진실인지 본인이 곧 한국에 나타날 테니까 그때 판가름 날 것 아니겠소?"

"매수당해서 이따위 거짓말을 하는 년은 찢어 죽여야 해. 나타나기만 해봐라, 당장!"

"성정애 씨는 지금 미국 시민이고 미국인의 부인입니다. 함부로 찢어 죽일 수는 없을 거요."

"거짓말하는 년을 가만히 둬? 만나기만 해봐라. 당장 이년을! 그리고 어떻게 한 사람의 증언만 갖고 판결 결과가 뒤집힐 수 있겠나? 어림도 없는 소리!"

"남상두 씨가 미국에까지 가서 이런 녹음을 한 것은 사건의 전모가 거의 밝혀진 연후입니다. 반년 넘게 걸려 수십 명의 조사원이 S읍을 샅샅이 뒤져 성정애라는 이름이 나온 겁니다. 난데없이 성정애가 불쑥 튀어나온 게 아닙니다."

"20년 전의 일을 조사했으면 얼마나 했겠소? 하나같이 증거능력은 없을 것이니 헛수고만 했구만."

"그럴까요? 우연히 알았지만 남상두란 분은 보통이 아닙니다. 20년을 억울하게 감옥살이를 한 사람의 집념이란 대단합니다."

"집념만 갖고 일이 되는 줄 아시오?"

변동식은 콧방귀를 뀌었다. 그러나 그건 허세가 섞인 말이었다.

"그러나저러나 선창수 사장님과 변 형은 남상두 씨가 지금 뭘 하는 사람인지 알기나 합니까?"

"그따위 녀석이 뭘 하든 알아서 뭣 해?"

변동식은 즉석에서 내뱉듯이 말했으나 선창수는 내내 잠자코 김영욱의 얼굴을 지켜만 봤다. 김영욱이 애매하게 웃으며 말했다.

"알고 싶지 않다면 굳이 알릴 필요는 없겠소만…."

이렇게 뜸을 들였더니 변동식이 애가 닳아 물었다.

"뭘 하건 상관할 바 아니지만, 그자는 지금 뭣 해요?"

"계림방적의 사주社主요."

"뭐라고요?"

이렇게 놀란 소리를 내뱉은 사람은 선창수였다. 변동식도 씩씩거리면서 물었다.

"대주주 이름은 채 씨던데?"

"바로 그 채 씨는 남상두 씨의 어머님이시오."

"흐음…."

변동식이 신음을 뱉었다. 김영욱이 말을 이었다.

"남상두 씨의 재산은 계림방적이 전부가 아닙니다. 수백억 재력가에다 명문학교 동창생 등 인맥도 막강합니다."

"흥!"

변동식이 이지러진 표정이 되더니 콧방귀를 뀌었다. 그러고도 불안하고 분이 풀리지 않는지 중얼거렸다.

"그래, 김 형도 남상두의 돈에 매수돼 우리 뒤를 파고 있었던 거요? 그러나 아무리 돈이 많고 빽이 세다 해도 세상일이 마음대로 되진 않을걸?"

김영욱이 정색을 하고 변동식을 쏘아붙였다.

"변 형! 억울한 사람을 20년이나 징역살이를 시켰으면 미안하게 여길 줄도 알아야 할 것 아뇨?"

"나는 미안할 게 없소."

"나쁜 짓을 하고도 일말의 양심의 가책도 없는 거요?"

"돈에 매수돼 남의 뒷구멍이나 캐는 인간의 입에서도 양심 소리가 나올까?"

이처럼 변동식은 어디까지나 뻔뻔스러웠다. 김영욱은 당장이라도 멱살을 잡고 턱주가리를 치고 싶었으나 참았다.

"나는 남상두 씨의 회사에 취직한 것이니 매수당한 건 아니오. 매수당했다는 말은 돈을 얻어먹고 나쁜 짓을 한다는 뜻인데, 나는 나쁜 짓을 한 적이 없소. 그러니 매수당했다는 말은 쓰지 마시오."

"매수당하지 않았으면 당신은 왜 나에게 접근하려 했소? 지금 와서 보니 당신은 순전히 우리 뒤를 캐려고 한 것 아뇨? 그게 비열하고 나쁜 짓이 아니고 뭐요?"

"나는 남상두 씨를 알게 되자 그의 억울한 사정을 듣게 됐소. 그 사정을 해명하는 데 일조하는 게 정의에 부합한다고 판단했소. 당신처럼 나쁜 짓을 한 전직 경찰관의 잘못을 바꿔 주는 게 역시 경찰관이었던 내가 할 몫이라고 믿었소."

"뻔뻔스런 소리 작작 하시오. 동류同類를 해치려는 의리 없는 인간하고는 말을 섞기 싫소."

"얘기하기 싫으면 그만두시구려. 당신이 양심적으로 나오면 구제

할 방법을 의논해 보려 했는데 ···."

"병 주고 약 주자는 얘기로구만?"

변동식의 얼굴엔 독기가 넘쳐 붉으락푸르락했다.

김영욱이 녹음기를 챙겨 드니 변동식이 덤벼들어 녹음기와 테이프를 뺏으려 했다.

"이것 뺏는다고 증거가 없어질 줄 아시오? 수십 개로 복사해 놓았소."

김영욱이 자리에서 일어서려 하자 선창수가 제지했다.

"잠깐!"

선창수의 얼굴은 사색死色이 되어 있었다. 그도 그럴 것이 선창수와 변동식은 경우가 달랐다. 사건이 사필귀정事必歸正으로 귀결될 때 변동식은 수사상의 과오 또는 증거 조작을 추궁받을 정도지만 선창수는 살인범이 된다.

"뭡니까?"

"김 형!"

선창수는 물을 한 잔 마신 뒤 애걸하며 말했다.

"20년 전 일을 갖고 평지풍파를 일으켜 어쩔 작정입니까?"

"200년 전의 일이라도 억울한 누명은 벗어나야 하지 않습니까?"

"평지에 풍파만 일으킬 뿐 쉽사리 누명은 벗지 못할걸요?"

"한 조각의 양심도 없다는 얘기입니다그려."

"설혹 일이 그렇게 된 거라도 이미 시효가 끝났소. 어떤 형사적 책임도 우리에게 지울 수 없소."

"당연히 그렇게 나올 줄 알았소. 당신 말마따나 형사적 책임은 면

할지 모르지만 양심적 책임, 도의적 책임, 인간의 탈을 쓰고 그런 짓을 할 수 없다는, 말하자면 인간으로서의 책임은 모면할 수 없을 것이오. 그러니 나라의 법률은 당신들을 그냥 둘지 모르지만 사회는 당신들을 용납하지 않을 것이오. 설혹 평지에 풍파만을 일으킨 결과가 되어 법률적으로 남상두 씨가 누명을 벗지 못한다 하더라도 사회적으로는 누명을 벗을 것이오. 그렇게 하기 위한 증거엔 궁하지 않소."

이 말을 끝으로 김영욱은 그 자리에서 나왔다.

그날 밤 선창수와 서종희 사이에 어떤 말이 오가고 어떤 일이 있었는지는 알지 못한다. 이튿날 선창수와 변동식을 만나고 온 정한기 변호사의 보고는 다음과 같다.

"두 사람에게 이렇게 자수를 권했습니다. '자수하면 그 사건은 시효가 지났으니 형사적 책임을 면할 수 있지만 이편에서 재심을 청구하면 증인으로 출정해야 하는데 그때 바른대로 말하지 않으면 위증죄에 걸립니다. 현재의 위증은 바로 범죄가 되므로 위증으로 해서 옛날의 범죄가 법적으로 살아나게 됩니다. 아시겠습니까? 20년 전의 범죄가 시효라고 하지만 현재의 위증죄를 다스릴 때는 정상 재량에서 시효에 걸리지 않았을 때와 똑같은 중량으로 양형量刑에 작용합니다. 이 점을 잘 아시고 행동하십시오. 자수하면 최소한의 체면은 유지하지만 자수하지 않으면 법정에서 다투게 됩니다. 이편에서는 소상한 증거를 가지고 있습니다. 끝끝내 당신들이 버티면 당신들은 위증죄를 범할 수밖에 없습니다. 순순히 자수하시는 게 좋을 겁니다.' 그랬더니 ….."

선창수는 응하겠다고 하더란다. 변동식은 다른 반응이었단다.

"선창수에게 덤벼들었습니다. 뭣 때문에 자수하느냐? 그럼 우리 신세는 망친다고 떠들더군요. 선창수는 이러나저러나 신세는 망친 게 아니냐고 타이르더군요. 그래 저는 1주일 시한을 주고 자리를 떠났습니다."

계 사장이 변호사에게 질문했다.

"순순히 자수서를 쓸까요?"

"막바지에 가서, 아니 시한 안으로 자수서를 쓰지 않으면 또 방법이 있지요."

정 변호사는 포켓에서 녹음기를 꺼내 놓았다.

"자수서를 쓰겠다고 한 선창수의 말이 녹음되어 있습니다. 그러니 선창수가 자수서 작성을 거절하면 이 녹음을 법정에 제출할 겁니다. 그러면 판사가 무슨 자수서를 쓸 작정이었냐고 묻겠지요? 그들에겐 빠져나갈 길이 없습니다."

이런 대화가 오갈 때 서종희로부터 전화가 왔다.

"선창수는 순순히 자수하겠다고 제게 맹세했습니다. 그 점은 걱정 마시고 일을 추진하십시오."

서종희는 이윽고 통곡을 터뜨렸다. 나는 수화기를 내려놓고 잠시 바깥으로 시선을 돌렸다. 하늘빛이 우중충했다. 진실이 보람을 다하기 위해서는 아픔을 필요로 하는 경우가 있다는 감회가 솟았다.

그런 뜻에서 나는 변호사가 선창수와 변동식의 자술서를 갖추어 재심청구서를 법원에 제출했다는 소식을 들었을 때 안도의 숨을 내

쉬는 한편 깊은 허탈감에 사로잡혔다. 모든 것이 헛되다는 허무감
이 다시금 내 마음을 사로잡았다.

나는 혼자 달성공원에 가서 이상화 시비詩碑 앞에 서 있다가 근처
벤치에 앉아 저만치 마당에서 노는 아이들의 모습을 무심코 지켜보
았다. 저 아이들이 자라 어른이 되었을 때 추잡한 모함이 없어진 사
회가 되었을까? 그렇게 쉽게 되지는 않겠지?

해가 질 무렵이 되니 공기가 싸늘해졌다. 나는 달성공원에서 나
와 대기하고 있던 승용차를 탔다. 기사가 절도 있게 물었다.

"어디로 모실까요?"

"대구교도소 주위를 한 바퀴 돌아봅시다."

"전에도 한 번 도시지 않았습니까?"

'아! 그랬구나!'

그랬지만 코스를 바꿀 마음은 없었다. 자동차는 그냥 달렸다.

벌써 어둠이 짙은 교도소 담장 위의 불빛이 선명하게 윤곽을 그려
낼 뿐 보이는 것은 없었다. 그러나 나는 교도소의 덩치를 알고 그 내
부를 안다. 그 속엔 나처럼 억울하게 징역살이를 하는 사람들도 있
으리라.

나의 재심청구가 성공할 것이란 확신이 섰을 때 김순애와 나는 결
혼을 서둘렀다. 어머니가 제안했다.

"결혼식은 그곳에서 해라. 네가 누명을 쓴 곳에서. 누명을 벗었다
는 증거를 보일 겸 새 인생을 그곳에서 시작해라."

S읍에서의 결혼식, 어머니의 배려와 아이디어에 탄복했다. 서울에 있는 지인들도 모두 찬동했다. 계 사장을 비롯한 회사 관계자들도 마찬가지였다.

날짜는 11월 3일, 장소는 S여고 강당을 빌리기로 했다. 그날 S읍의 웬만한 읍민은 다 모였다. 옛 제자들도 수두룩했다. 하객 모두를 강당에 수용할 수 없었다. 운동장에도 하객들이 꽉 찼다.

주례로는 S읍 왕윤수 읍장을 모셨다. 왕 읍장은 전 읍장 윤학로 씨를 오래 보좌한 분이다. 나의 결백을 믿고 나를 동정한 윤학로 씨와 뜻을 같이하여 갖가지로 성의를 다해 준 분이었다. 왕 읍장의 주례사는 토박이 경상도 사투리로 엮인, 그런 만큼 깊은 감동을 마음속에 새기는 말이었다.

"… 내 평생에 좋은 일이 없지도 않았고 영광스러운 일도 더러는 있었십니더. 그런데 오늘 이 결혼식을 주재하는 기쁨과 영광에 비교하몬 아무것도 아닙니더. 그런께 눈물이 납니더. 돌아가신 윤학로 읍장께서 살아 계셨더라몬 울매나 기뻐하실까 하고 생각하니께 눈물이 나네예. 남상두 선생에게 누명을 씌운 건 다름 아닌 우리 읍입니더. 까딱 잘못했더라몬 우리 읍이 영원히 씻지 못할 죄를 지을 뻔했십니더. 참말로 부끄럽기 짝이 없십니더. 그런데 남상두 선생님은 그런 원한을 다 잊으시고 이곳에서 결혼식을 하시니 울매나 반가운 일입니꺼? 안 그렇십니꺼?"

주례는 손수건을 꺼내 눈물을 닦더니 소리를 높였다.

"여러분, 생각해 보이소. 20년간 감옥살이 고초를 겪고도 오늘 신랑이 이처럼 맑고 화기 넘친 얼굴을 가지셨으니 대단한 일입니더.

그런 점에서 신부 김순애 양은 행복합니다. 하나님이 수복壽福을 내리셔서 남상두 선생님은 백 살 넘게 살 낀게 나이 스무 살 차이라 쿠는 건 문제도 안 될 낍니다. 선남선녀가 앞으로 잘 사실 낀데 주례가 무슨 말을 하겠습니꺼? 그런데 꼭 드릴 말씀이 있습니다. 남 선생님의 어머니께서 은혜가 한량없는 분이라는 사실을 밝히겠습니다. 세상 어느 어머니가 아들을 사랑하지 않겠습니까? 그러나 남 선생님의 어머니 같은 마음 깊은 어머니는 드물낍니다. 그 어머님이 이 자리에 계십니다. 우리 읍에서 결혼식을 올리자고 제안하신 것도 어머니라고 들었습니다. 얼마나 거룩한 마음이십니꺼?"

어머니가 자리에서 일어나 하객들에게 인사하자 우레 같은 박수가 터졌다.

결혼식이 끝나자 S읍 공회당에 자리를 빌려 피로연을 열었다. 수백 명의 하객들이 왔다. 남성들은 술을 마시고 여성들은 사이다를 마시는 칵테일 파티였지만 분위기는 나와 순애의 결혼을 축하하는 한 가지 빛깔로 물들었다.

한편에서는 축사가 진행되고 있었다. 나는 하객들과 간단한 이야기를 나누면서 축사에 귀를 기울였다. 맨 처음 축사를 한 사람은 내가 학교에 근무할 때 동료 교사로서 사회생활과를 맡은 분이었다. 벌써 정년퇴임하고 T읍에서 은거한단다.

"남상두 선생님이 당한 수난은 비극이었지만 사필귀정事必歸正을 증명한 증거로서 좋은 교훈이 될 겁니다. 저는 당시에도 남 선생님이 억울한 꼴을 당한다고 믿었지만 무력한지라 속수무책이었습니다. 부끄러워 얼굴을 들고 이 거룩한 자리에 나타날 처지가 아닙니다만, 나름대로 남 선생님의 새출발을 축복하고자 왔습니다. 소극적이었던 기왕의 제 처신을 자책하고 반성하며 남 선생님 내외분의 영광과 행복을 빌겠습니다!"

다음 축사자는 박우형이었다. 그는 현재 계림방적 임원이므로 축사할 순서가 아니었는데도 참지 못하고 마이크를 잡았다.

"현재 남 선생님을 모시고 있는 소생으로서는 외람된 발언이 되겠습니다만, 방금 축사를 하신 선생님의 말씀이 감사하긴 하지만 사필귀정이라는 게 저절로 이뤄지는 게 아니라는 점을 강조하렵니다. 자칫 잘못하면 뱀이 우물로 들어가는 꼴인 사필귀정蛇必歸井이 될 수도 있습니다. 정의가 실현되려면 치열한 노력이 있어야 합니다. 그런 면에서 남 선생님은 불굴의 의지를 지닌 분이란 점을 밝혀 드립니다."

박우형의 축사가 끝나자 사회자가 발언했다.

"남상두 선생님의 제자였던 분의 축사가 있으면 좋겠습니다."

제자들은 서로 권하고 사양하더니 마이크를 잡은 사람은 하경자였다. 그녀를 보니 내 가슴은 가벼운 아픔을 느꼈다.

"그 옛날, 남상두 선생님께서 교실에 처음 들어오셨을 때의 감격을 아직도 잊지 못합니다. 첫 말씀은 우리가 함께 같은 교실에서 공부하게 된 인연을 소중하게 여기며 서로 경애하면 진지한 학습 분위기가 조성된다는 것이었지요. 우리들은 그때부터 선생님을 숭배했지요. 선생님의 불운은 못난 제자들 탓입니다. 선생님은 우리들의 별이었습니다. 우리들의 손이 닿을 수 없는 아득히 높은 곳에서 빛나는 별⋯. 한때 그 별은 먹구름 속에 가려 우리는 볼 수 없었습니다. 그러나 이제 그 먹구름을 헤치고 다시 찬란히 우리 앞에서 빛나고 있습니다. 동반자인 김순애라는 또 하나의 별을 동반하고서 ⋯. 신의 섭리는 과연 심오합니다. 우리는 두 분이 엮어 내는 행복을 부러워할 뿐입니다. 축복할 뿐입니다!"

나는 김순애의 손을 잡고 제자들 그룹에 갔다. 하경자, 이영애, 우선경, 제말순 등이 김순애의 손을 잡고 축복했다. 우선경은 머리를 기르고 소녀처럼 하고 있었다. 옛날 미인으로 소문난 그 얼굴에 황혼의 흔적이 보이는 게 안타까웠다. 나는 김순애에게 우선경을 특별히 소개했다.

"내가 무사히 세상 바람을 쐬게 된 것은 20년간 부처님께 기도한 우선경 제자 덕분이지."

우선경은 손수건을 꺼내 눈시울을 닦았다. 김순애가 우선경의 손을 잡으며 말했다.

"우선경 님, 고마움을 잊지 않겠어요."

그러자 누군가가 억센 경상도 사투리로 말했다.

"20년 동안 짝사랑이 무너졌응께 안타깝긴 하지만 우짜겠노?"

우선경은 억지로라도 활짝 웃으며 말했다.

"남상두 선생님을 사모한 건 제 자신의 사정이었으니 고마울 것도 없지요. 그리고 아까 하경자가 말한 대로 오늘 별처럼 빛나는 신부를 보니 모든 응어리가 다 풀립니다."

축사가 이어졌는데, 계창식 사장의 목소리였다.

"남상두 신랑의 모당母堂이신 채 여사님께서 S읍의 발전을 위해 10억 원을 기금으로 하는 장학재단을 설립하시겠다고 하십니다. 채 여사께서는 아들이 모진 고통을 겪을 때 희망을 버리지 않고 언젠가의 대사를 위해 오늘의 거부 巨富 를 이룬 것입니다.”

계 사장의 연설이 끝나자 언제 준비됐는지 S여고 합창단이 〈어머니의 노래〉를 합창하기 시작했다. 감격의 순간이었다. 합창이 끝나자 여기저기서 이구동성 異口同聲 으로 소리가 나왔다.

“신랑 이야기를 들어 봅시다!”

장내 아나운서가 알렸다.

“다음은 신랑 남상두 군의 답사가 있겠습니다.”

나는 단상에 오르지 않을 수 없었다. 마이크 앞에 섰다.

“감사합니다. 이 말 이외엔 할 말이 없습니다. 감사합니다!”

마이크를 놓으려 했는데 회중들은 듣지를 않았다. 쌓인 회포가 많을 것이니 모두 털어놓으라는 성화였다. 하는 수 없이 마이크 앞에 다시 섰다.

“지나간 얘기, 어두운 세상일을 다시 말하긴 싫습니다만 여러분이 요청하니 몇 말씀 올리겠습니다. 세상은 참으로 기막힌 일, 용서할 수 없는 일, 이해할 수 없는 일로 꽉 찼습니다. 사필귀정이 되어야 사람이 사람답게 살 수 있는 세상이 됩니다. 이번 일을 진행하는데 결정적인 계기가 된 것은 달성공원에서 우연히 만난 소녀였습니다. 그 소녀가 제출한 수수께끼를 풀려고 노력하다가 결정적인 단서를 잡은 것입니다. 불신이 범람하는 세상이지만 뭔가를 믿을 수 있다는 계시 啓示 와도 같았습니다. 우주의 오묘한 섭리 攝理 가 없고서야 어떻게 그 소녀가 제 앞에 나타났겠습니까?”

나는 목이 메어 물을 한 잔 벌컥 마시고 말을 이었다.

"저는 앞으로 사형폐지운동을 벌일 작정입니다. 저는 1심에서 사형선고를 받았습니다. 2심에서도 마찬가지로 사형선고였습니다. 그러다가 대법원 3심에서 무기징역으로 바뀌었고 그 후 20년으로 감형된 것입니다. 만일 1, 2심 판결대로 사형당했다면 오늘처럼 여기에 서 있지도 못했을 것 아닙니까? 저는 속절없이 살인범으로서 시신에 낙인이 찍힌 채 영원히 고혼孤魂이 되는 것입니다. 그럴 경우 어머니는 어떻게 되겠습니까? 사형은 어떤 조건에서도 회복 불능이란 이유만으로도 폐지되어야 할 것입니다. 법률은 그 존엄성을 위해서라도 회복 불능의 과오를 범해서는 안 됩니다. 흉악범 가운데 만에 하나라도 억울한 자가 있을지 모른다는 배려가 있어야 합니다. 이 모든 이유를 차치하고서라도 여기에 서서 발언하는 제 자신이 사형폐지를 정당화하는 증거가 되지 않습니까?"

신혼여행은 소박하게 경주로 가기로 했다. 석굴암 앞에서 동해의 해돋이를 보자고 김순애가 제의했다. 순애는 어머니를 모시고 가자고 했다. 어머니는 쾌히 승낙했다. 어머니는 과거 하숙집 아주머니, 윤학로 읍장의 부인에게 동행을 청했다.

겨울 경색景色이긴 하지만 따스한 소춘小春의 날씨가 펼쳐진 시골길을 달리면서 어머니는 윤 읍장의 부인에게 말했다.

"사람은 오래 살고 볼 일이오. 오래 살지 못했더라면 내가 어찌 이런 며느리를 만나겠소?"

내가 차 뒤편 좌석에서 이 말을 듣고 어머니에게 한마디 했다.

"어머니는 왜 며느리만 칭찬하십니까? 아들은요?"

그러자 어머니는 웃음 섞인 목소리로 대답했다.

"나는 지금 며느리에게 아첨하고 있단다. 아들에겐 아첨할 필요가 없잖아?"

"며느리에게 아첨까지 하는 이유는 뭡니까?"

"애야, 신혼여행에 시어머니 데리고 가는 신부 본 일이 있냐? 내 칠십 평생에 이런 일은 처음이다. 그러니 아첨하지 않을 수 없다."

윤학로 읍장 부인이 말을 끼었다.

"이렇게 고부간이 의좋은 걸 보니 샘이 나네요. 호호호!"

이런저런 이야기를 하는 동안에 경주 K호텔에 도착했다. 그날 밤 고풍古風을 유지한 국악인 몇 분을 불러 가야금, 장구, 북소리를 들으며 일행 넷이 조촐한 잔치를 벌였다. 그 자리에서 김순애는 한복 무용복으로 갈아입고 고전무용을 선보였다. 어머니는 눈물을 글썽이며 기뻐했다.

무용을 마치고 자리로 돌아와 어머니께 술잔을 올리면서 순애는 이렇게 말했다.

"어머님! 이제야 제가 춤을 배운 까닭을 알았어요. 어머님 앞에서 이렇게 춤추려고 배운 거예요. 이제 제 무용은 보람을 다한 거예요. 이제 원도 한도 없어요."

이런 광경이 감격스럽지 않을 수 없다. 나는 중얼거렸다.

"이와 같은 행복을 마련하는 데 원인이 되었다 싶으니 선창수니, 변동식이니 하는 자들을 용서하고 싶네요."

그러자 김순애가 발끈했다.

"남 군은 그게 탈이에요. 놈들은 절대로 용서할 수 없어요. 놈들을 용서할 수 없다는 밸만은 가져야 해요. 어머니, 그렇죠?"

어머니는 고개를 끄덕끄덕했다. 그 눈엔 이슬처럼 맺힌 눈물이 있었다.

- 끝 -

운명運命 vs 인간 의지 … 치열한 길항拮抗 관계

고승철 나남출판 주필 · 소설가

경남 하동군河東郡은 산, 강, 바다를 두루 품은 명승지이다. 지리산, 섬진강, 남해 … . 너른 들판도 있다. 박경리 작作 대하소설 《토지》의 주요 무대인 악양면 평야가 이곳이다. 이렇듯 하동이 갖춘 천혜天惠의 다양한 대자연 덕분에 외지인도 이곳에 오면 뭔가 새로운 생기를 느끼곤 한다.

2018년 4월 7일 오후, 하동군 북천면 이병주문학관. 소설가 나림那林 이병주 李炳注, 1921~1992 선생의 문학 업적을 기리려 세워진 문학관에서 학술세미나가 열렸다. 매년 봄, 가을 유수한 문인 · 학자들이 참석하는 행사인데, 2018년 세미나의 주제는 '이병주의 대중소설'이었다.

평론계의 거목巨木인 김윤식 서울대 명예교수가 "이병주의 《바람과 구름과 비碑》가 놓인 자리"란 제목의 원고를 보내왔고, 나림 문학

전문가인 김종회 경희대 교수의 "대중문학의 수용성과 이병주 소설" 기조발제가 있었다. 추선진(경희대), 손혜숙(한남대), 강은모(경희대) 교수도 각각 이병주의 대중소설에 대해 주제발표를 했다.

발표자들은 이병주의 흥미진진한 대중소설들이 요즘 구하기가 어려울 정도로 사라졌음을 안타까워했다. 이들은 나림이 생장生長한 북천면의 지기地氣를 받았음인지, '이병주 대중소설의 르네상스'를 도모하는 데 의기투합한 모양이다. 그 기운이 파주 출판도시에 있는 나남출판에 전파돼 나림의 대중소설 가운데 백미白眉인 《운명의 덫》을 새롭게 출간하는 결실로 맺어졌다.

이 작품은 신문 연재소설의 전성기인 1979년, 대구에서 발행되는 〈영남일보〉에 《별과 꽃들의 향연》이란 제목으로 1년간(총 294회) 연재됐다. 당시는 흑백TV 시절이어서 소설의 엔터테인먼트 경쟁력이 방송을 앞설 때였다. 베스트셀러 소설은 드라마나 영화로 만들어졌다. 재미있고 유익한 연재소설을 읽으려 신문, 잡지를 구독하는 독자들이 수두룩했다. 인기 있는 소설가의 새 장편이 연재되는 신문을 보려고 기존 신문을 끊는 경우도 있었다.

당대 최고의 스타 소설가는 이병주였다. 전국의 신문, 잡지에 동시에 5~6편을 연재했단다. 대하소설 《바람과 구름과 비碑》는 〈조선일보〉에 1977년 2월 12일부터 1980년 12월 31일까지 무려 4년 가까이 1,194회나 실렸다. 이 소설도 1989년 10월 9일부터 1990년 3월 27일까지 KBS 대하드라마로 50회 방영됐다.

《별과 꽃들의 향연》은 1981년 문음사에서 《풍설風雪》이란 제목으로 장편소설로 출판됐고, 1987년에는 문예출판사에서 《운명의 덫》으로 개제改題해 나왔다.

이 작품은 살인죄 누명을 쓰고 20년간 억울하게 옥살이를 한 주인공 남상두南相斗가 출옥 이후 진범을 찾는 치열한 과정을 그렸다. 가혹한 운명의 질곡桎梏에 빠진 남상두는 강인한 의지, 인내력으로 거기서 벗어난다.

남상두가 피해자로 설정되었지만, 묘하게도 절세 미남 남상두를 만나는 여성 대다수는 그에게 한눈에 반해 상사병相思病에 걸리고 만다. 남상두야말로 여러 여성들의 운명에 치명적인 영향을 미치는 '옴므 파탈homme fatal'이다. 물론 남상두는 여성을 유혹하고 유린하는 카사노바 유형은 아니고, 인품마저 훌륭해 상대방 여성이 스스로 '운명의 덫'에 빠지게 하는 미남자이다. 얼마나 잘생겼으면 그럴까, 하는 의문이 소설을 읽는 내내 뇌리를 떠나지 않았다. 뭇 남성들을 유혹하는 '팜므 파탈femme fatale'은 문학에 자주 등장하지만 '옴므 파탈'은 흔치 않은 존재라는 점에서 이 소설의 독창성이 돋보인다.

이 작품은 프랑스 소설가 알렉상드르 뒤마Alexandre Dumas, 1802~1870의 대표작 《몬테크리스토 백작Le Comte de Monte-Cristo》과 비슷한 플롯을 가졌다. 이 흥미진진한 소설은 선장 지망생인 청년 에드몽 단테스가 사랑하는 약혼녀 메르세데스와의 결혼을 코앞에 두고 악당들의 음모로 누명을 쓴 채 마르세유 앞바다의 작은 섬 이프If의 감옥에 들어가면서 시작된다. 14년간 억울한 옥살이를 한 단테스는 거기서 친해진 노인 죄수로부터 여러 가르침을 받고 이탈리아 앞바다의 몬테크리스토섬에 숨겨진 보물에 얽힌 비밀을 유언으로 듣게 된다.

폭풍우가 몰아치는 밤, 노인의 시체와 자신의 몸을 바꿔치기하여 기적적으로 탈출한 단테스는 그 보물을 찾아 몬테크리스토 백작이란 이름으로 파리 사교계에 나타난다. 그리고 이제는 출세한 옛날의 원수 세 사람을 상대로 하나하나 빈틈없이 준비해 통쾌한 복수를 벌인다.

저자는 '작가의 말'에서 어느 인물의 실제 체험을 바탕으로 이 소설을 썼다고 밝혔다. 누구인지는 밝히지 않았으나 아마 저자 자신이 아닐까.

저자는 박정희朴正熙의 5·16 쿠데타가 벌어진 1961년 반反국가사범으로 징역 10년을 선고받았다. 월간 〈새벽〉 1960년 12월 호에 기고한 "조국의 부재不在"라는 논문에서 "조국은 없다. 산하山河가 있을 뿐이다"고 갈파하는 등 북한의 존재를 인정하는 듯한 글을 써서 필화筆禍를 겪은 것이다. 그는 결국 부산교도소에서 2년 7개월간 복역했다.

하동 세미나에서 《운명의 덫》에 대해 발표한 강은모 교수는 결론에서 "소설적 재미의 요소, 현실 비판과 교훈성에 대한 독자의 기대와 이병주의 소설관이 적절하게 접점을 이루는 지점에서 대중성이 구현되었다고 볼 수 있다"고 밝혔다.

나남출판은 2014년 3월 이병주의 작품 《정도전》을 재출간한 이

후 《정몽주》, 《허균》, 《돌아보지 말라》, 《천명》, 《비창》 등을 꾸준히 내면서 이병주 문학의 부활復活을 꾀하고 있다. 이병주 소설의 참맛을 아는 여러 독자들은 "옛날 세로쓰기 판에 비하면 가로쓰기 판이 훨씬 읽기 편하다", "다시 읽고 싶으나 오래전에 절판絶版돼 못 구하던 책을 볼 수 있어 다행이다"는 반응을 보였다.

《운명의 덫》은 스피디하게 전개되는 스토리, 추리소설 기법 등 젊은 세대 독자들도 끌어당길 요인이 많은 작품이다.